Konny und Kriemhild, beide über sechzig, führen nicht sonderlich erfolgreich eine Pension in der Provinz. Eines Tages wird die Idylle durch einen Mord gestört – und die Schwestern entpuppen sich als wahre Meisterdetektivinnen …

In die Beschaulichkeit der Bed-&-Breakfast-Pension der Schwestern Konny und Kriemhild platzt eine Band junger Musiker, die den Haushalt ordentlich auf den Kopf stellen – bis einer von ihnen tot aufgefunden wird.

Hat der Gärtner den Gast versehentlich mit seinem Aufsitzrasenmäher umgefahren? War es wirklich ein Unfall? Oder nicht doch Mord? Kurzentschlossen nehmen die Schwestern die Ermittlungen selbst in die Hand – ihr Haus, ihre Regeln.

All das vor den Augen eines zufällig anwesenden Hotelkritikers. Und der Pensionskatze: dem unsäglich hässlichen Sphynx-Kater Amenhotep. Das Chaos ist perfekt!

Tatjana Kruse, Jahrgangsgewächs aus süddeutscher Hanglage, wuchs in einem reinen Frauenhaushalt auf – das erklärt sicher manches. Zudem befand sich dieser Frauenhaushalt in einem Kleinstadthotel, das von ihrer Mutter geleitet wurde. Es war nur eine Frage der Zeit, bis Tatjana Kruse das literarisch aufarbeitete. Mittlerweile ist sie von Beruf Kriminalschriftstellerin. Mehr unter www.tatjanakruse.de

insel taschenbuch 4565
Tatjana Kruse
Der Gärtner war's nicht!

TATJANA KRUSE

DER GÄRTNER WAR'S NICHT!

Die K&K-Schwestern ermitteln

INSEL VERLAG

Erste Auflage 2017
insel taschenbuch 4565
Originalausgabe
© Insel Verlag Berlin 2017
Alle Rechte vorbehalten, insbesondere das der Übersetzung,
des öffentlichen Vortrags sowie der Übertragung durch Rundfunk
und Fernsehen, auch einzelner Teile.
Kein Teil des Werkes darf in irgendeiner Form
(durch Fotografie, Mikrofilm oder andere Verfahren)
ohne schriftliche Genehmigung des Verlages reproduziert
oder unter Verwendung elektronischer Systeme verarbeitet,
vervielfältigt oder verbreitet werden.
Vertrieb durch den Suhrkamp Taschenbuch Verlag
Umschlag: zero-media.net, München
Umschlagfoto: FinePic©, München
Satz: Satz-Offizin Hümmer GmbH, Waldbüttelbrunn
Druck: CPI – Ebner & Spiegel, Ulm
Printed in Germany
ISBN 978-3-458-36265-4

In 29 Schritten zur Lösung

Akt eins: Trügerische Idylle

1. Idylle … [*Substantiv, feminin*], trügerische …
   [*Adjektiv*]   12
2. Willkommen im Paralleluniversum … in dem sich
   Dinosaurier und *Homo musicus* dieselbe Welt teilen   26
3. Kurzer Zwischeneinschub: Wie man sich als
   Pensionswirtin nicht verhalten sollte   44
4. 90-60-90, aus Silikon   48
5. Stern oder nicht Stern … das ist hier *nicht* die Frage   53
6. Das Fleischesser-Manifesto (Hohepriesterin Kriemhild
   hält das Wort zum Sonntag)   62
7. Liebe – so sauber, wie in *Sagrotan* gebadet   68
8. Trösterchen I   82
9. Trösterchen II   85
10. Zoff und Zeitzeugnisse (Ein Morgen im Leben der K&K-
    Schwestern)   90
11. Knüpft ihn auf, den Hund!   104
12. Der Tod & andere ungebetene Gäste (Vier Leichen, ohne
    Dessert)   115

Des Grauens zweiter Akt

13. Wie die Sardinen, nur ohne Öl   135
14. Kapitel 14 … bei dem Leute, die ständig Cat Content in
    den Sozialen Medien posten, gaaanz breit grinsen
    werden, weil: Cat Content!   163

15. Hütet euch vor der dunklen Seite der Macht!   172
16. Zwischenspiel mit Leiche   183
17. Ein Zombie namens Gabi   185
18. Hochnotpeinliche Befragung mit Nacktschnecke   192
19. Voll enthemmt auf Kukident   201
20. Leben ist das, was passiert, während du dabei bist, andere Pläne zu schmieden   208
21. Impuls-Kontroll-Störung für Fortgeschrittene (Die Schnüffelschwestern in Aktion)   213
22. J'accuse!   243

Sind wir schon im dritten Akt?

23. Wenn du über jemanden nichts Gutes sagen kannst, dann halt die Klappe … und schreibe alles, alles auf!   257
24. Frau Klum, Herr Hirsch und die Beißhemmung der Geißeltierchen   262
25. Die fünf Tode des Herrn B.   271
26. Ein Wort mit 32 Buchstaben   278
27. Shaun, Dolly und das wollige Grauen   282
28. Vom Leben durchgekaut und ausgespuckt …   291
29. Die Geister, die ich *nicht* rief …   298

Das letzte Ahoi des Kommodore – Epilog   311

Akt eins: Trügerische Idylle

Liebe Kummerkasten-Konny,
eines Morgens, ich war 45, bin ich in die Küche gegangen, um
mir einen Kaffee aufzubrühen, und als ich wieder herauskam,
war ich 59. Das habe ich mal wo gelesen, und es trifft voll auf
mich zu. Wo sind die Jahre geblieben? Ich war immer sehr
stolz auf mein Aussehen, jetzt aber habe ich – trotz Sport! –
Hängewangen. Als Nächstes dann Hämorrhoiden, Inkontinenz
und Krampfadern, oder? Ich kann ins Wasser gehen. Wofür
lohnt es sich noch zu leben?
Fragt sich Regina (ehemalige Weinkönigin)

Liebe Regina,
lassen Sie einen alten Menschen nicht Ihren Körper entern! Ja,
ja, das Altwerden ist nichts für Schwächlinge, aber he, was ist
die Alternative?! Es gibt ja Leute, die sagen: »Eigentlich wollte
ich die Welt erobern. Aber es regnet.« Lassen Sie sich von Klei-
nigkeiten wie Brustlappen, die Sie sich über die Schultern wer-
fen können, nicht die Freude daran verderben, dass Sie immer
noch da sind! Sie können nicht verhindern, dass Sie alt wer-
den. Aber Geburtstage sind noch lange kein Grund, älter zu
werden. Erst mal dankbar sein: Alt zu werden ist ein Privileg,
in dessen Genuss nicht alle von uns kommen. Wobei natürlich
nicht jeder wie Wein altert ... manche altern auch wie Milch.
Aber Sie, als ehemalige Weinkönigin, werden das schon meis-
tern. Prösterchen!
Ihre Konny

Idylle ... [Substantiv, feminin],
trügerische ... [Adjektiv]

Großer Gott, was für ein Gesülze, dachte Konny und schüttelte sich innerlich. Nicht wegen der Message. Sie stand voll hinter jedem einzelnen Wort. Nur wegen der blumig-braven Ausformulierung. Am liebsten hätte sie dieser jammerlappigen Barbie eine virtuelle Ohrfeige versetzt. Das sahen allerdings die Redaktionsvorgaben nicht vor. Bis Redaktionsschluss musste Konny zweihundert Wörter liefern, und Redaktionsschluss war in zehn Minuten. Also war's das jetzt. Konny drückte auf »senden«.

Im Grunde war es ihr, der ehemals investigativen Journalistin, peinlich, für eine Frauenzeitschrift zu schreiben. *Happy 50+* – das Lifestylemagazin für aktive Best Agers. Zielgruppenunabhängig gingen Frauenzeitschriften ja immer nach demselben Schema vor, kennt man ja: auf Seite eins bis zehn: Akzeptiere dich so, wie du bist! Seite elf bis zwanzig: Verliere fünfzehn Kilo in vier Wochen. Seite einundzwanzig bis dreißig: Leckere Tortenrezepte.

Hallo?

Aber mit dem Honorar unterhielt Konny sich, ihre Schwester und ihren Gärtner. Die Pension warf nichts ab. *Noch* nicht, wie Konny inständig hoffte. Ihre Schwester Kriemhild sah das skeptischer.

Wenn man an den Teufel denkt ...

»Konniieeee!«, rief Kriemhild mit ihrer durchdringenden Stimme von unten aus dem Keller. Durchdringend und in einer Frequenz, die knapp davor war, dass nur noch Fleder-

mäuse sie hören konnten und sie den Putz von der Decke
rieseln ließ.

»Waaas?«, brüllte Konny zurück.

Draußen vor dem offenen Fenster schreckte ein Spatz aus dem
Efeu hoch.

»Was ist das für ein Fleck auf deiner Leinenbluse?«

Seit sie vor einem Jahr aus ihrem ehemaligen Elternhaus
eine Pension gemacht hatten, teilten sie die Arbeit strikt un-
tereinander auf. Kriemhild kochte, wusch und putzte, Konny
erledigte die Reservierungen und – wegen ihrer größeren sozialen Kompetenz – die Gästebetreuung.

Gäste, die es im Moment nicht gab.

Konny seufzte. Wegen der fehlenden Gäste. Und wegen des
Flecks.

»Keine Ahnung«, brüllte sie zurück.

Obwohl eine innere Ahnung, die man durchaus auch als zarte Gewissheit bezeichnen könnte, ihr sagte, es müsse sich
um einen Rotweinfleck handeln. Hatten sie nicht vorgestern
Abend draußen auf der Terrasse noch einen Schlummertrunk
zu sich genommen? Kriemhild hatte wie immer – und trotz
des lauen Sommerabends – an einer heißen Schokolade genippt, Konny an einem kräftigen Franzosen. Leider keinem
aus Fleisch und Blut, sondern aus vergorenen Trauben. Vielleicht hatte sie daneben genippt. Konny war in solchen Dingen nicht penibel. Das überließ sie Kriemhild.

»Die Bluse muss in die Reinigung«, dröhnte Kriemhild. Auf
dem langen Weg vom Waschkeller ins Büro verloren ihre
Schallwellen nicht an Wucht. Beinahe das Gegenteil war der
Fall. Kriemhild hatte ihre Schallwellen unter Kontrolle. Wie
sonst auch alles. »Obwohl es humaner wäre, das Teil einfach
zu verbrennen!«

»Untersteh dich!«, brüllte Konny, die schon heiser wurde, weil ihr das nötige Brüllaffentraining fehlte. Sie hatte eben nie einen schwerhörigen Seebären geheiratet.

Konny war die jüngere der beiden Schwestern. Um exakt vierzehn Minuten jünger. Sie war drall, hatte eher eine Hummelhüfte als eine Wespentaille, und sah immer erst mal das Gute in allem. Eine Seele von Mensch.

Ganz anders Kriemhild. Fast einen Kopf größer als ihre Schwester und nur halb so breit, mit stets fest zusammengepressten Lippen. Konny, die sie schon ihr ganzes Zwillingsleben lang kannte, wusste, dass die nach außen sichtbare Grundmissbilligung von allen und allem nichts damit zu tun hatte, dass Kriemhild vom Leben unbotmäßig gebeutelt worden wäre, obwohl sie das war. Nein, sie hatte schon als Embryo im Mutterbauch die Lippen zusammengepresst und immer ein wenig unzufrieden geguckt.

Das war über sechzig Jahre her.

Wer an sie beide dachte, dachte aber nicht: »Was für zwei süße, alte Damen«, er dachte: »Großer Gott, was haben sie jetzt wieder angestellt?«

Konny war immer schon ein verrücktes Huhn gewesen, hatte als Kind ständig irgendeinen Schabernack getrieben, liebte es auch später noch, Regeln zu brechen und als freiberufliche Journalistin beispielsweise über das zu schreiben, was andere gern zugedeckt hätten. Sie hatte zahlreiche Affären gehabt und sich den Wind des Lebens um die Nase wehen lassen – was nach Freiheit und Abenteuer klang, und das zu Recht, was aber auch bedeutete, dass sie mit über sechzig unverheiratet war und mehr oder weniger mittellos dastand.

Kriemhild hatte dagegen regelkonform gelebt, war Lehrerin

geworden, ohne je in ihrem Beruf zu arbeiten, weil sie mit Kindern ebensowenig konnte wie mit Erwachsenen, hatte bei einer Hamburg-Reise einen sehr viel älteren, ehemaligen Hochseeschifffahrtskapitän kennen- und lieben gelernt, der aber auf seinen Fahrten ebenfalls nicht reich geworden war.

So gesehen, traf es sich gut, dass vor zwölf Monaten ihre alte Lieblingstante Barbara gestorben war. Mit 102. Da war die Hebamme auch nicht mehr schuld. Einhundertundzwei ist ein gesegnetes Alter, da darf man ruhig mal einschlafen und nicht mehr aufwachen. Was Konny und Kriemhild in ihrer Kindheit nicht gewusst hatten und erst nach dem Unfalltod ihrer Eltern erfuhren, als beide schon lange aushäusig lebten und liebten und arbeiteten: Das Haus ihrer Kindheit, ihr Elternhaus, gehörte in Wirklichkeit Tante Barbara. Und die zog dann auch bis zu ihrem eigenen Ableben ein. Mit Gudrun, der Nenn-Tante von Konny und Kriemhild, mit der Barbara fast sechzig Jahre liebevoll zusammengelebt hatte, ein Fakt, der in der Familie nie thematisiert worden war. Die beiden hatten keine Kinder, und Gudrun war wenige Monate vor Barbara gestorben. So fiel das Haus an Konny und Kriemhild, die spontan beschlossen, für ihre eigene Altersabsicherung eine Bed-&-Breakfast-Pension daraus zu machen. Eine Villa im Grünen, in der Nähe einer süddeutschen Kleinstadt, in einer touristisch bestens erschlossenen Gegend – da hatte auch die Bank ein Einsehen und finanzierte den Einbau von sieben Nasszellen in den Zimmern des ersten Stocks. So weit, so gut. Wenn jetzt nur noch mehr Gäste kämen …

Konny klappte ihren Laptop zu. Wie aufs Stichwort rollte ein

Fleischball heran und ließ sich auf dem noch warmen Elektronikteil nieder.

»Amenhotep, mein Schöner«, gurrte Konny.

Schönheit lag ja bekanntermaßen im Auge der Betrachterin. Im alten Ägypten hielt man Katzen für Götter. Die Katzen haben das nicht vergessen. Amenhotep schon gar nicht. Auch wenn er für Außenstehende nichts weiter war als ein fetter Sphynx-Kater mit Mundgeruch und permanent schlechter Laune. Ja, genau, ein Sphynx-Kater, im Volksmund auch gern »Nacki« genannt. Ein Kater ohne Fell. Das beleidigte das Schönheitsempfinden mancher Ästheten, war aber positiv, weil selbst katzenallergische Pensionsgäste gut mit ihm klar kamen und seine Nacktheit ihn nicht daran hinderte, als fleißiger Soldat durch die Villa zu patrouillieren und jede Maus zu killen, der er ansichtig wurde. Und er war ein verdammt guter Mäusejäger, wie Konny in diesem Moment feststellen musste.

»Igitt, Amenhotep!«

Nonchalant hatte er gerade einen abgebissenen Mäusekopf auf die Schreibtischplatte gespuckt. Seine riesigen, leicht schräg stehenden, türkisblauen Augen blickten stolz. *Ich bin der Beste, der Größte, der Schönste!*

Konny wickelte ein Papiertaschentuch um die Beute ihres Inhouse-Raubtieres und trug sie in die Küche.

Wo sie schon da war, konnte sie sich auch gleich eine Tasse Tee machen.

In der Spüle türmte sich das dreckige Geschirr. Es gab ja immer zwei Sichtweisen auf das Leben. Konny sah das Geschirr und hielt es für eine sensibel angelegte Installation mit dem Titel »Das Gesicht des Alltags – im Spannungsfeld zwischen

Intimität und Spröde des Daseins«. Eine andere, reaktionäre /17
Lesart des Kunstwerks wäre natürlich: »Keiner hat Bock auf
Abwasch.« Konny sortierte ein paar Teller neu, damit sie
den altmodischen Wasserkessel unter den Wasserhahn halten konnte.

Die wenigen Gäste, die sie bisher gehabt hatten – die meisten
waren durch Mund-Propaganda auf sie aufmerksam geworden –, fanden den altmodischen Charme des Hauses unwiderstehlich. Einer hatte das sogar auf TripAdvisor geschrieben: *Bezauberndes B&B, von außen wie die Villa aus* Psycho,
*innen liebevoll bis ins letzte Detail eingerichtet – mit knarzen-
den Dielen, Kronleuchtern, Himmelbetten und Meißner Por-
zellan. Geführt von zwei reizenden, alten Ladys. Altmodischer
Charme vom Feinsten. Ich gebe fünf Sterne.*

In Wirklichkeit hatten sie einfach kein Geld, um sich neu aus-
zustatten. Was sie nicht geerbt hatten, stammte vom Floh-
markt.

»Konniieeee!«, brüllte Kriemhild. »Schick Herrn Hirsch runter, die Waschmaschine zickt!«

»Ist guuuut.«

Herr Hirsch fuhr am anderen Ende des Grundstücks, dort,
wo der Wald anfing, sehr vergnügt auf seinem Aufsitzrasenmäher herum. Die Waschmaschine musste warten. Hoffentlich gelang es ihm, sie wiederzubeleben. Bettwäsche und Handtücher der Gäste wurden vom Wäscheservice der Adretta-
Reinigung professionell und porentief gesäubert, aber ihre
Privatwäsche wuschen sie natürlich hier im Haus. Und weil
Konny Vorratshaltung jedweder Art abging, hatte sie – sollte
die Waschmaschine den Geist aufgeben – ab morgen nichts
mehr anzuziehen und müsste sich neue Unterwäsche kaufen.

18 / Konny warf einen Teebeutel in eine der Porzellantassen, die zu angeschlagen waren, um sie den Gästen vorzusetzen. Es war feinster Schwarztee aus Kenia, von einem Exil-Briten nach London exportiert, dort in formschöne 3D-Beutel portioniert und per online-Bestellung zu ihr weitergeleitet. Nicht billig, aber »bestes Tee von Welt«, wie ihr indischer Paketbote zu sagen pflegte, wenn sie ihm eine Tasse davon anbot. Wobei Konny schwer davon ausging, dass er ihn für indischen Tee hielt. Dieser Tee war derzeit ihr einziger Luxus. Ja, das Leben war schön. Aber teuer. Man konnte es natürlich auch billiger haben, aber dann war es nicht so schön.

Das Telefon klingelte.

»Ich geh schon«, rief Konny.

»Was?«, dröhnte es aus dem Waschkeller.

Amenhotep lag immer noch auf dem zugeklappten Laptop. Er schaute Konny aus halb geschlossenen Augen an. *Wer wagt es, mich in meinem Schönheitsschlaf zu stören?*

Konny setzte sich auf ihren Schreibtischstuhl. Vermutlich war das die Redaktion der Frauenzeitschrift. Wenn gekürzt werden musste, wurde das wegen der Dringlichkeit am Telefon geklärt.

»Ja?«, meldete sie sich daher wortkarg an dem alten Bakelit-Teil, das vermutlich so alt war wie sie selbst, aber immer noch treu seinen Dienst versah. Tonnenschwer lag der Hörer in ihrer Hand.

»Äh … bin ich da richtig? *Bed-&-Breakfast K & K*?«

Huch, potenzielle Gäste!

»Ja, da sind Sie richtig. Entschuldigen Sie bitte. Ich hatte jemand anderen erwartet.«

»Kein Problem. Guten Tag. Ich war mir nur unsicher … ich

hatte bei Google *Bed-&-Breakfast in einem Umkreis von hun-* / 19
dert Kilometern von Stuttgart eingegeben und bin auf Ihre
Homepage gestoßen, aber ich war mir gar nicht sicher, ob
Sie noch … äh … aktiv sind. Es gab auch gar keine Fotos.«
Die Homepage. Konny nahm sich vor, endlich mal Bilder
einzustellen und die Seite grundsätzlich etwas aufzupeppen.
»Wie schön, dass Sie trotzdem angerufen haben.«
»Sie sind nicht meine erste Wahl«, räumte die Stimme ein.
»Eher meine letzte Hoffnung.«
Konny schürzte die Lippen, sagte aber nichts. Sie war mit
Beten beschäftigt. Bitte lass sie ein Zimmer reservieren, bitte
lass sie ein Zimmer reservieren …
»Also … ich rufe wegen einer Reservierung an.«
Yessss! Konny nickte dankbar in Richtung Decke und rotier-
te fröhlich mit den gerundeten Hüften.
»Einen Moment bitte …« Mit der freien Hand wollte sie
Amenhotep vom Laptop heben. Wenn er aber nicht wegge-
hoben werden wollte, machte er auf nasser Sack und wog
schlagartig gefühlte zwanzig Kilo mehr. Konny klemmte den
Hörer zwischen Ohr und Schulter und nahm beide Arme,
dann klappte sie den Laptop auf und klickte sich zu der Seite
mit den Reservierungen. »So … an welches Datum hatten
Sie denn gedacht?«
»An sofort.«
»Wie bitte? Jetzt gleich?«
Die Stimme am anderen Ende klang noch sehr jung, aber
schon routiniert. Und ein klitzekleines bisschen peinlich berührt. »Nein, nein, sorry, da habe ich mich missverständlich
ausgedrückt. Erst ab morgen. Wir benötigen sieben Über-
nachtungen. Für fünf Personen.«

20 / Jackpot!

Konny war klar, dass sie eigentlich so tun sollte, als müsse sie mit Gästen und Zimmern jonglieren, um den Nimbus des stets nachgefragten Hauses zu zementieren, aber sie war ein offener, ehrlicher Mensch und zu solchen Spielchen gar nicht fähig. »Kein Problem, das lässt sich einrichten.«

Vor dem Fenster fuhr Herr Hirsch auf seinem Aufsitzrasenmäher vorbei. Er winkte ihr zu.

»Echt jetzt?« Die Stimme klang erstaunt.

»Ja. Wir sind gerade schwach belegt.«

»Gott sei Dank, ich war echt schon am Verzweifeln. Die anderen Pensionen haben alle abgewunken.«

Okay, sie waren also die Letzten auf der Liste. Aber wie hieß es doch so schön: Die Letzten werden die Ersten sein … und am besten lachen.

»Wie schön, dann sind wir jetzt beide glücklich. Und Sie haben die Pension quasi ganz für sich.«

Das *quasi* war dem Umstand geschuldet, dass ein Zimmer angefragt worden war, von einem Herrn Bettenberg, aber er hatte sich auf ihre Mail nicht mehr gemeldet. Womöglich kam der gar nicht. Doch selbst wenn, es würde perfekt aufgehen.

»Toll! Dann möchte ich hiermit fest reservieren.«

»Sie haben ja gar nicht gefragt, was die Zimmer kosten«, sagte Konny.

»Geld spielt keine Rolle.«

Konny ging das Herz auf.

»Ich sollte Ihnen aber sagen, dass ich von der Künstleragentur Brandauer anrufe und die Zimmer nicht für mich, sondern für die Mitglieder der Band Cordt reserviere. Sie haben vielleicht schon von ihnen gehört?«

»Ja, ich glaube schon«, hörte Konny sich sagen, obwohl sie nicht die leiseste Ahnung hatte, wer oder was Cordt war. Der Name Brandauer kam ihr allerdings irgendwie bekannt vor.

»Wie Sie sicher verstehen werden, legen wir größten Wert auf Diskretion. Wenn Sie bitte niemand erzählen würden, wen Sie beherbergen werden?«

»Selbstverständlich!« Fünf Personen für sieben Nächte, das machte summa summarum ... Kopfrechnen war nicht Konnys Kernkompetenz. Aber die Summe war jedenfalls bombastisch. Zumal wenn sie für jedes Zimmer den Höchstpreis ohne Rabatt in Rechnung stellte, vielleicht sogar mit einem kleinen Sofortbelegungszuschlag, weil Geld ja offenbar keine Rolle spielte.

»Perfekt! Ich bestätige Ihnen das gleich noch per E-Mail. Ach, da fällt mir noch ein, die Musiker ernähren sich vegan. Aber das ist ja sicher kein Problem.«

»Nein, selbstverständlich nicht«, log Konny, ohne mit der Wimper zu zucken.

»Ab wann stehen die Zimmer zur Verfügung? Die Band wird eventuell etwas früher anreisen. Möglicherweise sogar schon vormittags. Wir bezahlen dann natürlich gern eine zusätzliche Nacht pro Zimmer.«

Himmel, das wurde ja immer besser!

»Kein Problem, wann immer die Musiker anreisen, die Zimmer werden bereit sein.«

»Bestens. Dann bedanke ich mich bei Ihnen.« Die junge Frau klang erleichtert. Sehr erleichtert. Hätte das Konny zu denken geben müssen?

Konny strahlte. »Ich danke *Ihnen*. Auf Wiederhören.«

Und so war es passiert. Sie waren ausgebucht. Eine ganze Woche lang.

»Kriemhild! Wir kriegen Gäste!«

Wenn Konny glücklich war, legte sie immer ein kleines Glückstänzchen aufs Parkett. Eine Mischung aus Line Dancing, Bollywood und Derwischkreiseln. Amenhotep suchte sein Heil in der Flucht.

»Hurra! Champagner!«, jubilierte Konny.

Kriemhild kam ins Büro. »Gäste?« Sie klang fast erstaunt. Aber jedenfalls nicht fröhlich.

»Musiker. Eine Band namens Cordt.« Konny war es völlig egal, welchem Musikstil die fünf frönten – ob sie ein klassisches Quintett oder eine Heavy-Metal-Band waren. Eine Woche lang ausgebucht! Tscha-tscha-tscha!

»Ach, diese Rip-Ropper.«

Konny hielt abrupt inne. »Diese was?«

»Du weißt schon ... Rip-Ropper.« Kriemhild hörte Deutschlandradio Wissen. Immer schon. Sogar nach der Verjüngungskur des Senders. Sie fand, dass *Wissen* gebildet klang, auch wenn man zwischen den intelligenzsteigernden Wortbeiträgen mit Jugendkulturmucke zugedröhnt wurde.

»Du meinst Hip-Hopper. Oder Rapper.«

Kriemhild hasste es, wenn sie korrigiert wurde. »Ich meine diese jungen Waldorfschüler, die sich gegenseitig Beleidigungen vortanzen.«

»Das sind Breakdancer.«

»Wie auch immer ... ich hoffe, sie können sich benehmen.« Wenn es nach Kriemhild ginge, würden sie immer erst Leumundszeugnisse einholen, bevor sie einem Fremden Gastrecht gewährten. »Hast du Herrn Hirsch von der Waschmaschine in Kenntnis gesetzt?«

Der fuhr gerade in der anderen Richtung wieder am Fenster   / 23
vorbei und winkte. Er wirkte beschwingt. Andere Männer
mochten von einem Ferrari träumen, Herr Hirsch brauchte weiter nichts zu seinem Glück als seinen Aufsitzrasenmäher.

Kriemhild schnaubte. »Nein, natürlich hast du das nicht. Um
alles muss ich mich selber kümmern.«

»Dafür fahre ich jetzt in die Stadt und kaufe ein. Die Gäste
haben diätetische Sonderwünsche.« Vor lauter Freude umarmte Konny ihre Schwester, die ihre Umarmung steif wie
ein Bügelbrett über sich ergehen ließ. »Bis später.«

Dass sie Lebensmittel einkaufen wollte, war frech geschwindelt. Sie hatten alles im Haus, auch Grünzeug. Aber da jetzt
wieder Geld in die Kasse kam, konnte sie endlich zum Frisör.
Es wurde höchste Zeit, dass sie nicht länger aussah, als hätte
sie sich die Haare nach einer Zombie-Apokalypse mit der
Machete in Form gesäbelt.

»Wirst du mich vermissen, du Süßer?«, fragte sie Amenhotep, der mittig in der offenen Haustür lag und ein Sonnenbad nahm.

Er sah auf und bedachte sie mit einem emotionslosen Blick.
Und wer waren Sie gleich noch mal …?

Konny nahm sich fest vor, in ihrem nächsten Leben Hunde-
mensch zu werden.

Sie lief zum Schuppen, um ihren *Roller* zu holen, wie sie ihn
nannte. Aber natürlich war sie keine stereotype alte Dame,
die mit einem Helm mit Blümchenmuster auf einer Vespa
im Schneckentempo durch die Landschaft gurkte. Kalt, ganz
kalt.

Keine fünf Minuten später röhrte etwas im Schuppen auf,

24 /   und Konny kam auf ihrer Harley Davidson Fat Boy FLSTC
Custom mit Schaltgetriebe herausgebraust, auf dem Kopf
einen schwarzen Helm mit Totenschädel.
Was auch sonst?!

Liebe Kummerkasten-Konny,
»sechzig ist das neue vierzig, siebzig ist das neue fünfzig«, kann
man heutzutage in jeder Frauenzeitschrift lesen. Strahlende
Grauhaarige mit Model-Maßen im Fitnessstudio allüberall.
Wahlweise strahlende Grauhaarige beim Abschluss ihres Mas-
ter-Studienganges. Ich bin aber nicht mehr fit, weder im Kopf
noch im Körper. Soll ich mir den Gnadenschuss geben?
Alt und apathisch, Gerda (68 und sieht auch so aus)

Liebe Gerda,
schauen Sie nicht auf andere, konzentrieren Sie sich auf das, was
Ihr Leben lebenswert macht: die Menschen, die Sie lieben, Ihre
Haustiere, die Natur, Ihr Handicap im Golf. Das reicht voll-
kommen.
Sie müssen absolut gar nichts erreichen. Seien Sie einfach dank-
bar, dass es Sie gibt. Sie hätten ja auch als Regenwurm gebo-
ren werden können oder als Schüssel Hummus. Aber nein, Sie
sind Sie, und das schon so lange, dass Sie genau wissen, was
Ihnen gefällt und was nicht. Mit zunehmendem Alter wird das
Leben besser – weil Sie sich ein Ei darauf pellen können, was
andere denken. Legen Sie Lippenstift auf und gehen Sie den
Tag an! Tun Sie, worauf Sie Lust haben. Mit Gusto! Und am
Ende des Tages sollten Sie schmutzige Füße vom Barfußlaufen,
zerzauste Haare und leuchtende Augen haben.
Ihre Konny
PS: Wenn wir älter werden, sollten wir nicht jünger aussehen,
sondern glücklich!

Willkommen im Paralleluniversum …

… in dem sich Dinosaurier und *Homo musicus* dieselbe Welt teilen

Kriemhild pflegte jeden Morgen aus dem Bett zu hüpfen wie Toast aus dem Toaster. Konny war eher so die Semmel, die mit der Butterseite nach unten fällt. Und liegen bleibt.

Bis Amenhotep kam und sich punktgenau so auf ihr Gesicht legte, dass ihr die Luftzufuhr abgeschnitten wurde. Damit sie aufstand und ihn fütterte, wogegen sich Kriemhild mit den Worten »Es ist dein Kater« stets verweigerte.

Nicht so an diesem Morgen. Zur Amenhoteps Konsternierung, dem Routine in allen Dingen heilig war, saß seine Servierklavin schon aufrecht im Bett und räkelte sich, als er hereinkam. Sie klopfte neben sich auf die Matratze und gurrte: »Komm her, mein Schöner.«

Amenhotep hob den Schwanz, drehte sich um und stolzierte davon. So nicht. Nicht mit ihm. Das war die pure Anarchie, und er wollte in Ruhe überlegen, wie er angemessen darauf reagieren sollte.

Konny sah aus dem Fenster. Draußen schien die Sonne. Ein Omen!

Ausgebucht. Eine ganze Woche lang. Und wenn sich diese Bandleute nur halbwegs wohl fühlten, würden sie das überall erzählen, vielleicht sogar ins Netz stellen, ganze Busladungen an Fans würden angerollt kommen, und es würde Wartelisten für ein Zimmer in ihrem Bed-&-Breakfast geben. Wahnsinn!

Die Sache hatte natürlich einen Haken. Und dieser Haken hatte einen Namen. Er hieß Kriemhild.

Konny war ja auch bisweilen biestig, aber sie kämpfte gegen ihre inneren Dämonen an. Kriemhild dagegen kuschelte mit den ihren.

Die Devise musste also lauten: Die Gäste von Kriemhild fernhalten!

Ähem … und von Herrn Hirsch ebenfalls.

Sie konnte ihn duschen hören.

Friedrich-Maximilian Hirsch war der Filialleiter gewesen, der ihren Kreditantrag bewilligt hatte. Schon als Kinder hatten sie ihn, den Nachbarsjungen, gekannt, wenn auch nur flüchtig, weil er fünf Jahre jünger war. Ein Altersunterschied, der sich mit der Zeit verwächst, aber damals viel ausgemacht hatte.

Und dann hatte Herr Hirsch einen Schlaganfall erlitten. Böse, sehr böse. Zumal er ganz allein auf der Welt war. Nach seiner Reha schauten Konny und Kriemhild regelmäßig bei ihm vorbei – mit Ausnahme von Bauer Schober und seiner Frau waren sie schließlich auf mehrere Kilometer seine einzigen Nachbarn –, und als er irgendwann einen grippalen Infekt bekam, boten sie ihm an, so lange in Kriemhilds Zimmer zu schlafen, bis er wieder gesund sei. Kriemhild könne ja oben beim Kommodore schlafen. Das war vor vier Monaten gewesen. Die Grippeviren waren längst weitergezogen, Herr Hirsch wohnte immer noch bei ihnen und erledigte im Gegenzug alle anfallenden Gartenarbeiten. Und ja, sie nannten ihn: Herr Hirsch.

Er nannte sie »Sandkornpresse« und »Anglerfisch«. Manchmal »Lötkolben« und »Bärlauchbonbon«. Herr Hirsch war nämlich Aphasiker. Genauer gesagt, litt er nach seinem Schlaganfall an einer Sprachstörung. Er konnte alles gut verstehen, sprach aber selbst nur mühsam und stockend. Sätze konnte er gar nicht mehr bilden, nur einzelne Wörter. Und die ohne erkennbaren Sinnzusammenhang. Geistig und körperlich war Herr Hirsch aber fast wieder ganz der Alte. Deshalb ertrug er es auch nicht, wenn seine Umwelt ihn wie ein kleines Kind behandelte, nur weil er statt »Guten Tag« beispielsweise »Grießbrei« sagte. Da konnte er richtig muffig werden! Und nicht jeder kam so ohne weiteres damit zurecht, als »Herpesbläschen« angesprochen zu werden. Darum war es also am besten, ihn von den Gästen fernzuhalten.

Der Duft nach Kaffee waberte um Konnys Nase. Kriemhild war natürlich schon wach und werkelte in der Küche.

Konny warf sich ihren Satinmorgenmantel über das Satinnegligé und schlappte quer über den Flur in die Küche. Dort stand Kriemhild in ihrem karierten Frotteemorgenmantel und trocknete das frisch gespülte Geschirr.

»Schon wach?« Sie hob eine Augenbraue und sah ungläubig zur Küchenuhr. Obwohl die schon seit fünfunddreißig Jahren nicht mehr funktionierte und nur noch über der Tür hing, um dem Nagel, der sie trug, eine Daseinsberechtigung zu geben.

Konny strahlte. An diesem herrlichen Morgen konnte ihr nichts die gute Laune verderben. »Ah, Kaffee. Mein Lebenselixier. O lecker … Eier im Glas!«

»Finger weg, die sind für Herrn Hirsch!« Kriemhild schlug mit dem Geschirrspültuch nach der Hand ihrer Schwester, die sich begehrlich den Eiern genähert hatte.

»Bis der fertiggeduscht hat, sind die Eier kalt.«

»Er bevorzugt kalte Eier.«

Darauf hätte Konny gern etwas Geistreiches erwidert, aber

erstens hatte sie ihren Kaffee noch nicht intus, und ohne Kaffee funktionierten ihre kleinen grauen Zellen nicht, und zweitens hupte es vor dem Eingang.

»Das wird der Paketbote sein.« Kriemhild hängte das Geschirrspültuch ordentlich ausgebreitet über den Griff am Backofen, damit es trocknen konnte, dann marschierte sie zur Eingangstür. »Ich erwarte das Jahrbuch der Marinekameradschaft.«

Konny goss sich Kaffee ein.

»Heiliger Klabautermann!«, hörte Konny sie gleich darauf rufen.

Mit der dampfenden Kaffeetasse in der Hand lief sie zu ihrer Schwester.

Herr Hirsch kam, nur mit einem Badetuch um die Altmännerhüfte, aus dem Badezimmer und fragte: »Algengrütze?«

Zu dritt standen sie auf den drei Sandsteinstufen, die zum Eingang der Pension führten – wie die Dienerschaft aus *Downton Abbey*, die Spalier stand, wenn der Earl of Grantham von einer Reise heimkehrte.

Sie hatten einen Tourbus erwartet, so ein riesiges Teil mit aufgemaltem Dreizack und Teufelsschädel, aus dessen Eingeweide sich verlebt aussehende, junge Menschen ergossen, bekifft und betrunken wie die Rolling Stones zu ihren besten Zeiten.

Aber es kamen eine fette, schwarze Audi-Limousine und ein ebenfalls schwarzer Mercedes-Transporter. Seriöser ging's ja wohl kaum.

Und die zwei Frauen und drei Männer, die ausstiegen, wirkten wie zivilisierte Mitglieder der Gesellschaft. Ganz im Gegenteil zu den drei mangelhaft bis nicht bekleideten Alten vor dem Eingang der Pension.

Großer Gott, dachte Konny, hoffentlich verschrecken wir sie mit unserem Anblick nicht so, dass sie sofort wieder wegfahren – das muss ich verhindern!

Sie drückte Herrn Hirsch ihren Kaffeebecher in die Hand und eilte auf den Mann zu, den sie für den Bandleader hielt. Sie hatte ihn gestern Abend extra gegoogelt – ein junger Johnny Depp mit der Stimme des alten Barry White. Er sah den Fotos von sich ähnlich.

»Guten Tag, ich freue mich sehr, Sie bei uns begrüßen zu dürfen!«

Für einen jungen Mann Mitte zwanzig, der ohnehin dachte, ab dreißig ginge es nur noch bergab, steckte er den Anblick zweier Über-Sechzigjährigen in Nachtwäsche und eines alten Mannes im Badetuch überraschend ungerührt weg. Dabei waren sie, ganz ehrlich, optisch alle drei keine Vorzeige-Senioren, die Hollywood vom Fleck weg engagiert hätte. Nicht mal, wenn durchgehend mit Weichzeichner gedreht würde …

»Ja, hallo, ich bin Leon.« Er zeigte mit dem Kopf auf die anderen vier. »Sara, Freddie, Richard und Galecki. Wir wurden angemeldet.«

»Ja, natürlich. Ich bin Konny …« Sie zögerte kurz, aber wenn sie jetzt mit Nachnamen kam, hätte das alt und spießig gewirkt. »… und das sind Kriemhild und … äh … Herr Hirsch.«

Nein, es ging nicht, bei Herrn Hirsch verbot es sich, mit Vornamen um sich zu werfen. Er war ein Grandseigneur.

»Sehr angenehm«, sagte Leon, der offenbar gut erzogen war.

»Gabelstapler«, erwiderte Herr Hirsch.

»Wie bitte?«

Rasch erkundigte sich Konny: »Können wir Ihnen mit dem Gepäck helfen?« Sie streckte den Arm aus. Das war natürlich nur eine rhetorische Frage. Welcher durchtrainierte Zwanzigjährige ließ sich von einer Greisin die Taschen tragen?

Die Antwort musste offenbar lauten: ein durchtrainierter Zwanzigjähriger namens Leon. Er drückte ihr seine Reisetasche in die Hand. »Ja gern, unser Gepäck ist im Mercedes. Aber nicht die Instrumentenkoffer – die tragen wir selbst.«

Herr Hirsch eilte zum Mercedes, um sich des Gepäcks zu bemächtigen. So wie er war, nur mit Badetuch.

Kriemhild blieb mit verschränkten Armen vor der offenen Tür stehen und wich keinen Millimeter.

»Sie haben doch hoffentlich niemand erzählt, dass wir bei Ihnen wohnen werden?«, wollte Leon wissen.

»Aber nein, natürlich nicht.« Konny schüttelte den Kopf.

»Ich frage nur, weil da draußen einer zeltet.« Er sah zu der Wiese von Bauer Schober. Vor dem Elektrozaun, der die beiden Grundstücke trennte, mitten in einem idyllischen, etwas verloren wirkenden Birkenhain, stand ein Zelt.

»Da zeltet immer mal wieder jemand, purer Zufall«, erklärte Konny, obwohl seit Menschengedenken noch niemand dort gezeltet hatte. Aber es konnte unmöglich ein Informationsleck geben – sie hatte mit keinem über die Band gesprochen, Herr Hirsch wusste nichts vom Background der Gäste, und Kriemhild redete ohnehin nur das Nötigste mit anderen Menschen. Und ganz ehrlich, so berühmt wie Coldplay oder Helene Fischer war die Band Cordt nicht. Konny konnte sich beim besten Willen nicht vorstellen, dass irgendjemand das Telefon der Künstleragentur gehackt hatte, um die Übernachtungsdaten als geheime Verschlusssache an die Enthüllungsplattform Wikileaks weiterzuleiten.

Sie schien überzeugend zu wirken, Leon gab sich mit dieser Auskunft zufrieden.

»Wir sind doch hoffentlich nicht zu früh dran?«, erkundigte sich die schlanke Schwarze mit dem irrsinnigen Afro, die – wenn Konny sich anhand der Vorstellungsrunde richtig erinnerte – Freddie sein musste.

»Aber nein, Sie waren ja als *early arrival* angekündigt.« Dass es so *early* werden würde, hatten die Schwestern allerdings nicht gedacht. Aber was soll's – der frühe Vogel fängt den Wurm. Und nimmt ihn als Geisel. Dann setzt das Stockholm Syndrom ein, und der Wurm und der Vogel bekommen Hybridbabys. Oder so ähnlich. Konny neigte zum gedanklichen Abschweifen. Sie riss sich zusammen.

»Wir sind direkt vom Gig hierhergefahren«, erklärte die zweite junge Frau. Wie hieß sie gleich wieder? Sara.

»Dann müssen Sie müde sein. Kommen Sie doch herein.« Konny winkte die jungen Leute an sich vorbei.

Auch, um sie zu mustern.

»Können wir vorher die Autos in die Garage fahren?« Leon sah zur Scheune hinüber, in der Konnys Harley wohnte.

»Tut mir sehr leid, in der Garage ist kein Stellplatz mehr frei.« Konny blieb hart. Es wäre zwar durchaus noch Platz gewesen, zumindest für die Limousine, aber es ging ums Prinzip. Die Scheune gehörte ihrem Fatboy. Sogar Kriemhilds alter Peugeot musste draußen bleiben und schlief unter einer Plastikplane.

Leon sah sie fest an, erkannte ihre finale Entschlossenheit und ließ es dabei bewenden. Er war eindeutig der Alpha-Rüde. Er

trug die dunklen, kinnlangen Haare offen, dazu ein weißes / 33
Hemd mit Stehkragen, schwarze Jeans und Flipflops. Lässig
elegant. Enorm gut aussehend. Und wissend, wie enorm gut
aussehend er war.

Die beiden anderen Jungmänner, Richard und Galecki – einer groß mit blondem Pferdeschwanz, der andere klein und
dunkel gelockt, wer Richard und wer Galecki war, blieb vor-
erst offen –, trugen verwaschene T-Shirts zu ihren stonewashed
Jeans. Hier und da blitzte ein Tattoo auf, aber auch sie sahen
aus wie zwei nette Jungs von nebenan. Der Größere trug einen
schmalen Saxophonkoffer, der Kleinere einen riesigen Kontrabasskoffer.

Sara und Freddie wirkten wie eine frische Sommerbrise. Beide in leichten Sommerkleidern und dezent geschminkt. Jede
hatte einen Gitarrenkoffer in der Hand, obwohl Konny sich
aufgrund ihrer Internetrecherche ziemlich sicher war, dass
die Frauen nur sangen. Leon war der Einzige, der Gitarre
spielte. Aber was wusste sie schon?

Jedenfalls waren die fünf der Inbegriff von vorzeitiger Bie-
derkeit.

Hätten die jungen Leute ohne Voranmeldung an der Tür ge-
klingelt, hätten Konny und Kriemhild angenommen, es sei-
en Zeugen Jehovas, die mit ihnen über Gott reden wollten.

Herr Hirsch kam mit den ersten Taschen an ihnen vorbeige-
laufen.

»Hundehaufen«, rief er, eilte die Stufen hoch und stellte die
Taschen im Flur ab.

Die Bandmitglieder sahen sich bedeutungsvoll an.

»Äh ... Hundehaufen? Hat er Tourette?«, wollte Leon wissen.

Besser, sie erfuhren es gleich.

»Nein, Herr Hirsch ist Aphasiker. Seit einem Schlaganfall ist sein Sprachzentrum gestört. Er kann Sie aber ausgezeichnet verstehen, das versichere ich Ihnen.«

»Aha«, sagte Leon, und dann brüllte er Herrn Hirsch an: »Tut mir echt leid, alter Knabe!«

Als ob Aphasie mit Taubheit einherginge. Oder vielleicht glaubte er, alle alten Männer seien grundsätzlich schwerhörig.

Herr Hirsch zuckte zusammen.

Kriemhild rollte mit den Augen. Bevor sie irgendetwas Ätzendes absondern konnte, rief Konny: »Nach der Tür bitte gleich rechts in den Salon und dann links ins Esszimmer.«

In stummer Prozession zogen sie in die Villa ein.

»Möchten Sie sich nicht erst anziehen, bevor Sie das restliche Gepäck holen und auf die Zimmer verteilen, Herr Hirsch«, schlug Konny ihm flüsternd vor.

»Grillhähnchen.« Er nickte und ging zurück ins Badezimmer.

Konny folgte den anderen in den Salon.

»Wow«, rief Sara gerade. »Wie in einem Antiquitätenladen! Die Sachen sind bestimmt seit Generationen in Ihrer Familie?«

»Ja«, log Konny rasch, bevor Kriemhild den Mund aufmachen konnte. Sie erinnerte sich noch deutlich an Kriemhilds Kommentar, als Bernie, ein alter Schulfreund der beiden, nach dem Umbau des Hauses diverses Mobiliar aus dem Sperrmüll vorbeigebracht hatte, das von Konny liebevoll und aufwändig abgebeizt, gestrichen und, wo nötig, neu bezogen worden war.

Alle Hölzer dunkel, alle weichen Stoffe in Rot und Gold. Sie war stolz auf ihr innenarchitektonisches Gesamtkunstwerk.

Nicht so ihre Schwester. »Wie in einem Bordell im Wilden / 35
Westen. Oder in einer Pornovilla«, hatte Kriemhild seinerzeit gelästert. »Nichts, worauf man Flecken sieht, und falls doch kann man sie wegseifen. Und dazu noch roter Plüsch. Sollten uns die Gäste ausbleiben, kontaktieren wir einfach Beate Uhse. Sie soll hier ›Das unartige Zimmermädchen und der strenge Graf‹ drehen …«

»Die Uhse ist tot!«, hatte Konny beleidigt gepampt. »Und moderne Pornos haben keinen Plot mehr, nur noch Extremgymnastik.« Worauf Kriemhild natürlich eine Erklärung von ihr gefordert hatte, woher sie das wisse …

Jetzt stand Konny da und strahlte. »Ich freue mich, dass es Ihnen gefällt.«

»Und wie!«, schwärmte Freddie und schwärmte sich damit in Konnys Herz.

»Mich erinnert das an ein altes Geisterhaus«, fand Sara. »Spukt es hier?«

»Es gibt keine Gespenster. Wenn hier nachts etwas knarzt, sind es die Holzdielen, die sich wegen der hohen Temperaturen ausdehnen«, erklärte Kriemhild final.

»Also gut, wir brauchen nur noch von jedem eine Unterschrift auf den Meldezetteln, dann können Sie es sich in Ihren Zimmern gemütlich machen«, lenkte Konny ab. »Die Zettel und ein paar Stifte liegen auf dem Tisch. Möchte jemand ein Heißgetränk?«

Alle nickten. Wie Wackeldackel im Fond eines Opels, der mit 120 Sachen über eine gepflasterte Straße fuhr.

In diesem Augenblick entdeckte Konny aus den Augenwinkeln eine tote Maus – nicht nur ein Schädel, sondern tutti completti – neben dem Beistelltisch im Salon. Unauffällig kickte sie die Leiche unter die Couch.

Amenhotep durfte zwar das Haus nicht verlassen, was er auch gar nicht wollte, aber die Mäuse kamen zu ihm, wie der Berg zum Propheten, wie Eisenspäne zum Magneten. Vermutlich hätte er einfach nur mit offenem Maul im Flur liegen können, und die Mäuse hätten sich suizidal zwischen seine Zähne geworfen.

Die tote Maus brachte Konny auf den Gedanken, dass ihre Gäste nach der nächtlichen Fahrt womöglich ausgehungert sein könnten.

»Wie wäre es mit Frühstück? Selbstgebackenes Brot? Eierspeisen? Waffeln?«, bot Konny an. Kriemhild hob ihre ungezupften Augenbrauen. *Hast du sie noch alle? Ich stelle mich doch jetzt nicht hin und zaubere mal eben ein Fünf-Sterne-Luxushotel-Frühstück!* Konny klimperte ihrer Schwester mit den Wimpern zu. *Wir investieren hier in unsere Zukunft – zufriedene Gäste empfehlen uns weiter, und wir brauchen dringend Weiterempfehlungen!* Die Zwillinge verstanden sich ohne Worte, allein mit Hilfe von Augenbrauenheben und Wimpernklimpern.

Weil aber Kriemhild unfair kämpfte, brummte sie auch noch ungnädig. Hörbar.

Ihr Brummen verfehlte seine Wirkung nicht. Vier der fünf schüttelten verneinend die Köpfe.

»Für mich auch kein Frühstück, aber vielleicht irgendeine eine Kleinigkeit zum Knabbern?«, meldete sich Sara zu Wort.

»Aber natürlich, meine Liebe, wonach gelüstet es Ihnen denn?«, fragte Konny und wähnte sich in Sicherheit, weil sie nach ihrem gestrigen Einkaufstrip alles im Haus hatte, was sie unter ›Knabbereien‹ verstand – ihre Schokoladen-,

Chips-, Cracker- und Hartkäse-Dauerwurst-Vorräte konnten / 37
ein ganzes Regiment locker zwölf Monate lang versorgen.

»Ganz egal. Eine Karotte? Eine Gurke? Oder eine Sellerie-stange?«

Offenbar gab es mehrere Definitionen von Knabberkram.

»Ach, wie schade. Wir haben nur Süßes, Zuckerhaltiges ohne jedweden Nährwert.«

Scherz. Sie hätte definitiv SCHERZ rufen sollen. Kinnladen klappten nach unten.

»Natürlich haben wir auch Gemüse als kleinen Snack für zwischendurch. Vielleicht mit einem Dip? Oder mit Hütten-käse?«, beeilte sich Konny zu sagen, bevor ihr die Mädels, die sichtlich bleich geworden waren, vor Schreck ohnmächtig zu Boden sanken.

»Wer von Ihnen wird uns bekochen?«, wollte Leon wissen.

»Ich.« Kriemhild verschränkte die Arme. Sie wusste, worauf das hinauslaufen würde.

»Hier die Liste mit unseren Ernährungsbedürfnissen. Wir sind da sehr strikt. Ich hoffe, das stellt kein Problem dar.« Es war keine Frage, es war mehr so eine Drohung.

»Aber nein. Wir sind es gewohnt, auf die speziellen Bedürf-nisse unserer Gäste einzugehen«, erklärte Konny rasch, bevor ihre kostbare Wochenbuchung eine Kehrtwende einleg-te und wieder abreiste. Wie schlimm konnte es schon sein? Vermutlich irgendwas Fleisch-, Gluten-, Kohlehydrat-, Ka-lorien- und Geschmacksfreies. Die fünf waren ja keine Vam-pire, die Blutkonserven verlangten, aber nur das leckere AB negativ. Und selbst wenn, Konny wäre durchaus bereit gewe-sen, in die Blutbank des örtlichen Diakonissenkrankenhau-ses einzubrechen. Sie brauchten diese Gäste!

Kriemhild sagte nichts, presste nur die Lippen noch fester aufeinander.

»Möchten Sie denn wenigstens Kaffee oder Tee?«

»Haben Sie keine Wasserkocher auf den Zimmern, damit wir uns selbst versorgen können?« Leon klang schon einen Tick ungnädig.

»Äh … nein.« Das stand ganz oben auf der Liste der Dinge, die sie anschaffen wollten. »Aber wir bringen Ihnen gern Ihr Wunschgetränk aufs Zimmer.«

Es wurden ein Café Latte mit Sojamilch, ein Earl Grey mit Zitrone, ein grüner Tee (bei 75 Grad aufgebrüht), eine Cola light und ein stilles Wasser.

Kriemhild marschierte in die Küche. Sie hatte sich nichts notiert. Das brauchte sie auch nicht, ihr Gedächtnis war einwandfrei. Mehr noch – es war elefantös. Sie vergaß nie etwas. Aber sie würde dennoch Filterkaffee mit Dosenmilch, schwarzen Tee mit gar nichts und Sprudelwasser in die Zimmer im ersten Stock tragen, da war sich Konny sehr sicher. Kriemhild hatte keine Geduld mit dem modernen Individualismus.

»Soll ich Ihnen schon mal Ihre Zimmer zeigen, während meine Schwester die Getränke zubereitet?«, sagte Konny, weil jetzt alle die Meldezettel ausgefüllt hatten, und zeigte zur Treppe.

»O wie schön, eine Wendeltreppe!«, freute sich Freddie und lief in fast kindlicher Begeisterung voraus.

Die aufwändig geschnitzte Holzwendeltreppe war in der Tat das Highlight des Hauses.

»Gibt es keinen Aufzug?«

Konny konnte förmlich spüren, wie Leon bereits eine negative Bewertung für TripAdvisor formulierte. *Nein. Wir haben uns für Atmosphäre und gegen Komfort entschieden.* Das sagte sie natürlich nicht, das dachte sie nur. Stattdessen ging sie zügig voran.

»Wir haben drei große Eckzimmer und zwei schöne Mittelzimmer für Sie reserviert«, schnaufte sie, oben angekommen.

Hinter ihr erklommen die Bandmitglieder leichtfüßig die Wendeltreppe – bis auf den Kontrabassisten, der an seinem Instrumentenkoffer sichtlich zu wuchten hatte.

Die Türen zu den Zimmern standen offen und erlaubten vom Flur aus Einblicke in die wirklich sehr heimeligen Räume.

»Ich nehm das Große mit dem Blick nach hinten.« Leon spazierte schnurstracks in das ›Herrenzimmer‹ – viel dunkles Holz, viel Leder.

»Ich nehme das Mittelzimmer direkt daneben«, rief Freddie und wollte hineinlaufen, aber Sara warf sich ihr förmlich in den Weg. »Die vorderen Eckzimmer sind doch viel größer. Und auch heller und überhaupt schöner.«

Da hatte sie nicht ganz unrecht. Die Eckzimmer hatten tatsächlich eine größere Fensterfront und waren in hellen Farben dekoriert, eins in Gelbtönen, das andere in Hellblau.

»Danke, ich nehme das Zimmer neben Leon.« Freddie schubste Sara beiseite.

Sara krallte sich von hinten in Freddies Arm. »Das entscheidest nicht du«, fauchte sie.

»Nicht schon wieder ein Bitchfight.« Galecki klang angenervt.

Leon, um den es hier offenbar ging, kümmerte das nicht weiter. Er schlug hinter sich die Tür zu.

»Was soll der Stress? Die Zimmer haben doch eh' keine Verbindungstüren, oder? Es ist also egal, wer wo pennt«, meldete sich der große Blonde zu Wort.

»Ich schlafe neben Leon. Schluss der Debatte.« Freddie packte Sara am Handgelenk und wollte ihren Arm wegziehen, aber die Schraubzwinge, die noch vor kurzem Saras Hand gewesen war, gab keinen Millimeter nach.

So interessant es möglicherweise hätte sein können, dem Ausgang dieses Schlammcatchens ohne Schlamm beizuwohnen, war das Harmoniehäschen in Konny sehr darauf bedacht, Frieden zu stiften. Außerdem sollte der Teppichboden im Flur nicht vollgeblutet werden, der war nämlich nigelnagelneu.

»Es gibt eine einvernehmliche Lösung«, schlug sie vor, »der Gast, der das Mittelzimmer auf der anderen Seite von Leons Zimmer gebucht hat, ist noch nicht angereist – ich bringe ihn einfach in einem anderen Zimmer unter. Und Sie beide …«, Konny drehte sich zu den Musikern, »… haben die freie Wahl zwischen den beiden großen Eckzimmern.«

»Na also, perfekt«, sagte der große Blonde und stapfte in das hellblaue Zimmer direkt neben dem von Sara.

Die jungen Frauen funkelten sich noch einen Moment böse an, dann gingen auch sie auf ihr jeweiliges Zimmer.

Konny blieb mit dem kleinen Kontrabassisten allein im Flur zurück.

»Äh … also«, er druckste herum.

»Ja?«

»Gelb ist nicht meine Farbe. Kann ich nicht das andere Eckzimmer da drüben haben?«

Er zeigte auf die verschlossene, blau gestrichene Tür mit dem runden Bullaugenfenster.

»Tut mir leid, das ist kein Gästezimmer, da wohnt der Kom- /41
modore.«

Der Kontrabassist sah sehr unglücklich aus. Und sehr jung.
Konnys Welpenschutzmodus wurde aktiviert. »Keiner zwingt
Sie, in Gelb zu schlafen. Nehmen Sie doch das letzte freie
Mittelzimmer. Es ist allerdings ein wenig dunkler, weil der
Walnussbaum direkt vor dem Fenster steht, und sein Blätter-
dach ist ziemlich üppig.«

»Dunkel ist voll okay.« Er schien erleichtert. Gab es so etwas
wie eine Gelb-Phobie? Egal, sie hatte alle zufriedenstellend
untergebracht.

Konny wollte gerade die Wendeltreppe wieder nach unten
gehen, als ein durchdringender Schrei ertönte.

Die Tür zu Saras Zimmer wurde aufgerissen.

»Da …« Sie zeigefingerte nach hinten. »… unter meiner Decke … da lebt etwas!«

Die Tür zum hellblauen Zimmer flog auf, und der große
Blonde stürmte heraus. Sein Blick folgte der Richtung von
Saras Zeigefinger. Kühn stürzte er sich auf das Bett und riss
die Bettdecke weg.

Der Kontrabassist und Freddie, ebenfalls aus ihren Zimmern
getreten, schauten aus sicherer Entfernung zu.

Nur Leons Tür – das fiel Konny sofort auf – blieb geschlossen. Konny wusste natürlich, dass es in der Villa nicht spuk-
te. Es gab nur einen, der es liebte, sich nach getaner Arbeit,
sprich: nach erlegter Maus, irgendwo unter eine Decke zu
kuscheln und ein ausgiebiges Nickerchen zu halten.

Ein weiterer Schrei ertönte, eine Oktave tiefer, aber ebenso
durchdringend. Der große Blonde hatte den Fehler begangen, Amenhotep anfassen zu wollen. Amenhotep schätzte der-

lei Vertraulichkeiten von Fremden nicht. Und seine Krallen waren unbeschnitten …

Jetzt erst lugte Leon kurz durch den Spalt in seiner Tür, das Handy am Ohr. »Könnt ihr hier draußen mal ruhig sein?«

Sara schaute pampig, weil es ihrem Schwarm offenbar egal war, dass ein haarloses Monster sie beinahe in den Infarkt getrieben hätte. Was Freddie wiederum zu einem feinen Lächeln veranlasste.

Der große Blonde streckte Konny seine Hand entgegen. Auf die Entfernung war nichts zu sehen, kein Kratzer und schon gar kein Blut. Aber er verströmte die Aura eines Mannes, dem man soeben den Arm abgehackt hat.

»Ich hole Ihnen ein Antiseptikum«, sagte Konny, während Amenhotep mit hoch erhobenem Schwanz an ihr vorbei die Treppe hinunterstolzierte. Er war sich keiner Schuld bewusst, im Gegenteil.

»Brauchst du keine Tetanus-Impfung?«, fragte Sara, nicht wirklich besorgt, mehr interessiert, und tätschelte dem großen Blonden die Schulter. Der schien schlagartig geheilt und lächelte breit. »Ach, geht schon«, meinte er mannhaft.

»Echt?«

»Ja klar, das ist doch nichts.«

»Okay, na dann …«

Er strahlte Sara noch ein letztes Mal an, dann verließ er ihr Zimmer. Nachdem sie die Tür geschlossen hatte, wandte er sich an Konny. »Ich hätte schon gern was Desinfizierendes«

»Sofort«, versprach Konny, aber bevor sie die Treppe hinuntereilen konnte, kam Sara wieder aus ihrem Zimmer und reichte ihr einen Flyer.

»Ich habe gesehen, wie fett Ihr Kater ist. Das liegt an der falschen Ernährung. Hier, das wird Ihnen völlig neue Einblicke ermöglichen.«

Es war ein Traktat über vegane Tierhaltung …

Kurzer Zwischeneinschub: Wie man sich als Pensionswirtin nicht verhalten sollte

»Großer Gott, Ihre Haare stehen ab, als hätten Sie in eine Steckdose gefasst. Sie können bei uns kostengünstig Artikel der persönlichen Hygiene kaufen«, sagte Kriemhild. »Also beispielsweise eine Haarbürste.«

Neben der Tür zum Zimmer des Kommodore hing eine alte Schiffsglocke. Die hatte Kriemhild angeschlagen, nachdem sie das Tablett mit dem Kaffee, dem Tee und dem Wasser auf den Tisch neben dem Treppengeländer abgestellt hatte. »Die Getränke sind fertig!«, röhrte sie.

Man hörte Handygespräche, Duschwasserrauschen und Schnarchen aus den einzelnen Zimmern.

Nur die blonde Sara tauchte auf. Sie beugte sich über das Tablett und suchte ebenso sichtlich wie vergeblich ihren Café Latte mit Sojamilch.

Jetzt richtete sie sich auf. »Wie bitte?«

»Ich sagte, Sie sehen zerzaust aus.« Kriemhild kannte da nichts.

»Das ist nicht zerzaust, das ist verwuschelt. Und das trägt man jetzt so.«

»Mag sein, aber Ihnen steht das nicht.«

Sara wirkte fassungslos. Das hört man nicht oft von völlig Fremden. Höchstens in Twitterkommentaren von Trollen.

»Wissen Sie … ich schätze es gar nicht, wenn man Bemerkungen über mein Styling macht.«

»O bitte … ich wollte nur ein Gespräch in Gang bringen, und ich bin davon ausgegangen, dass Sie unter keinen Umstän-

den Ihre Augenbrauen erwähnt haben wollen.« Kriemhild
schaute abschätzig. Abschätzig zu schauen war eine ihrer
Kernkompetenzen.

Sara fuhr unwillkürlich mit der Hand über ihre zu schmal
gezupften Augenbrauen.

»Fallen die Ihnen krankheitsbedingt aus? Dann will ich nichts
gesagt haben. Aber es wirkt eher so, als litten sie unter Geschmacksverirrung.« Kriemhild fand nicht zum ersten Mal,
dass bei vielen jungen Frauen die Problemzone nicht Bauch,
Beine, Po war, sondern der Kopf. Es war ja okay, wenn man
nicht die hellste Kerze war, aber einen Docht sollte man doch
wenigstens haben.

»Wie … was …« Die Kleine schien sprachlos.

Zum Glück eilte Konny mit der antiseptischen Salbe herbei,
bevor sich die Sprachlosigkeit in Ärger verwandeln konnte.

»Gibt es Probleme?«

Kriemhild wollte etwas sagen, aber Konny schnitt ihr mit
einer zackigen Handbewegung das Wort ab. »Was hatten Sie
bestellt?«, fragte sie Sara.

Sara sah zum Tablett. »Einen Latte. Mit Sojamilch.«

»Der kommt sofort. Warum gehen Sie nicht zurück auf Ihr
Zimmer? Ich bringe Ihnen den Kaffee, gleich nachdem ich
Ihren Kollegen verarztet habe.«

Sara sah unsicher von Konny zu Kriemhild. Konny bemühte
sich, mütterlich zu schauen. Sie persönlich fand ja, dass sie
in ihrem blutroten Satinensemble, das sie immer noch trug,
sexy und femme-fatalig wirkte, aber ihr war durchaus klar,
dass der Rest der Welt in ihr die weise Großmutter sah, trotz
der braungefärbten Haare. »Es dauert wirklich nur noch einen Moment«, sagte sie und schob Sara ganz vorsichtig in
ihr Zimmer.

Kaum war die Tür zu, wirbelte Konny herum. »Wie kannst du nur?«

»Was?« Diesbezüglich war Kriemhild wie Amenhotep – unfähig, ein Schuldbewusstsein zu entwickeln, selbst wenn sie in flagranti ertappt worden waren. »Ich sage doch nur, was ich sehe.«

»Sag einfach nichts. Wir hatten doch ausgemacht, dass du mit den Gästen nicht redest!«

»Mach dich nicht lächerlich. Ich bin doch kein stummer Diener!« Kriemhild ging zum Zimmer des Kommodore. »Und diesen Latte mache ich sicher nicht.«

Konny rollte mit den Augen. Bevor sie den großen Blonden von seiner Angst, Katzenkratzer bedingt an Tollwut zu erkranken, befreien konnte, ging Leons Tür auf. Er trug nur noch Jeans. Seine Brust war entweder rasiert oder babyhaft haarlos. »Was ich noch sagen wollte – wir werden einen Probenraum benötigen.«

»Natürlich, gern. Wollen Sie hier komponieren?«

»Nein, nur proben.«

»Aber vielleicht inspiriert Sie diese Umgebung ja zu einem neuen Song.«

Er schaute skeptisch, sagte aber höflich: »Möglich. Wie mein Manager immer sagt: Zu manchen Songs kommt man wie Maria zu ihrem Kinde. Man weiß es einfach nicht.«

Konny nickte und zwang sich ein Lächeln auf die Lippen. »Ist gut. Ich sehe zu, was sich machen lässt.«

»Davon gehe ich aus.« Er zog sich wieder zurück.

Konny seufzte. Leon war ebensowenig gesellschaftsfähig wie ihre Schwester, er besaß nur bessere Manieren.

Sie musste an gestern denken, als sie wegen der spontanen

Gruppen-Buchung einen herrlichen Moment vollkomme- nen Glücks erlebt hatte. Dabei hätte sie es wissen müssen: Immer, wenn etwas zu gut aussieht, um wahr zu sein, ist es nicht wahr. Und hat einen Haken.

Zum Glück wusste sie in diesem Moment noch nicht, wie hammerhart der Haken ausfallen würde …

90-60-90, aus Silikon

Lasst, die ihr eintretet, alle Hoffnung fahren …
Als Dante mit diesen Worten vor dem Zugang zur Hölle warnte, hatte er dabei zweifelsohne visionär die Kellertür ihrer Bed-&-Breakfast-Pension vor Augen.
Als Kind hatte Konny sich strikt geweigert, die unregelmäßigen Steinstufen hinunter in das feuchte und muffige Dunkel des Kellers zu gehen. Und selbst jetzt, als erwachsene, quasi als überreife Frau, liefen ihr eiskalte Schauer über den Rücken, wenn sie sich allein in die Tiefe wagen musste.
Aber Kriemhild ließ im Zimmer des Kommodore Dampf ab, und Herr Hirsch war beim Anziehen, wozu er länger brauchen würde. Er war motorisch zwar weitgehend wiederhergestellt, aber in allem immer noch eine Stufe langsamer als vorher.
Bitte, wie albern ist das denn, du gehst jetzt in den Keller!, schimpfte Konny mit sich selbst. »Kommst du mit?«, fragte sie Amenhotep, der neugierig in der offenen Kellertür stand und mit vibrierenden Barthaaren den Duft der Untiefe in sich aufnahm. Aber sein Blick sprach Bände. *Da runter? Bin ich meschugge? Never ever!*
Also holte Konny tief Luft und stakste allein los.
Es musste sein. Im ganzen Haus war sonst kein geeigneter Raum frei, in dem die Band proben konnte.
Ihre Hand umklammerte das Geländer. An der Beleuchtung lag es nicht, dass sie so ein ungutes Gefühl hatte. Es baumelte zwar nur eine einzige, nackte Glückbirne von der Decke, aber bei der handelte es sich um eine klassische 100-Watt-

Birne von Osram aus Kriemhilds Hamsterhaltung, und die spendete reichlich Licht.

Gleich links war der Waschkeller, hinten die beiden Vorratsräume, vorn rechts der Heizungskeller.

Im Waschkeller und in den Vorratsräumen drohte natürlich ständig die Gefahr, dass Kriemhild unter irgendeinem Vorwand – Wäsche waschen, Gefrorenes aus der Tiefkühltruhe holen – hineinmarschieren würde.

Blieb also nur der Heizungsraum. Der war zudem trocken.

Außer dem Heizkessel stand ein einziges Möbelstück darin – ein gigantisch großer, alter Schrank. Der wie der schiefe Schrank von Pisa wirkte, weil der Boden abschüssig war. Vermutlich hatte der Bodenleger besoffen gearbeitet oder seine Wasserwaage war kaputt gewesen. Angeblich die einzig echte Antiquität im Haus und somit wertvoll, weswegen sich Kriemhild gegen eine Entsorgung ausgesprochen hatte. Früher war es einmal ein Wäscheschrank gewesen, mittlerweile war er aber ausgeweidet, und wenn man die Türen öffnete, blickte man in einen dunklen Schlund. Außerdem war eins der vorderen Beine leicht angeknackst, und es war nicht auszuschließen, dass der Schrank auf dem abschüssigen Boden eines Tages umfallen und jemand erschlagen würde. Im Grunde sollte das Teil von Herrn Hirsch vor dem nächsten Winter mit der Kettensäge zerlegt und im Kamin verfeuert werden.

Konny sang probeweise ein paar Takte aus ihrem Lieblingsmusical. *The Sound of Music.* Ja, Akustik war da. Keine besonders gute, aber trotzdem. Und es war trocken. Mehr konnten die jetzt wirklich nicht verlangen. Vermutlich musste Herr Hirsch die Klappstühle von der Terrasse heruntertragen, im Stehen würden sie ja nicht proben, oder? Aber sonst war alles perfekt.

Eigentlich hätte Konny den Katakomben jetzt wieder entsteigen können, aber: Neugier, dein Name ist Weib.

Wo sie ihre Angst nun schon einmal besiegt hatte, konnte sie auch einen Blick in den Schrank werfen. Was eigentlich völlig grundlos geschah, aber hinterher war Konny dann doch froh, dass sie es getan hatte. Besser sie als die Band.

Der Schrank war nämlich nicht leer. Nein, keine schimmeligen Lebensmittelreste, kein modriger, alter Krimskrams.

Aus der ansonsten gähnenden Leere des Schrankinneren blickten ihr zwei rehbraune Augen entgegen.

»Iiih«, quietschte Konny unwillkürlich auf.

Von fern hörte sie Amenhotep maunzen. Zu Hilfe eilte er ihr allerdings nicht.

Die großen Augen, die Konny verführerisch anstrahlten, gehörten zu einem freundlichen Gesicht mit rotem Kussmund unter einer roten Lockenmähne. Die Kleine war barbusig, trug nur einen beigen Lendenschurz.

Zaghaft stupste Konny sie mit dem Zeigefinger an.

Ja, es fühlte sich realistisch an. War aber Silikon.

Vor ihr lag eine Sexpuppe, mit angezogenen Knien, quasi einsatzbereit.

Ach, Herr Hirsch, dachte Konny. Dem Kommodore konnte sie nicht gehören, und sonst gab es ja keine Männer im Haus.

Natürlich war ihr nichts Menschliches fremd. Und die Libido löste sich im Alter ja nicht in Luft auf, auch wenn sie vielleicht nicht länger ununterbrochen in den Startlöchern kauerte. Aber Konny fand, dass eine Sexpuppe aus Silikon

doch kein vollwertiger Ersatz für eine Frau aus Fleisch und
Blut sein konnte. Und noch dazu waren die in Lebensgröße
schweineteuer. Und lebensgroß war die Kleine! Bestimmt
einen Meter fünfundsiebzig, schätzte Konny, somit größer
als Tom Cruise.

Konny versuchte, sie aus dem Schrank zu heben. Ging. Keine große Sache, schwer war sie nicht. Sie trug eine silberne
Halskette, in die etwas eingraviert war. Ihr Bestelldatum, das
sie jährlich gemeinsam zelebrierten? Konny sah nicht nach.

Herrje. Schmuck hatte er ihr gekauft. Aber für ein Nacht-
hemd hatte es nicht gereicht? Männer!

Nun gut, wohin mit ihr?

Nach oben konnte Konny die Puppe nicht bringen. Kriemhild durfte sie auf gar keinen Fall zu Gesicht bekommen.
Nicht auszudenken, was sie in ihrer Empörung tun würde.
Zetern, ganz sicher. Womöglich Herrn Hirsch des Hauses
verweisen.

Also schulterte Konny die Gummifrau und trug sie zu den
Vorratsräumen. Kriemhild hatte erst neulich gesagt, dass
eine der beiden Tiefkühltruhen den Geist aufgegeben hatte.
Die würde doch bestimmt leer sein.

Und so war es auch.

Konny legte die Puppe in ihr dunkles, aber wenigstens nicht
eisiges, neues Zuhause. Da man ihre Extremitäten abwin-
keln konnte – für ein erhöhtes Echtheitsgefühl, keine Frage –, ließ sie sich problemlos in die Truhe stopfen.

Na also, perfekt.

Konny klebte einen Post-it-Zettel auf die Truhe: FLEISCH.
Somit würde keiner ihrer veganen Gäste die Truhe öffnen,
selbst wenn sie sich auf der Suche nach einem Snack in den

52 / Vorratsraum verirren sollten. Sie würden die Tiefkühltruhe meiden wie der Teufel das Weihwasser.

Konny lächelte in der Überzeugung, alles richtig gemacht zu haben. Sie tätschelte sich im Geist die Schulter.

Verfrüht, verfrüht.

Stern oder nicht Stern …

… das ist hier *nicht* die Frage

Der Vormittag kam, der Vormittag ging.

Herr Hirsch ließ sich Zeit mit seiner Morgenhygiene, also trug Konny das Gepäck der Band in den ersten Stock der Pensionsvilla. Die jungen Leute reisten erstaunlich leicht. Und enorm gut etikettiert. Sie konnte jeden Koffer und die beiden Beautycases problemlos zuordnen.

Danach war das Bad frei – Herr Hirsch drehte draußen seine übliche Morgenrunde auf dem Aufsitzrasenmäher –, und Konny konnte sich für den Tag richten.

Die Gäste waren noch eine Weile zu hören – jemand spielte auf einer Gitarre, jemand anderes duschte, eine Frauenstimme sang –, dann wurde es leiser und schließlich mucksmäuschenstill. Vermutlich holten sie Schlaf nach.

Konny, jetzt in Jeans und T-Shirt, schlüpfte in ihre geblümten Gummistiefel und warf sich die Barbourjacke über, dann marschierte sie über die Wiese zu dem einsamen Biwakzelt für Solowanderer im Farbton Holundertee-Rot.

»Hallo, jemand zuhause?«

Die Polyesterhülle war noch feucht vom Morgentau. Gestern Abend war das Zelt noch nicht da gewesen, das hätte Konny schwören können, also musste es in der Nacht aufgebaut worden sein.

»Hallo?«

Sie ratschte den Reißverschluss auf. Es war schließlich ihre Wiese.

Aber das Zelt war leer. Bis auf einen Rucksack. Und die gesammelten Gedichte von Walt Whitman in einer Taschenbuchausgabe. Wer immer hier genächtigt hatte, war unterwegs.

Jetzt entdeckte sie auch Fahrradreifenspuren im Boden. Das deutete doch alles sehr auf einen Abiturienten, der nach dem Prüfungsstress ein paar Tage die Welt erkunden wollte. Das war kein Hardcore-Fan auf Stalking-Tour. Und würde jemand, der die kraftstrotzende Lyrik eines Whitman schätzte, die flachen, belanglosen Texte der Band Cordt goutieren? Nichts für ungut.

Konny war beruhigt. Sie ratschte das Zelt wieder zu und marschierte zurück zur Villa. Die sich im Sonnenlicht von ihrer besten Seite zeigte. Ein Traum, umkränzt von Walnussbäumen.

Was offenbar auch der Mann dachte, der vor dem Eingang stand und Fotos mit seiner Handykamera schoss. Sein Jaguar – sein goldener Jaguar – gleißte. Konny musste sich die Hand vor die Augen halten, so hell strahlte das Teil.

»Guten Tag«, rief sie jovial. In dieser Sekunde, bevor sich ihre Welt änderte. Bevor die Vögel auf den Bäumen zu zwitschern begannen. Wie in dem Song von den Carpenters: *Why do birds suddenly appear, every time you are near, just like me they like to be close to you …*

Er drehte sich nämlich um und stand einfach so vor ihr.

Cary Grant!

Natürlich nicht der Echte, der war ja tot. Sondern eine erstaunlich echte Replik. Gäbe es ihn als Gummipuppe, Konny würde sie sofort ordern. Geld spielte keine Rolle. Plötzlich verstand sie die Zuneigung ihres Gärtners zu seiner Puppe.

»Guten Tag.«

Meine Güte, er klang auch wie Cary Grants deutsche Synchronstimme. Als sei er aus einem seiner späteren Filme mitten hinein in ihr Leben gesprungen. Aus *Indiskret* oder *Charade*. Graumeliert, im Trenchcoat, mit diesem unwiderstehlichen Lächeln.

Seine Lippen bewegten sich.

Konny hörte nur das Rauschen in ihren Ohren. Sie wünschte, sie hätte sich nicht angezogen. In rotem Satin wirkte sie viel appetitlicher als in Gummistiefeln und abgewetzter Allwetterjacke.

»Äh … was?«

Es ist nämlich ein Fehler zu glauben, man könne nur als Vierzehnjährige von Hormonwellen so umtost werden, dass kein klarer Gedanke mehr möglich ist. Fünfzig Jahre später ist das genauso möglich.

»Bettenberg.«

Jetzt versah der Bereich des Gehirns, der für die Spracherkennung zuständig ist, der *Gyrus temporalis superior*, endlich seinen Dienst, und Konny verstand ganz eindeutig: Bettenberg.

Bettenberg? Ein Berg aus Betten? Ein Spielwiesenparadies für Erwachsene?

War dieser phantastisch aussehende Neuankömmling Aphasiker wie Herr Hirsch?

»Holger Bettenberg, ich hatte reserviert.«

»Natürlich, verzeihen Sie, ich … hatte noch nicht mit Ihnen gerechnet.« Konny strich sich eine nicht vorhandene Locke aus dem Gesicht. Ihre Frisur saß so kurz nach der Haarspraybehandlung noch. Nur ihre Haltung wackelte. »Bitte … äh … kommen Sie doch herein.«

»Könnte ich eventuell meinen Wagen in die Garage fahren?«

»Aber selbstverständlich.« Konny zögerte nicht einen Wimpernschlag lang. Es wäre eine Ehre für ihren Fatboy, die Scheune mit seinem goldenen Jaguar zu teilen. »Gleich dort drüben. Soll ich Ihnen in der Zwischenzeit einen Kaffee machen?«

»Das wäre wunderbar.« Er schenkte ihr ein Lächeln, das ihr durch und durch ging.

Während er seinen Liberace von einem Auto vor der Unbill der Witterung in Sicherheit brachte – auch wenn die Witterung sich derzeit von ihrer besten Seite zeigte –, eilte Konny ins Haus. Nicht, um Kaffee aufzubrühen, sondern um sich umzuziehen. Ein sogenannter Quick Change, wie ihn Varieté-Illusionisten oft auf der Bühne zelebrierten. Eben noch die wackere Landfrau und gleich darauf – Tusch! – die elegante Dame von Welt. Raus aus den Jeans und dem Shirt, rein in die Strumpfhose – Mist, Laufmasche, dann eben ohne – und zügig in ihr psychedelisch buntes Wickelkleid aus hundert Prozent Seide von *Diane von Fürstenberg* geschlüpft. Lila Pumps dazu, fertig.

Sie trat in dem Moment aus ihrem Zimmer, als er die Pension betrat.

»Hatten Sie eine gute Anreise?« Besser eine abgedroschene Phrase, als ihn nur stumm anzuhimmeln.

Sein Blick fuhr von ihrem Locken-Bob über das üppige Dekolletee und die ausladenden Hüften zu den drallen Waden und wieder nach oben. Ihm schien zu gefallen, was er da sah.

»Ja, danke.« Wenn er lächelte, bekam er Grübchen. »Hatten Sie mir nicht Kaffee versprochen?«

»Was?« Sie blinzelte. »Ach ja, natürlich. Wenn Sie mir bitte folgen wollen.«

Konny führte ihn durch den Salon ins Esszimmer. Auf dem Tisch lagen noch die ausgefüllten Meldezettel der Band. Aber er war ja mit Sicherheit kein fanatischer Fan. Schließlich hatte er sich schon lange vor der Band in der Pension angemeldet.

»Wenn Sie bitte die Anmeldung ausfüllen würden. Ich hole Ihnen rasch einen Kaffee.«

Durch die geöffnete Küchentür beobachtete sie, wie er einen Montblanc-Füllfederhalter aus seiner Tweedsakko-Innentasche fischte, den Verschluss aufschraubte und gewissenhaft alle Rubriken des Anmeldezettels ausfüllte. Ihr wurde ganz warm ums Herz.

»Was machst du denn da?«

Kriemhild!

»Nach was sieht es denn aus? Kaffee!«, zischelte Konny leise.

»Siehst du nicht, dass die Maschine rot blinkt? Das ist ein Hilfeschrei!« Kriemhild sah sich nicht veranlasst, leise zu sprechen. Die Küche war ihr Reich. Und sie sah es nicht gern, wenn man sich an ihren Sachen vergriff.

»Sprich leise, wir haben einen neuen Gast«, flüsterte Konny.

»Das ist noch lange kein Grund, sich grob an der Kaffeemaschine zu vergehen. Merkst du nicht, wie du ihr weh tust?«

Konny hätte gern zurückgegiftet, wollte aber nicht, dass Holger Bettenberg sie als Kampfhenne wahrnahm. Also zeigte sie sich großmütig. »Du hast recht, verzeih. Würdest du unserem Gast bitte eine Tasse Kaffee zubereiten?«

Kriemhild brummte.

Konny eilte ins Esszimmer. »Der Kaffee kommt sofort.«
Bettenberg wedelte mit der Linken den Anmeldezettel trocken, mit der Rechten notierte er etwas in sein schwarzes Moleskine-Notizbuch. »Gut. Ich muss sagen, Sie haben es hier recht ... apart.« Er ließ seinen Blick schweifen.
Konny ebenfalls, aber nicht durch das Esszimmer, sondern über seine maskuline Gestalt. Seine Haltung, seine Nonchalance, alles rief: Ich bin ein Mann von Welt.

Seit sie vor einem guten Jahr zusammen mit ihrer Schwester die Pension eröffnet hatte, herrschte gewissermaßen eine Dürreperiode in ihren Regionen südlich des Äquators. In der Großstadt war es nie ein Problem gewesen, als Singlefrau auf Beutejagd zu gehen, aber hier in der Provinz war die Auswahl deutlich eingeschränkter. Sie hatte sich sogar schon überlegt, es mit Online-Dating zu versuchen. Aber jetzt ...
»Sind das Originale?«, fragte er und zeigte auf die bunten Drucke an den Wänden.

Konny nickte. »Friedensreich Hundertwasser. Handsigniert.«
War natürlich geschwindelt.

»Sehr ansprechend.« Er steckte Füllfederhalter und Notizbuch ein und erhob sich. »Ich weiß natürlich, dass ich zu früh eingetroffen bin. Sollte das Zimmer noch nicht bereitstehen, kann ich gern einen Ausflug in die Stadt machen.«
»Aber nein ... ich meine ... doch, Ihr Zimmer ist schon bezugsfertig. Ich ... also wir ... haben Ihnen ein Upgrade gegeben. Unser schönstes Eckzimmer.« Konny war enorm froh, dass ihr das Schicksal so gewogen in die Hände gespielt hatte. »Möchten Sie es sich schon ansehen? Meine Schwester bringt Ihnen den Kaffee nach oben.«

Aus der Küche war ein übellauniges Brummen zu verneh- men.

»Sehr gern.«

Konny ging voraus. Auf der Wendeltreppe konnte sie seine Blicke auf ihren Waden förmlich spüren. Ein Kribbeln lief durch ihren Körper.

»Hier, unsere Sonnenkönig-Suite.« Das gelbe Eckzimmer strahlte im Licht der Mittagssonne tatsächlich sehr royal. Über dem Kingsize-Bett mit dem zartgelben Überwurf und der Vielzahl an Deko-Kissen hing ein Kronleuchter, der zwar weitaus weniger spektakulär war als die Lüster in Versailles, aber dennoch funkelte.

»Das hier links ist der Kleiderschrank, das hier rechts ist die Nasszelle.«

Konny fand, dass sie das Problem der fehlenden Badezimmer genial gelöst hatten. In allen Gästezimmern gab es Fertignasszellen, die von außen an einen Schrank erinnerten, innen jedoch ein WC, ein Waschbecken und eine Deckendusche enthielten. Etwas eng, zugegeben, aber es war alles vorhanden, was man für die Körperhygiene benötigte.

Holger Bettenberg sah zu den Fenstern und fragte: »Kann ich für die Fenster ein Fliegengitter bekommen?«

»Kein Thema, die kann Herr Hirsch einsetzen.«

»Außerdem benötige ich ein Dampfbügeleisen und ein Bügelbrett.«

»Aber natürlich, wird sofort erledigt.« Konny hatte keine Ahnung, wie die Wäsche hier im Haus glatt wurde, darum kümmerte sich Kriemhild. Aber es schadete nie, wenn man erst mal zu allem ja und Amen sagte. Und dieser Cary Grant hätte ohnehin alles, wirklich alles von ihr verlangen können. Sie lächelte.

»Ich bitte darum.« Er sah sich um. »Ja, doch ... recht anspre-chend.«

»Danke, wir geben uns Mühe.« Konny fand *ansprechend* ei-gentlich nicht adäquat genug, aber vermutlich nächtigte er sonst wie sein berühmter Doppelgänger in den Präsidenten-suiten von Häusern wie dem *Ritz* in Paris oder dem *Cipriani* in Venedig. So gesehen war ein *ansprechend* für das goldgel-be Eckzimmer in ihrer Pension höchstes Lob.

»Unsere Gäste schätzen die individuelle Betreuung, die wir ihnen zuteil werden lassen.« War das zweideutig genug? »Und unsere Diskretion. Derzeit haben wir noch andere Gäste. Be-rühmte Gäste. Die Band Cordt.« Sprach es für ihre Diskretion, wenn sie ihm das sagte? Aber er würde es ohnehin herausfin-den. So groß war die Villa nicht, dass man sich hier ungesehen aus dem Weg gehen konnte.

»Cordt?«

»Eine Singer-Songwriter-Gruppe aus heimischen Landen«, klärte Konny ihn auf. »Sie haben sie bestimmt schon einmal im Radio gehört. Wirklich sehr berühmt.«

»Ach ja? Nun, die Berühmtheit mancher Zeitgenossen hängt sehr oft mit der Dummheit ihrer Bewunderer zusammen, nicht wahr?« Bettenberg schürzte die Lippen. »Ich persön-lich bevorzuge E-Musik.«

Konny lächelte unverbindlich.

Er strich sich mit der Rechten über den schwarzen Haar-schopf und lenkte damit die Aufmerksamkeit auf eine riesi-ge Schweizer Uhr in Roségold mit Mondphasenanzeige.

»Sagen Sie ...«, fing er an, »... Sie hätten nicht zufällig Zeit und Lust, mich heute Abend in die *Eisenbahn* zu beglei-ten?«

Die *Eisenbahn* war der hiesige Gourmet-Tempel. Ausgezeichnet vom Guide Michelin und Gault Millau. Hochgelobt von Küchenkritikern jeder Couleur und beliebt bei betuchten Zeitgenossen, die gern gut aßen. Konny wollte schon immer mal dort speisen.

Und nun hatte dieser Cary Grant sie eingeladen. Er war ein Snob, ein Kleingeist, ein Pedant. Aber offenbar auch großzügig.

Konny strahlte. »Sehr, sehr gern!«

Das Fleischesser-Manifesto

Hohepriesterin Kriemhild hält das Wort zum Sonntag

Schwestern müssen nicht unbedingt Freundinnen sein. Zwillingsschwestern – entgegen der gängigen Volksmär – auch nicht. Wobei es natürlich hilft. Doch selbst, wenn man es nicht ist, manchmal zwingen einen die Umstände dazu, die eigene Schwester zur Vertrauten zu machen. Beispielsweise weil man gemeinsam am A… der Welt eine Pension führt und die nächste echte Freundin hundertfünfzig Kilometer weit weg wohnt und ohnehin gerade in einer Hängematte auf den Malediven ihren Sommerurlaub verbringt.

»Stell dir vor … er hat mich eingeladen«, rief Konny und stürmte mit wehenden Locken in die Küche, wo Kriemhild an der Theke stand und griesgrämig auf ein Blatt Papier starrte.

»Ein Erdnussallergiker, eine, die kein Gluten verträgt, eine, die eine Low Carb Diät macht, und alle vegan.« Kriemhild schaute waidwund auf. »Was bleibt denn da noch? Soll ich denen ein Mittagessen zeichnen?«

»Er will mit mir in die *Eisenbahn* gehen!« Konny pustete sich eine braune Locke aus dem Gesicht. Natürlich kam die Farbe schon lange aus der Tube – *L'Oréal*, weil sie es sich wert war. Jede andere Frau hätte sie gefragt, was sie denn anziehen sollte, aber Kriemhild war so etwas wie die Antipode der Mode. Wenn es nach ihr ging, könnte die Menschheit in Kartoffelsäcken herumlaufen – solange es nur die sekundären Geschlechtsmerkmale verdeckte und warm hielt.

Kriemhild hörte aber gar nicht zu. »Diese ganzen Nahrungsmittelunverträglichkeiten sind doch psychosomatisch! Die gab's früher nicht. Es wurde gegessen, was auf den Tisch kam. Und wenn man etwas nicht mochte, ließ man es auf dem Teller und erklärte, man sei leider schon pappsatt, und gut war's.« Wenn Kriemhild gekonnt hätte, hätte sie sich jetzt auch eine Locke aus dem Gesicht gepustet, aber sie bürstete ihre langes, eisengraues Haar jeden Morgen mit einhundert Bürstenstrichen glatt und flocht sich dann einen Zopf.

»Eigentlich soll man als Pensionswirtin ja nicht privat mit den Gästen verkehren, oder? Da gibt es doch sicher einen Ehrenkodex – wie bei Ärzten und Psychiatern.« Konny legte die Stirn in Grübelfalten.

»Ich wollte Spaghetti Bolognese machen. Das ist das absolute Wohlfühlgericht. Für jeden! Wenn eines Tages ein riesiger Asteroid auf die Erde zurast und uns nur noch vierundzwanzig Stunden bis zum Ende der Welt bleiben, dann werden wir Spaghetti Bolognese essen wollen … und keine Tofuschnitte!«

Konny fächelte sich mit einem Untersetzer Luft zu. Ihr war heiß bei dem Gedanken, den heutigen Abend mit Cary Grant zu verbringen. »Ob ich ihn googeln sollte? Ich sollte ihn googeln.« In ihrem Alter kamen Männer natürlich immer mit Gepäck in Form von Frauen, Ex-Frauen, Kindern, vernarbten Herzen, Altersschrullen wie dem zwanghaften Kommentieren von *SZ*-Artikeln online. Besser, man wusste von Anfang an, worauf man sich einzustellen hatte. Direkt fragen ging natürlich, erzielte aber nicht immer das gewünschte Resultat. Will heißen: die Wahrheit.

»Siehst du das Logo auf dem Zettel? Siehst du das?« Kriemhild donnerte mit der Faust auf das unschuldige Blatt Papier. Durch die Faust sah man natürlich nichts, selbst wenn man hingeschaut hätte. Was Konny nicht tat, die schaute verträumt aus dem Küchenfenster hinaus in den Kräutergarten. Wo eins der Schafe von Bauer Schober offenbar mal wieder olympiareif über den Elektrozaun gesprungen war und sich das offene Tor zu den Beeten zunutze gemacht hatte und jetzt genüsslich am Salat zupfte. Aber auch das bekam Konnys Wachbewusstsein nicht mit.

»*Zum Wohl der Tiere*. Ha! Es versteht sich ja von selbst, dass eine artgerechte Haltung und eine ›humane‹ Schlachtung oberstes Ziel sein müssen. Aber der Mensch ist ein Fleischfresser. Zellulose kann er gar nicht verdauen. Wissen diese missionarischen Veganer überhaupt, wie viele Tiere sterben, wenn ein Feld umgepflügt wird? Wie viel Lebensraum von Kleintieren wie Feldmäusen vernichtet wird? Bei der Ernte? Und in wie vielen Produkten Knochenleim von Tieren steckt – in Handys und Computern. Und trotzdem machen Veganer Selfies und stellen ihre fanatischen Appelle ins Netz. Bigotte Heuchler, allesamt!« Kriemhild zog das Küchenhandtuch von der Schüssel, die vor ihr auf der Theke stand. »Hier, diese Fleischbällchen, sind das nicht wunderbare Fleischbällchen? Wenn ich ein Fleischbällchen wäre, würde ich mich prompt in sie verlieben und mit ihnen durchbrennen!«

»Was? Wir wollen nicht durchbrennen, nur essen gehen.« Konny sah ihre Schwester verträumt an. »Obwohl … ich bin offen für alles.« Sie senkte kokett den Kopf.

Man kann nicht unbegrenzt lange aneinander vorbeireden. Kriemhild merkte das als Erste.

»Hast du mir überhaupt zugehört?« Kriemhild stemmte die Hände auf die Hüften. Es war eine rhetorische Frage. Natürlich hatte Konny ihr nicht zugehört. Jetzt tat sie es gerade auch nicht.

»Herr Bettenberg und ich gehen heute Abend essen, für uns beide musst du nichts einplanen«, sagte Konny mit errötenden Wangen.

»Großer Gott.« Kriemhild stöhnte. »Du bist also schon wieder läufig. Ehrlich, ich hätte dich schon vor Jahren kastrieren lassen sollen.«

»Was denn? Ich will doch nur essen gehen. Er ist ein toller Mann, sieht umwerfend aus und besitzt Stilgefühl.« Konny blendete seinen Jaguar im Prachtstil eines Ludwig des Vierzehnten aus. »Man kann seine Abende schlechter verbringen als mit jemand wie ihm.«

Konny ging in Gedanken ihre Wäscheschublade durch. Sie würde die Spitzenkorsage von *L'Agent Provocateur* unter ihrem Goldlamékleid tragen. Denn natürlich wäre sie zu mehr als nur einem Drei-Gänge-Menü und einer Flasche Champagner bereit. Noch so ein Vorteil des Alters: jederzeit, überall. Was eben noch als Gütesiegel eines ›leichten Mädchens‹ gegolten hatte, war nun ein deutliches Ja zum Lebensmotto ›carpe diem‹.

»Du projizierst deine Wünsche nach glücklicher Zweisamkeit auf einen Fremden, den du gerade mal zwei Sekunden kennst«, dozierte Kriemhild, die in ihrer Schwester wie in einem Buch las.

»Unsinn!«, widersprach Konny vehement. »Verquirlter Quatsch!«

Widerspruch wird ja umso vehementer, je mehr man ahnt, dass das Gegenüber auf ein Körnchen Wahrheit gestoßen sein könnte.

»Du kennst den Mann überhaupt nicht. Was, wenn er dich erwürgt, dir die Haut abzieht und sich daraus ein Halloweenkostüm schneidert?«

»Dann wirst du bis ans Ende deiner Tage allen erzählen können, dass du es ja gleich gewusst hattest.« Konny pustete sich eine Locke aus dem Gesicht.

»Kauf dir endlich eine Haarspange«, riet Kriemhild. »Und kannst du dieses Kapitel deines Lebens nicht endlich abhaken?« Sie faltete das Küchenhandtuch und legte es über den Backofengriff.

»Verstehst du denn nicht, dass ich nicht den Rest meines Lebens allein bleiben möchte?«

»Du bist nicht allein«, erklärte Kriemhild. »Ich bin ja da.«

»Das meine ich nicht. Ich möchte neben einem warmen Körper im Bett liegen und mich geliebt fühlen, wenn ich aufwache.« Konny breitete die Arme aus.

»Ich habe kein Problem damit, zweimal die Woche oder immer samstags nach der ZDF-Sportschau mit dir das Bett zu teilen und dir zum Einschlafen eine Geschichte vorzulesen. Und wenn du dich morgens nach dem Aufwachen geliebt fühlen willst, drücke ich dir gern deinen hässlichen Kater in die Arme.« Kriemhild ging das Leben immer ganz praktisch an.

»Du bist doof!« Konny drehte sich um und marschierte zur Tür. »Jedenfalls weißt du jetzt Bescheid. Ich bin heute Abend nicht da.«

»Wollen wir um eine Woche Badezimmerreinigen wetten, dass du hinterher angelaufen kommst und dich bei mir ausheulst?«, rief Kriemhild.

Konny streckte ihr den Mittelfinger entgegen. Im ausgefah-
renen Zustand bemerkte sie seine Mängel.

*Ach, Mist, Maniküre muss bis heute Abend unbedingt auch
noch sein.*

Liebe – so sauber,
wie in *Sagrotan* gebadet

Mit ondulierten Locken und in ihrem figurbetonenden Goldlamékleid – passend zum Auto – schwebte Konny um Punkt
zwanzig Uhr aus ihrem Zimmer. Sie hatte Schritte auf der
Wendeltreppe gehört und messerscharf geschlossen, dass es
sich um Holger Bettenberg handeln müsse, der sich – frisch
beduftet und brillantiniert und hoffentlich mit klopfendem
Herzen – auf den Weg zu ihr machte.

Aber als sie in den Flur trat, standen da nur Freddie und Sara
und zeigefingerten entsetzt durch die offene Eingangstür. »Da
strullert einer«, erklärte Sara anklagend.

Und ja, am anderen Ende der Wiese, dort, wo ihr Grundstück endete und es abrupt und zaunlos in den Gemeinde-
mischwald überging, stand Herr Hirsch und urinierte. Mit
dem Rücken zum Haus und halb von seinem geliebten Aufsitzrasenmäher verdeckt, aber doch deutlich als Freiluftpink-
ler zu erkennen.

»Wollen Sie denn gar nichts unternehmen?« Sara sah Konny
fragend an.

Wie? Jetzt, in ihrem Goldlamékleid mit den hochhackigen
Sandalen?

»Das *ist* doch Ihr Gärtner, oder?« Freddie legte Konny mitfühlend die Hand auf den Unterarm. »Der mit dem Schlaganfall, nicht wahr? Er hat seine Blasenkontrolle verloren …«

In Wahrheit war die Motorik der inneren Organe von Herrn
Hirsch einwandfrei. Er war einfach nur alt. Somit war seine
Prostata ebenfalls alt. Wenn er musste, dann musste er. Und

er musste oft. Eigentlich hatte er dafür eine spezielle Stelle unter dem einsamen Apfelbaum mitten auf der Wiese neben dem Haus, aber manchmal schaffte er es nicht bis dorthin.

Konny nickte. Was nicht laut ausgesprochen wurde, war doch genau genommen keine Lüge, oder? Sie hatte das dumpfe Gefühl, dass Herr Hirsch, wenn er die Wahl hätte, lieber von ihr als Macho-Pinkler und Grasnarbenschänder abgekanzelt würde, um vor den jungen Frauen sein Gesicht zu wahren, anstatt als Tattergreis hingestellt zu werden, der eigentlich eine Windel bräuchte.

»Der Arme«, hauchte Freddie.

Sara schien immer noch nicht ganz besänftigt. »Er könnte sich wenigstens hinter einen Baum stellen, damit man nichts sieht.«

»Sie haben recht, so geht das nicht. Ich werde mit ihm reden«, versicherte Konny. Wenn sie – dank Empfehlung der Band – tatsächlich von nun an mehr Gäste haben sollten, ging das wirklich nicht.

»Was gibt es da Schönes zu sehen, meine Damen?« Lautlos hatte sich Holger Bettenberg angeschlichen.

Ungegelt, ohne Aftershave, noch in den Klamotten, die er schon bei seiner Anreise getragen hatte. Konny kam sich spontan overdressed vor.

»Der Gärtner düngt die Bäume.« Freddie grinste.

»Aha.« Bettenberg nickte, zog sein Moleskine-Notizbuch aus der Jackettinnentasche und notierte etwas.

»Sind Sie Schriftsteller?«, wollte Sara wissen.

Bettenberg lächelte und steckte das Notizbuch wieder weg.

»So etwas Ähnliches. Lesen Sie denn gern?«

Sara zuckte mit den Schultern.

Freddie kicherte albern.

»Ich liebe die Literatur des 19. Jahrhunderts«, warf Konny ein, aber Bettenbergs Aufmerksamkeit galt den beiden Girlie-Nichtleserinnen, die ihn aus großen Augen ansahen. Der Gentleman-Charme eines Cary Grant zeitigte auch bei den Frauen der nachwachsenden Generation seine Wirkung.

»Sie sollten anfangen zu lesen«, schnurrte Bettenberg mit Kater-Stimme. »Ich werde immer ganz traurig, wenn jemand sagt, dass er – oder sie – nicht gern liest. Dann könnten Sie auch gleich sagen, dass Sie nicht gern atmen oder nicht gern …«

Weiter kam er nicht.

Leon kam die Treppe herunter. Barfuß. Mit verwuschelten Haaren. Als ob er eben erst aufgestanden wäre.

»Gibt's schon Abendessen?«, wollte er mit noch bettschwerer Stimme wissen.

Sara schubste Freddie beiseite. »Lass uns nachsehen.« Sie nahm ihn an der Hand und zog ihn ins Esszimmer.

Freddie stapfte hinterher, die Stirn in Falten gelegt.

Konny war auch nach Stirnfalten zumute, aber in ihrem Alter war die Haut nicht mehr so elastisch. Wenn sie jetzt die Stirn runzelte, würde sie noch in zwanzig Minuten, wenn sie längst beim Apéritif in der *Eisenbahn* saßen, verstimmt wirken.

»Wollen wir los?«, wandte sie sich deshalb freudestrahlend an Bettenberg.

Sein Lächeln fiel etwas bemüht aus, wie bei einem Silberrücken, der eben von einem Gorilla-Jungspund vom Aufmerksamkeitsthron gekickboxt worden war. »Natürlich.« Dann

sah er sie an, als ob er sie jetzt erst bemerkte, ließ seinen Blick / 71
über ihre äußerst weibliche Figur in dem hautengen Kleid
wandern, und das Lächeln wurde eine Nuance breiter. »Machen wir uns einen schönen Abend!«

Er bot ihr nicht den Arm zum Einhaken an. Konny hätte
aber Halt gebrauchen können. Weil sie schon lange keine
hohen Absätze mehr getragen hatte, schwankte sie beim Gehen.

Hoffentlich denkt er jetzt nicht, ich hätte schon vorgeglüht.

Bettenberg fuhr den Jaguar aus der seitlich gelegenen Scheune. Noch zehn Schritte … noch neun … noch acht …

Am Wagen angekommen, stützte sich Konny erleichtert mit
der Handfläche ab. Alles gut gegangen.

»O Gott! Nein!«

»Was?« Hektisch schaute sie sich um.

»Sie haben den Wagen berührt!« Bettenberg sprang aus dem
Fahrzeug und starrte sie konsterniert an.

Konny fuhr ihre Hand wieder ein. Der Abdruck, den ihre
Hand hinterließ, verblasste in Sekundenschnelle.

»Hautfett greift den Lack an!«, jammerte Bettenberg. »Ich habe gerade ein Vermögen für das Umlackieren bezahlt!«

Hautfett?

Womöglich wurde ihr in diesem Moment klar, dass der
Abend nicht den Ausgang finden würde, der ihr vorgeschwebt
hatte. Aber die Hoffnung stirbt ja bekanntlich zuletzt.

Bettenberg schoss mit dem Handy ein Foto ihres kaum noch
auszumachenden Handabrucks.

Wozu das denn, bitteschön? Als Beweisstück A vor Gericht?

Dann holte er aus dem Kofferraum eine Spraydose, sprühte
die Stelle ein und polierte sich einen Wolf.

Konny seufzte. Unfroh.

Aber man duschte, enthaarte, manikürte, pedikürte und on-
dulierte sich nicht den ganzen Nachmittag und zwängte sich
dann in ein auf Körper geschnittenes Kleid und riskierte einen Knöchelbruch beim Gehen auf Zehn-Zentimeter-Absät-
zen, nur um dann unverrichteter Dinge wieder umzukehren.
Wenn schon sonst nichts, so würde sie heute doch zumindest in einem Sterne-Restaurant zu Abend essen!

»Setzen Sie sich ruhig in den Wagen. Ich bin gleich fertig«,
bot Bettenberg großzügig an.

Auf dem Beifahrersitz lagen allerdings diverse Gourmetma-
gazine und eine Ansammlung von Speisekarten.

»Danke, es geht.« Sie würde sich hüten, die Zeitschriften
und Karten anzufassen, um Platz für sich zu schaffen. Aus
Erfahrung wurde man schließlich klug. Und sie wollte nicht
auch noch für Beweisstück B sorgen.

Stattdessen übte sie sich in positivem Denken.

Grillen zirpten. Die Schafe auf der Streuobstwiese des Nachbarn mähten das Gras. Zwei Krähen flogen über ihnen vorbei zu ihrem Nachtlager. Die Füße taten ihr weh.

Irgendwann war Bettenberg fertig. Er setzte sich auf den Fah-
rersitz und räumte den Beifahrersitz frei.

Konny nahm damenhaft Platz – Hintern zuerst, dann die
Beine einfahren – und sah zu ihm. Die welligen, schwarzen
Haare, die kleine Kerbe im Kinn, die funkelnden Augen –
darauf würde sie sich konzentrieren. Auf die Optik. Nicht
auf seine zwanghafte Putzsucht.

»Bereiten Sie sich auf einen Genuss der Superlative vor«,
schwärmte er.

»Waren Sie schon einmal in der *Eisenbahn*?«, wollte sie wissen.

»Ja … ähem … in der Tat …« Irgendetwas arbeitete in ihm. Er musste sich sichtlich zwingen, ihr etwas *nicht* zu sagen. Vermutlich war er immer zum Geburtstag seiner verstorbenen Frau zusammen mit ihr dort eingekehrt und beehrte das Restaurant auch nach ihrem Ableben mit jährlichen Besuchen, dachte Konny. Oder seine Frau war weder verstorben noch von ihm geschieden, und er überlegte, wie er ihr das beibringen konnte, bevor der Oberkellner sich bei ihm, dem Stammgast, nach dem Befinden der werten Gattin erkundigte. Vermutlich Letzteres. Konny kannte ihre Pappenheimer.

Quasi als Übersprungshandlung schaltete Bettenberg das Radio ein. Es war auf einen Klassiksender eingestellt, der gerade zeitgenössische Klaviermusik brachte. Konny spürte, wie ihre Libido mit jeder atonalen Note weiter schrumpfte.

Bettenberg zog aus der Fahrertürtasche ein Antiseptikum und sprühte seine Hände damit ein. Es stank wie Hölle. Bei diesem Gestank standen Konnys Flimmerhärchen abrupt zu Berge. Sie bekam kaum noch Luft und tastete die Beifahrertür ab.

»Wo kann ich denn das Fenster öffnen?«, japste sie.

»Bloß nicht. Insekten.«

»Insekten?«

»Insekten!« Bettenberg ließ den Motor an. »Ich sage Ihnen, das Ende der Menschheit kommt aus dem Mikrokosmos über uns. Durch Stechmücken, die Viren übertragen. Ebola. Zika. Durch antibiotika-resistente Bakterien.«

In seiner Prediger-Attitüde erinnerte er sie jetzt doch sehr an ihre Schwester Kriemhild.

Er bog auf die Landstraße.

Konny hätte zu gern etwas zur Unterhaltung beigetragen,

aber sie musste sich darauf konzentrieren, möglichst flach zu atmen. Frischer Sauerstoff war ja offensichtlich keine Option.

»Herrschaftszeiten«, brüllte Bettenberg plötzlich, »die Blinker wurden nicht ins Auto eingebaut, weil zufällig noch oranges Plastik und vier Glühbirnen übrig waren!«

Konny zuckte zusammen. Vor Schreck atmete sie tief ein. Wäre sie eine Cartoon-Figur, würde sich jetzt ihr ganzer Körper unter dem entsetzlich klinischen Gestank des Antiseptikums grün verfärben.

Im Grunde konnten sie auch einfach an dem Imbisswagen neben dem Ortsschild halten und in ranzigem Fett frittierte Pommes essen. Ihre Geschmacksknospen waren sämtlich in Ohnmacht gefallen.

»Haben Sie das gesehen? Der hat nicht geblinkt!«

Konny nickte. Wo sie schon atmete, konnte sie auch reden. »Wann waren Sie denn zuletzt in der *Eisenbahn*?«

»Ach, wie lange ist das jetzt her? Ein, zwei Jahre.« Er schürzte die Lippen. »Ich schätze gutes Essen, müssen Sie wissen. Ein perfekt abgestimmtes Menü mit passenden Weinen – das ist wie das Gemälde eines großen Künstlers. Nur mit dem tibetischen Mandala-Effekt, wenn Sie verstehen, was ich meine: eine Mahlzeit ist kein Kunstwerk für die Ewigkeit, sie zelebriert das Hier und Jetzt.«

Das klang verdächtig nach Ausweichmanöver. Nur keine Daten, nur nicht festlegen. Aber er sagte es mit einer Stimme, die Konny sehr erotisch fand. Tiefer als die des Synchronsprechers von Cary Grant, mit weichem Timbre. Und klug war er auch, fast schon philosophisch. Sie würde ihm definitiv noch eine Chance geben.

Pünktlich um zwanzig Uhr dreißig bogen sie auf den Park- / 75
platz vor dem Restaurant.
Die Fleckenaffäre war vergessen. Galant half er ihr aus dem
Wagen, und jetzt bot er ihr auch den Arm.
Konny bekam mit, wie die Gäste im Restaurant sich die Häl-
se verrenkten, um zu sehen, wer aus einem goldenen Jaguar
stieg. Jemand schoss ein Handyfoto. Jetzt bedauerte sie ihre
Kleiderwahl – Goldlamékleid und ein goldener Jaguar: das
wirkte wie eine Filmszene aus *James Bond – Goldfinger*. Egal,
dachte sie, hätte es James Bond schon in den vierziger Jahren
gegeben, Cary Grant alias Holger Bettenberg hätte mit Sicherheit die Titelrolle gespielt.
Der weibliche Maître führte sie an einen Ecktisch mit Blick
auf den Parkplatz. Zur Auswahl hatte noch ein Mitteltisch
mit Blick auf die Zufahrtstraße zum Bahnhof gestanden.
»Das ist gewissermaßen der i-Punkt der Qualität«, dozierte
Bettenberg, »ein Restaurant, in dem nichts – schon gar nicht
eine betörend schöne Aussicht – die Konzentration auf das
Wesentliche, also das Essen, stört.«
Konny nickte. »Sie sind Purist, das gefällt mir.«
»Wenn es um gutes Essen geht, darf es keine Kompromisse
geben. Meine Frau war eine phantastische Köchin. Sterne-
Niveau. Jeden Tag! Sie war ein Engel.«
»Sie Glücklicher.«
»Leider wurde sie mir viel zu früh genommen.« Er presste
die Lippen aufeinander.
Konny strengte sich an, ein trauriges Gesicht aufzusetzen,
auch wenn sie innerlich jubilierte. Er war also frei. Oder war
er noch in der Trauerphase?
»Wann ist sie denn …?«

»Vor fünf Jahren.« Er zeigte ihr auf seinem Smartphone ein Foto seiner verstorbenen Frau. In der Küche. Grazil. Blond. Nicht viele Frauen kochten im Cocktailkleid.

»Sehr hübsch«, befand Konny.

»Und sehen Sie, wie sauber die Küche ist?« Er wischte über das Display und zeigte ihr weitere Küchenfotos, mit und ohne Frau. »Während des Kochens hat sie immer auch gleich alles wieder saubergemacht. Porentief rein. Links rühren, rechts wischen. Vorbildlich. Auf unserer Küchentheke hätte man Operationen am offenen Herzen durchführen können. Ja, sie war ein Engel.«

»Das sagten Sie bereits.«

»Nach ihr habe ich keine Frau mehr getroffen, die meiner Susanne das Wasser reichen konnte.« Bettenberg schaute Konny an, als sähe er sie zum ersten Mal. »Wenn Sie wüssten, was ich seit dem Tod meiner Frau alles durchmachen musste.«

Er hob die Hände und zählte ab, jedoch nicht die langen, durchweinten Nächte, vielmehr listete er alle Frauen auf, mit denen er seitdem ausgegangen war. »Maren, Sibylle, Hiltrud, Carmen, noch eine Sybille, aber vorn mit y, Gabrielle, Gisela, Rotraut, Elisabeth, Grit ...«

Konny bekam einen glasigen Blick und nippte am Apéritif.

Bettenberg spitzte die Lippen. »Sie haben ja keine Ahnung ... wenn Frauen schön sind, sind sie dumm. Wenn sie hässlich sind, sind sie zu gefügig. Wenn sie Geld haben, zicken sie rum. Und alle, *alle* sind sie schmutzig. Meine Frau achtete penibel auf äußerste Sauberkeit.«

Konny nickte. Ein reiner Automatismus, keine Bestätigung.

Sie überlegte, wann sie das letzte Mal in ihrem Zimmer Staub gewischt hatte. Im Grunde überließ sie das gern Amenhotep, der mit seinem Nacktbauch über alle freien Flächen fegte und auch die Staubmäuse unter dem Bett erlegte.

»Mit einer Frau, die nicht sauber ist, kann ich nicht ...«, sagt Bettenberg jetzt und schaut ihr in die Augen.

Er war ein Idiot, so viel stand fest. Aber ein enorm gut aussehender mit unwiderstehlich braunen Augen.

Konny schluckte. Wann sie das letzte Mal staubgewischt hatte, mochte ihr entfallen sein, nicht aber, wann sie das letzte Mal Sex gehabt hatte. Im Mai letzten Jahres. Letzten Jahres! Wie oft würde es noch vorkommen, dass sie sich schockverliebte?

»Ich habe heute schon zweimal geduscht«, sagte sie deshalb. Voll die Hygieneoffensive.

Er strahlte auf.

»Worauf warten wir dann noch?« Er zog eine Pillendose heraus und warf ein Viagra ein.

Konny bekam große Augen. »Wirkt das nicht in der nächsten halben Stunde?«

»Sehr richtig.« Bettenberg winkte dem Kellner. »Die Rechnung bitte.«

Daran erkannte man richtig gute Häuser, dass der Blick, wenn Gäste, ohne zu speisen, wieder gingen, nur bedauernd, nicht vorwurfsvoll war.

»Wir könnten doch aber noch etwas essen ... eine Kleinigkeit ...«, schlug Konny vor, deren Magen leer war. Und die – nichts für ungut, Kriemhild – endlich einmal mit richtig süperbem Essen belohnt werden wollte.

»Um uns mit vollem Magen dem Liebesspiel zu widmen?

Das erachte ich als Geringschätzung einer genussreichen Mahlzeit, der man Zeit für die Verdauung geben muss«, erklärte Bettenberg und zählte das Trinkgeld penibel ab.

Konny seufzte.

Ihr Michelin besterntes Glück war überlichtgeschwindigkeitsschnell vorbei. Nicht einmal der Brotkorb hatte es auf ihren Tisch geschafft. Essen gehen konnte sie allerdings jederzeit – wenn es ihr auch finanziell nicht möglich war, in der *Eisenbahn* zu speisen –, aber wann sie jemals wieder mit Cary Grant schlafen konnte, war höchst unsicher.

Bettenberg legte ihr die Hand ins Kreuz, als er sie nach draußen auf den mittlerweile vollen Parkplatz führte.

Im Auto besprühte er sich wieder mit Antiseptikum. Das dauerte seine Zeit.

Ein neu ankommender Gast, in einem Porsche Cayenne, hupte, um sie anzutreiben.

»Haben Sie das eben gehört, meine Liebe?«, fragte Bettenberg.

Konny war ja nicht alterstaub. Sie nickte.

»Bitte, wenn er das so haben will.«

Es hupte erneut.

Bettenberg verschränkte die Arme. »Das sitze ich aus.«

Konny fragte sich, wann das Viagra zu wirken anfangen würde. Müsste er nicht jetzt schon etwas spüren? Er würde das teure Viagra sicher nicht für umsonst verfallen lassen. Würde sie gleich hier, auf dem Parkplatz, von ihm vernascht werden?

Aber da gab der andere Fahrer auf und fuhr – genervt hupend – davon, um sich weiter oben an der Straße etwas zu suchen.

Bettenberg ließ den Motor an. »Na also, geht doch.«

Auf dem Rückweg zur Pension zeigte Holger Bettenberg, dass er durchaus auch hart am Limit leben konnte. Er fuhr immer zehn Stundenkilometer schneller als erlaubt. Hin und wieder warf er ihr einen lüsternen Blick zu.

Konny überlegte, ob das ein guter Moment war, ihm das Du anzubieten.

In der Villa saßen die anderen am Abendbrottisch. Konny vermutete, ihr blieben nicht mehr viele Jahre, in denen ihr Sex wichtiger war, als etwas zu essen. Das musste sie auskosten.

Er wollte in ihr Zimmer, aber sie legte den Finger auf die Lippen und schüttelte stumm den Kopf. Dann zog sie ihn nach oben. Konny neigte beim Liebesspiel zu Lautäußerungen, und oben im Eckzimmer würden es die anderen nicht mitbekommen.

Auf der Wendeltreppe nahm Bettenberg sie in die Arme und küsste sie. Gleich mit Zunge. Als ob er eine Auster ausschlürfen wolle.

Kaum war die Tür zu seinem Zimmer geschlossen, schälte er sie bereits aus dem Goldlamékleid.

»Sie haben wunderschöne Brüste«, flüsterte er, als ob er das Geheimnis des heiligen Grals preisgäbe. Die Korsage würde sie sich aber definitiv nicht ausziehen lassen – der Moment, an dem er sehen durfte, wie sehr ihre Brüste bereits der Schwerkraft folgten, war noch lange nicht gekommen.

Er lupfte sie mühsam auf die Kommode.

Konny betete, dass sie nicht herunterfiel und sich die Hüfte brach wie ihre alte Schulfreundin Christine. Andererseits gab es nicht mehr viele Männer, die eine Frau ihres Formats auf eine Kommode hieven konnten, ohne sich dabei einen Hexenschuss einzuhandeln.

Er streichelte ihre Scham.

»Ich will ja nicht angeben, aber es kommt doch auf die Größe an«, verkündete er und ratschte den Hosenschlitz auf. Konny musste an Maren, Sibylle und Sybille, Gabriele, Gisela, Rotraut und wie sie alle hießen denken. Zuwendung würde er ihr keine geben, dafür höchstwahrscheinlich Herpes und eine Blasenentzündung.

Wie auch immer, Augen zu und durch. Dornröschen und Rapunzel waren ja auch nicht wählerisch, wenn es um den Prinzen ging. Das erste Blaublut, das des Weges geritten kam, wurde genommen.

Auch so eine Errungenschaft des Alterns: Man sah die Welt anders. Nüchterner. Als Kind war Aschenputtel einfach ein super Märchen mit Happyend – der Prinz küsste die Prinzessin im Wald zu neuem Leben. Als erwachsene Frau wurde einem klar: Da kommt so ein Typ reicher Erbe in den Wald galoppiert, sieht eine ihm fremde, tote Frau herumliegen und küsst sie in einem Anfall nekrophiler Leidenschaft. Echt jetzt, mit so einem sollte man den Rest seines Lebens verbringen? Wo man doch genau wusste, was er tat, wenn er sonntagnachmittags rief: »Ich dreh nur schnell 'ne Runde!« und er auf seinen Hengst stieg? Näää!

Konny hatte Märchen noch nie leiden können: Wieso Prinzessin sein, wenn man als solche auf einer Erbse liegen musste oder in ein Turmzimmer oder hinter Dornen gesperrt wurde? Und all das nur für einen Kerl in Strumpfhosen …

Wenn schon Märchen, dann hatte sie immer der Prinz sein wollen, der hinausritt und sich nahm, was er wollte.

Sie schlang ihre Arme um Bettenbergs Hals.

Bettenberg – jetzt war es für das Du eh zu spät – tastete sich in ihrem Intimbereich herum. »Bist du schon so weit?«, keuchte er in ihrer Halsbeuge.

Konny war noch nicht so weit, aber sie war vorbereitet gekommen. Sie tastete nach ihrer Handtasche und dem Gleitgel.

Bettenberg war mittlerweile bretthart. Ein Hoch auf die Chemie!

»Jetzt?« Er schnaufte.

»Ja.« Sie zog ihn in sich.

Für Konny war es der erste Liebhaber, der ein Mittel gegen erektile Dysfunktion einwarf. Also, der erste, von dem sie es wusste. Folglich rechnete sie mit einer Marathonsitzung der ungezügelten Leidenschaft.

Für eine Nacht voller Seligkeit, da geb ich alles hin ..., hatte Zara Leander gesungen.

Konnys Seligkeit dauerte dagegen gefühlt gerade mal dreißig Sekunden. Dann zog sich Bettenberg schwer atmend aus ihr zurück und ließ sie mit den Worten »Ich muss jetzt duschen, du ja sicher auch« auf der Kommode sitzend zurück.

Sie sah ihm nach und fragte sich, nicht zum ersten Mal, ob die große Liebe ihres Lebens womöglich in einem Kondom stecken geblieben war ...

Trösterchen 1

Die Tragik von Kriemhilds Leben bestand darin, dass sie ganz genau wusste, wann sie besser nichts sagen sollte. Und dann hörte sie sich reden …

»Bei dir riecht es, als sei etwas unter dein Bett gekrochen und gestorben.«

Ihre Schwester Konny saß in ihrem abgewetzten, lila Lieblingspyjama im Bett, hatte den Kater im Arm und trank einen französischen Rotwein. Aus der Flasche.

»Das ist ein tibetisches Räucherstäbchen. Geh weg.«

»Noch nicht mal elf Uhr. Es ist wohl nicht gut gelaufen mit diesem … HB-Männchen, was?« Kriemhild verschränkte die Arme. Das *Ich-hab's-dir-ja-gleich-gesagt* ersparte sie sich.

»Nein. Sex wird ohnehin überbewertet.« Konny wusste sehr wohl, dass Kriemhild angesichts dieser Worte davon ausgehen musste, es sei nicht zum Verkehr mit einem Gast gekommen. Aber Konny hatte ja nicht gelogen. Nur eben auch nicht ganz die Wahrheit gesagt.

Wenn ihre Schwester den lila Pyjama trug, der vom vielen Waschen schon ganz blass und dünn geworden war, wusste Kriemhild, dass sie einen Gang herunterschalten musste. Amenhotep, der sonst nicht viel von Emotionen hielt, schmiegte sich in Konnys freie Armkuhle. Aus halb geschlossenen Augen sah er zu Kriemhild.

»Ich habe beschlossen, die verrückte Alte mit den Katzen zu werden«, verkündete Konny, leicht lallend. Die Flasche war ja auch schon halb leer. »Das Thema Männer ist für mich abgeschlossen.«

»Unsinn. Du hast schon ganz andere Dinge erlebt.«

Konny machte einen Schmollmund. »Stimmt, aber irgendwann hat man einfach genug.« Sie schniefte. »Warum passiert mir das immer? Ich bin doch nur meinem Bauchgefühl gefolgt.«

»Das ist es ja eben – Bauchgefühle sind meistens einfach nur verkappte Blähungen.« Kriemhild guckte streng. »Hak es als lehrreiche Erfahrung ab, und lerne etwas daraus.«

»Erstens weißt du gar nicht, was ich erlebt habe«, konterte Konny, »und zweitens hast du zwar recht, aber mir reicht es jetzt. Man kann nicht immer dasselbe machen und dann ein anderes Ergebnis erwarten.«

Kriemhild ging zum Bett und setzte sich. »Zitiere ruhig Einstein, wenn du glaubst, dass es hilft. Aber du wirst sehen, morgen denkst du schon wieder anders darüber.«

»Vermisst du es nicht?«

»Was?«

»Dein Sexleben.«

Kriemhild stand wieder auf. »Der Kommodore und ich führen eine befriedigende Beziehung.«

»Krie…« Weiter kam Konny nicht.

Kriemhild streckte ihr eine Handfläche entgegen. »Keine Kommentare zu meinem Intimleben, das verbitte ich mir. Ich wollte nur sehen, woher dieser infernalische Gestank kommt.« Sie ging zum Fensterbrett, auf dem das Räucherstäbchen in einer Halterung steckte, nahm es heraus, kehrte ans Bett zurück und warf das glimmende Räucherstäbchen kopfüber in die Flasche, die Konny in der Hand hielt.

»Was soll denn das?«, empörte sich Konny.

»Du trinkst zu viel«, erklärte Kriemhild und nahm ihrer Schwester die Flasche ab. »Und jetzt schlaf dich nüchtern.«

»Ich bin nicht betrunken!«, protestierte Konny. »Und das war eben eine sinnlose Verschwendung von leckerem Rotwein.«

»Gute Nacht!« Abgang Kriemhild.

Konny seufzte. Aber ihre Schwester hatte ja recht: genug gegrübelt. Sie klappte ihren Laptop auf und schrieb die Kolumne für den nächsten Tag. Ratschläge einer Beschwipsten ...

Trösterchen 2

»Konny benimmt sich wieder einmal völlig daneben.«
Kriemhild saß vor ihrer Schminkkommode und entfernte
die Haarspangen, mit denen sie ihren eisengrauen Zopf rund
um den Kopf befestigt hatte.
Das war der Moment, auf den sie sich immer am meisten
freute, schon beim Aufwachen. Dieser Moment, wenn ihr
Tagwerk getan war und sie sich – allein mit dem Kommodore – für die Nacht richtete. Eine heiße Schokolade und
ein gutes Buch, aus dem sie dem Kommodore vorlas. Mehr
brauchte sie nicht zu ihrem Glück. Kriemhild verstand ihre
Schwester einfach nicht.
»Findest du es nicht auch lächerlich, wie sie immer noch
ins Hecheln gerät, wenn sie einen halbwegs passablen Mann
sieht?«
Alles im Leben hatte seine Zeit. Wieso musste man seine
Jugend auf Gedeih und Verderb mitschleppen, wo man sie
doch irgendwann einfach ablegen konnte, um die verbliebe-
ne Restzeit mit Genüssen zu verbringen, die vielleicht ruhi-
ger und weniger aufregend waren, dafür aber umso intensi-
ver?
»Mutter meinte ja immer, wir würden uns ganz wunderbar
ergänzen, wie die zwei Hälften eines Ganzen …« Sie bürstete
sich die langen Haare. Hundert Bürstenstriche jeden Morgen, hundert Bürstenstriche jeden Abend. »Aber manchmal
glaube ich doch, dass es im Kreißsaal eine Verwechslung gegeben haben muss.«
Sie stand auf. Im Gegensatz zur drallen Konny war Kriem-

hild eine Bohnenstange. Groß und hager, so gut wie ohne Rundungen.

»Das mag ich an dir«, hatte ihr der Kommodore nach dem allerersten Kuss ins Ohr geflüstert, »das Knochige. Und das Kratzbürstige. Du wirst es mir nie leicht machen. Ich liebe solche Herausforderungen!«

Wenn ihre Erinnerung sie nicht täuschte, hatte er seit der glücklichen Zeit seines Werbens um sie nie wieder so viel am Stück geredet. Der Kommodore war ein großer Schweiger. Ein »Moin!« nach dem Aufstehen, ein »Lecker!« zum Essen und abends, wenn er in Stimmung war, noch ein »Träum süß!« – darauf beschränkte sich sein Beitrag zur ehelichen Kommunikation.

Kriemhild sah zum Bett. *Ach, Kommodore.*

Die See war sein Leben gewesen. Nicht das Land, nie das Land. Aber was sollten sie machen? Sie brauchten doch einen Lebensunterhalt.

Kriemhild hatte als junge Frau kurz als Referendarin gearbeitet. Seit der Eheschließung war sie nur noch zu Hause tätig. Ehrlich gesagt, traute sie es sich gar nicht mehr zu, wieder angestellt berufstätig zu werden.

Sie sah aus dem Bullauge in die Nacht hinaus.

Immerhin hatte sie alles getan, um dem Kommodore ein möglichst maritimes Flair zu bieten: das Bullauge, der Tisch, der aus einer Glasplatte auf einem Steuerruder bestand, die Schiffsglocke neben dem Bett. Das Bett war sogar mit Seilen gesichert, damit man nicht herauskullerte, falls über Nacht ein Sturm aufkam und das Zimmer in Schieflage geriet. Was hier natürlich nur der Fall sein würde, sollte es – wegen Fracking – zu einem Erdbeben der Stufe neun auf der Richterskala kommen.

»Für heute Abend habe ich dein Lieblingsbuch ausgesucht!«
Sie krabbelte zu ihm aufs Bett und schlüpfte unter die Decke.

Nun könnte man ja meinen, dass so ein alter Seebär wie der Kommodore *Moby Dick* oder *Die Meuterei auf der Bounty* lieben würde. Aber er schätzte Bücher über große Gefühle. Sein Lieblingsautor war Johannes Mario Simmel. Jedoch nicht dessen Welterfolge wie *Es muss nicht immer Kaviar sein*, sondern vor allem ein unbekannteres Werk. *Der Mann, der die Mandelbäumchen malte*. Weil es in Frankreich spielte. Und weil er eigentlich an Frankreichs wilder Atlantikküste hatte alt werden wollen. Um dort mit dem Malen anzufangen.

Kriemhild setzte ihre Lesebrille auf. Es nützte ja nichts, wenn man gefühlsduselig wurde, nur weil der eigene Mann viel zu früh gestorben war. Gottseidank war er wenigstens nicht »auf See geblieben«, sondern hatte sich eines Morgens beim Frühstück, wie immer ein Rosinenbrötchen mit Butter und dazu starker, schwarzer Kaffee, an die Brust gegriffen und war vom Stuhl gerutscht, ohne sie noch einmal anzusehen. Herzinfarkt. So bekam er keine Seebestattung, sondern wurde eingeäschert. Und weil es in Deutschland verboten war, sie sich aber von lächerlichen, witwenfeindlichen Gesetzen nicht einschränken ließ, hatte sie die Leiche in ein holländisches Krematorium gebracht und war zwei Tage später mit einer geschmackvollen, marineblauen Urne zurückgekehrt. So war er immer an ihrer Seite. Schon seit fünfzehn Jahren.

Kriemhild und der Kommodore. Was wie eine der großen Liebesgeschichten des Jahrhunderts klang, war dann doch keine geworden. Dennoch waren sie zusammengeblieben. Und niemand war mehr erstaunt als Kriemhild selbst, als ihre Liebe zum Kommodore nach dessen Ableben erst so richtig aufblühte und an Intensität zunahm. Er fror gewissermaßen als Idealbild in der Zeit ein, an dem nichts und niemand kratzen konnte. Vielleicht war das ja ihr Schicksal. Sie war zur Witwe geboren.

Kriemhild sah zu der Urne, die auf dem Kissen neben ihr gebettet war.

Sie blätterte zum ersten Satz. »Bereit? Dann fange ich jetzt an.« Sie räusperte sich. »*Ich war so glücklich wie noch nie. In meinem Traum. So über alle Maßen glücklich. Dann hörte ich das Klopfen. Tack. Tack, tack, tack ...*«

Liebe Kummerkasten-Konny,
ich habe die Möglichkeit, die Boutique einer Freundin zu übernehmen. Ein ganz toller Laden mit fair gehandelten Ethno-Handwerksstücken. Mein Mann sagt, das ist Quatsch, ich sei zu alt. Finanziell wäre es für mich kein Risiko, aber hat er möglicherweise recht? Ich war im Einzelhandel tätig, und ein eigenes Geschäft war immer mein Traum, aber das ist Jahrzehnte her, und die Geschäftswelt verändert sich so rasant. Soll ich es lieber lassen?
Unentschlossen, Margarethe

Liebe Unentschlossene,
wie Gabriel García Márquez sagte: Es stimmt nicht, dass die Leute aufhören, Träume zu haben, weil sie alt werden – sie werden alt, weil sie aufhören zu träumen. Die Malerin Carmen Herrera hat mit 89 ihr erstes Bild verkauft, Diana Nyad ist mit 64 von Kuba nach Florida geschwommen. Wenn Sie sich für die Unternehmensführung kompetente Hilfe suchen, dann zweifele ich keine Sekunde daran, dass Sie mit Ihrem eigenen Laden noch lange viel Freude haben. Ist es ein Abenteuer? Ja! Kann es schiefgehen? Durchaus möglich. Aber Sie werden sich unglaublich lebendig fühlen. Und wenn der Tag kommt, an dem Sie spüren, es geht nicht mehr, dann hören Sie einfach auf. Was haben Sie zu verlieren? Das Leben ist ein Spiel – spielen Sie mit!
Ihre Konny

Zoff und Zeitzeugnisse

Ein Morgen im Leben der K&K-Schwestern

Die Welt wäre schöner, wenn Mücken Fett statt Blut saugen würden.

Oder wenn es überhaupt keine Mücken gäbe und wer immer in der Nahrungskette von ihnen abhing, sich stattdessen von Nacktschnecken ernähren würde.

Konny wachte am nächsten Morgen leicht verkatert und verstochen – sie hatte vergessen, das Fenster zu schließen –, aber guter Dinge auf. Allerdings exorbitant spät, selbst für ihre Verhältnisse.

Okay, das mit Herrn Bettenberg – sie waren tatsächlich immer noch per Sie – war ein Griff ins Klo gewesen, aber sie würde das einfach als Erfahrungswert verbuchen. Nach so einem Fehlgriff wusch man sich die Hände und lebte sein Leben weiter.

Wobei der bildliche Griff ins Klo sie an Sagrotan erinnerte, und Sagrotan wiederum würde sie von nun an bis ans Ende aller Zeiten mit Holger Bettenberg assoziieren.

Konny schwang entschlossen die Beine aus dem Bett. Sie würde sich heute mit etwas Sinnvollem beschäftigen. Mit den Fotos für das Update der Homepage.

Draußen schien die Sonne. Konny ging ins Bad, das ausnahmsweise frei war, und richtete sich für den Tag. Besondere Maßnahmen für Inhouse-Verehrer waren nicht mehr nötig, Naturschönheit genügte. Die Küche war leer. Heißhungrig wollte Konny sich auf die Überreste des Frühstücks stürzen, aber außer Krümeln und benutztem Geschirr war

auf dem Esstisch nichts mehr zu finden. Erst im Kühlschrank / 91
wurde sie fündig: kalter Braten. »Yummy.«
Amenhotep, der auf fünfzig Kilometer bei Wind und Wetter
hören konnte, wenn die Kühlschranktür geöffnet wurde, materialisierte sich neben ihr. Er rieb seinen warmen, haarlosen
Körper an ihrer Wade und schnurrte.
»Hat dich heute noch keiner gefüttert, mein Süßer?«
Seine Schale war voll, aber er fraß am liebsten in Gesellschaft.
Redete Konny sich ein. Amenhotep wusste es besser: In seinem Katermagen dümpelte ein halbverdauter Mäuserich.
Konny lehnte sich auf die Küchentheke und aß kalten Bra-
ten, während Amenhotep – Haps für Haps – seinen Napf
leerte. Es hatte einen Grund, warum er vorn schmal und aris-
tokratisch aussah, dafür eine dicke Wampe und ausladende
Hüften besaß. Und dieser Grund war nicht nur genetisch.
Es war ein herrlicher Morgen. Das Sonnenlicht flutete durch
die Fenster, draußen auf dem Blumenkasten saß ein Vogel
und zwitscherte. Kriemhild würde wissen, um was für eine
Art Vogel es sich handelte, aber Kriemhild war nirgends zu
sehen.
Konny schob sich das letzte Stück Braten in den Mund,
wischte sich die Hände am Küchentuch ab und ging durch
das Esszimmer in den Salon. Dort standen sie aufgereiht
wie die Orgelpfeifen – alle Männer des Hauses. Herr Bettenberg, der Saxophonist und der Kontrabassist und sogar Herr
Hirsch. Und alle starrten wie gebannt aus dem Fenster.
Konny stellte sich zu ihnen. Zuerst sah sie am Waldrand
einen Mann in froschgrünem Shirt, der ebenfalls erstarrt
schien. Sie hielt ihn im ersten Moment für Leon, den Leadsänger, aber der konnte es nicht sein, weil der just in diesem
Augenblick die Treppe herunterkam.

»Seid ihr so weit? Auf geht's!«, rief er und verschwand nach unten in den Keller, ohne jedwede Neugier, warum seine Kumpels wie festgewachsen vor dem Fenster standen.

»Schifferklavier«, schwärmte Herr Hirsch.

»Das kannst du laut sagen, Alter«, bestätigte der große Blonde.

»O ja, echt geile Schnecken, unsere beiden«, murmelte der kleine Kontrabassist und reckte den kurzen Hals.

Bettenberg leckte sich über die Lippen. Es war zu befürchten, dass ihm gleich die Augäpfel aus den Höhlen ploppten.

Die Sängerinnen sonnenbadeten auf der Wiese neben dem Haus. Und das oben ohne. Sie hatten – das musste man auch als Frau neidlos anerkennen – Hammerbrüste. Die von Sara prall und groß, die von Freddie klein und fest. Für jeden Geschmack etwas.

Und in diesem Moment cremten sie sich gerade die nackten Brüste mit Sonnenmilch ein. Wenn sie das gegenseitig getan hätten, wären die vier Jungs womöglich implodiert. So aber standen sie mit leicht geöffneten Mündern einfach nur da, in Anbetung vereint.

Auf Konny achtete keiner.

Konny tröstete sich mit dem Gedanken, dass sich die Mädels – ohne es zu wissen – unter das einsame Apfelbäumchen mitten auf der Wiese gelegt hatten, weil man von dort einen wirklich idyllischen Blick auf die weidenden Schafe des Nachbarbauern, auf die Villa und das Wäldchen dahinter und auf den Horizont zwischendrin hatte. Allerdings war exakt dies auch der Lieblingspinkelplatz von Herrn Hirsch.

In Konny überlegte es. Sollte sie ihnen sagen, dass sie mitten in der Freilufttoilette des Gärtners ihr Sonnenbad nahmen?

Ach, jetzt war es ohnehin zu spät. Das Kind war bereits in den / 93
Brunnen gefallen, die Badetücher in der Strullerzone ausgebreitet. Sie ließ dem Schicksal einfach seinen Lauf.
Konny nahm die Kamera aus der Truhe im Salon – noch ein
analoges Teil – und ging in den Flur. Aus dem Keller hörte
sie die Stimmen von Leon und Kriemhild. Somit konnte sie
also hinter allen Namen der momentanen Hausbewohner ein
Häkchen machen. Alle zugegen und wohlauf. Ihre Pflicht
war erfüllt.
Sie trat in die Sonne hinaus, atmete die samtige Sommerluft
ein und marschierte in Richtung Hünengrab.
Es war nicht wirklich ein Hünengrab. Da lag kein Kelten-
fürst drin. Nicht dass sie wüsste. Es verbarg sich auch keine
Müllhalde darunter. Es war einfach ein großer Pickel aus Erde direkt neben der Landstraße. Von dort aus würde sie ein
herrliches Panoramabild von der Villa schießen können.
Weil sie nicht die mäandernde Zufahrt abschreiten wollte
und die Abkürzung durch die Wiese nahm, fiel ihr wieder
einmal auf, dass Herr Hirsch seinen Aufsitzrasenmäher zwar
liebte, er aber offenbar übers Gelände brauste, ohne die Mäh-
Funktion zu aktivieren. Gras und Wildblumen standen überall fast kniehoch – nur dort nicht, wo sie von den breiten Reifen
des Aufsitzrasenmähers plattgewalzt worden waren. Konny
musste bei Gelegenheit mit ihm reden.
Die Sonne brannte. Der Anstieg auf das Hünengrab machte
Konny atemlos. Vielleicht sollte sie anfangen, Sport zu treiben. Das las man doch jetzt überall. Senioren, die mit sechzig ihre erste Mitgliedschaft in einem Fitnessclub beantrag-
ten und zu durchtrainierten Ganzkörperskulpturen wurden.
Greise, die mit neunzig noch Marathon liefen. Aber war das

nicht nur eine Zeitgeist-Lüge? Fitness war die neue Religion. Konny glaubte lieber ihrer Großmutter, die einmal erklärt hatte, dass das Schicksal dem Herzen eines Menschen jeweils eine begrenzte Anzahl von Schlägen mit auf den Weg gab. Wenn man den Herzschlag durch kardiovaskuläre Übungen beschleunigte, verschwendete man nur kostbare Schläge. Das war ja so, als würde man behaupten, man könne die Lebenszeit eines Autos verlängern, wenn man schneller fuhr. Quatsch, hatte Oma gesagt, wer länger leben will, muss mehr Nickerchen halten. Jetzt, wo sie selbst im Oma-Alter war, fand Konny, dass in Form zu kommen nicht das goldene Kalb war, um das sie tanzen wollte. Und schließlich war *rund* ja auch eine Form!

Sie schoss herrliche Fotos von der Villa. Der Himmel erstrahlte extra für sie kornblumenblau, ohne ein einziges Wölkchen. Die sonnenbadenden Frauen würde ihr Homepage-Mann, der Sohn von Bauer Schober, später herausphotoshoppen müssen.

Konny stieg vom Hünengrab hinab und ging zum Waldrand, von wo sie zwischen den Bäumen das Haus fotografieren wollte – da sah sie plötzlich den kleinen Kontrabassisten.

Offenbar hatte er sich vom Anblick der halbnackten Frauen lösen können. Kurz fragte sie sich, was er im Wald zu suchen hatte, gleich darauf sah sie es. Echte Vollbart-Kerle liefen ja mit einer Axt durch den Wald, leckten todesmutig an Kröten und spielten dann auf einer Ukulele psychedelischen Black Metal. Doch der Kontrabassist mit seinem Hipsterbärtchen umarmte einzelne Bäume und summte dabei.

Süß. Sehr süß. Konny bekam fast mütterliche Gefühle.

Sie machte einen großen Umweg, um ihn in seiner Baum-Meditation nicht zu stören.

Weiter hinten sah sie zwischen den Fichten wieder den Mann im froschgrünen T-Shirt, der Richtung Straße lief. Vermutlich ein verirrter Wanderer. Sie musste dringend mal mit jemandem reden, der für die Beschilderung des Wanderweges zuständig war. Ständig verliefen sich hier Touristen. Oder sie müsste Kriemhild davon überzeugen, im Sommer zusätzlich noch ein paar Tische auf die Terrasse hinter dem Haus zu stellen und Kaltgetränke, Kaffee und Kuchen anzubieten.

Konny blieb vor einem Baum stehen, in das verliebte Pärchen ihre Namen geritzt hatte. Ralf und Monika. Nina und Jens. *Wie niedlich*, dachte Konny und dann: *Schon seltsam, wer alles ein Messer mit auf ein Date nimmt.*

Fotos durchs Geäst hindurch zu schießen erwies sich als keine so gute Idee. Konny hielt sich weiter links von der Villa, bis sie an den Hang kam. Von hier hatte man einen traumhaften Blick ins Tal, auf den Fluss und auf die Dächer der mittelalterlichen Kleinstadt.

Das dachte vermutlich auch derjenige, der das Zelt in dem Birkenhain am Hang aufgebaut hatte.

Erst glaubte Konny, das Zelt müsse zu dem froschgrünen Mann gehören, aber dann sah sie jemand aus dem Zelt krabbeln. Er trug – trotz der Hitze – ein Kapuzenshirt.

»Guten Tag«, rief Konny. Sie hätte gern noch mehr gerufen, aber der Kapuzenträger zuckte zusammen und verkroch sich in Windeseile wieder im Zelt.

Konny schüttelte den Kopf. *Touristen.*

Sie schlenderte am Hang entlang bis zu einer Stelle, von der aus sie die Rückseite der Villa bestens im Bild hatte.

Das musste dann auch reichen. Weil sie es gemächlich hatte angehen lassen, war sie schon fast zwei Stunden unterwegs.

Sie brauchten ja nur ein schönes Foto der Villa für die Start-seite und noch ein paar Fotos von den Innenräumen.

Konny ging zum Haus zurück. Es war wirklich enorm schwül. Die Sonne stach. Das würde heute sicher noch ein Gewitter geben.

In der Hollywoodschaukel neben der Hintertür saß Holger Bettenberg.

Würde es jetzt peinlich werden?

Bei ihrem Anblick sprang er auf.

Konny lächelte. Er war ein Idiot, und das gestern konnte man beim besten Willen nicht als Liebesspiel bezeichnen, aber vielleicht war es einfach nur der missglückte Start einer groß-artigen –

»Ich möchte das Zimmer wechseln«, verlangte Bettenberg einleitungslos. Und lächellos.

Der Strohhalm, an den Konny sich mit ihrer rosaroten Brille geklammert hatte, löste sich in Luft auf.

»Wir sind ausgebucht.«

»Was ist mit dem vierten Eckzimmer? Das da oben?« Betten-berg zeigte anklagend, zu der Stelle, an der sich kein Fenster, sondern ein Bullauge im Gemäuer befand.

»Das ist das Zimmer des Kommodore«, erklärte Konny.

»Ich habe da keinen Gast gesehen«, insistierte Bettenberg.

»Das ist kein Gästezimmer, das ist das Zimmer meines Man-nes.« Kriemhild materialisierte sich an der Hintertür mit einem Tablett in der Hand, auf dem eine Karaffe mit Eistee und einige Gläser standen.

»Vielleicht ist er so gut, mit mir das Zimmer zu tauschen. Bei mir herrscht nämlich ein enervierender Brummton. Ich ha-be die ganze Nacht kein Auge zugetan.«

»Ein Brummton?«, fragten Kriemhild und Konny unisono.

»Ein Niederfrequenzton. Und kommen Sie mir jetzt nicht mit ›darüber hat sich noch nie ein Gast beschwert‹. Erstens kann nicht jeder Niederfrequenztöne hören, und zweitens weiß ich, dass mit dieser Phrase selbst die fundiertesten Klagen abgeschmettert werden.«

»Niederfrequenztöne?«, riefen die Schwestern erneut unisono. Wenn alle Stricke rissen, konnten Kriemhild und Konny als griechischer Chor auftreten.

»Wiederholen Sie nicht alles, was ich sage. Sie werden doch wohl wissen, was ein Niederfrequenzton ist. Das vibrierende Geräusch, das Klima- und Heizungsanlagen machen. Da helfen auch Ohrstöpsel nichts. Das hört man mit der Bauchdecke.« Bettenberg bekam einen roten Kopf. Vor Erregung. Und weil er in der Sonne stand. »Ich möchte jedenfalls ein anderes Zimmer.«

»Der Kommodore verlässt sein Zimmer nicht«, erklärte Kriemhild mit einer betonmauerharten Finalität. »Wir haben sonst kein Zimmer frei. Sie können aber gern mit einem der anderen Gäste sprechen und versuchen, das Zimmer zu tauschen.«

»Ich muss schon sagen, das ist wenig kulant.«

»Kulanz setzt Alternativen voraus. Wir haben aber keine Möglichkeit, Sie anders unterzubringen.« Kriemhild stellte das Tablett auf dem Tisch neben der Hollywoodschaukel ab. Bettenberg sah zu Konny. Die überlegte den Bruchteil einer Sekunde lang, ob sie ihm ihr eigenes Zimmer anbieten sollte, entschied sich dann aber dagegen und zuckte nur mit den Schultern.

»Und sauber gemacht wurde heute Morgen auch noch nicht«,

nörgelte Bettenberg, weil er wenigstens *einen* Sieg einfahren musste, egal, an welcher Front.

»Ich weiß, was Sie da drin getrieben haben. Da könnte ich ja gleich einen Darkroom in einem Swingerclub putzen. Nein, danke. Wenden Sie sich auch hierfür bitte an meine Schwester.« Kriemhild zog ab.

Konnys Gesichtsfarbe passte sich der Bettenbergs an. Knallrot.

»Ich erledige das gleich …« Nein, ein *Holger* kam ihr nicht über die Lippen. Ein *Herr Bettenberg* aber auch nicht.

»So was habe ich noch nicht erlebt«, empörte sich Bettenberg und plusterte sich auf. Sein Kopf wurde immer roter. Vermutlich stand er kurz vor dem Hitzschlag. Und für diesen Mann hatte sie sich der Gefahr eines Rasierbrands im Intimbereich ausgesetzt.

Gleich darauf zeigte sich, dass Streit ein Virus ist und nicht nur überspringen kann, sondern auch hochgradig ansteckend ist.

Die beiden Sängerinnen, oben herum jetzt züchtig abgedeckt, kamen um das Haus auf sie zu. Laut streitend.

»Er hat null echtes Interesse an dir. Weniger als null. Minus hundert«, blaffte Sara.

»O bitte, es ist ja schon peinlich, wie du dich an ihn ranschmeißt«, giftete Freddie zurück. Ihr Afro vibrierte. »Ich wette, du kratzt nachts an seiner Tür.«

»Schließ nicht von dir auf andere. *Du* warst das doch neulich Nacht. Wolltest du, dass er dir Nachhilfe in Gesang gibt? Nötig wär's ja.«

»Wenn ich an was kratze, dann an seinem Rücken. Während wir uns lieben.«

Es hatte sehr den Anschein, als ob sie sich um Leadsänger Leon zofften.

Auch wenn sie niedlich aussahen, Frauen blieben Raubtiere.

Hinter ihnen schlurfte der große Blonde. Er schmachtete den Rücken von Sara an. »Müsst ihr euch in jeder Probenpause zoffen?«, fragte er kleinlaut.

Die Mädels hörten gar nicht auf ihn.

Freddie keifte: »Mit dir würde er nicht mal dann ins Bett gehen, wenn du die letzte Frau auf Erden wärst.«

»Bitte, Friederike, sei doch nicht so vulgär«, rief der große Blonde von hinten.

Freddie grölte: »Halt du bloß die Klappe. Wenn mir was auf den Sack geht, dann dein ständiges Vermitteln und Schlichten wollen. Aber he, was ein echter Sack ist, weißt du ja gar nicht. Du hast keine Ahnung, was es bedeutet, Eier in der Hose zu haben … allenfalls Weicheier. Du bist so ein Scheißkerl. Immer schon gewesen. Du warst schon als Sperma ein Arsch!« Sie plusterte sich weiter auf. »Du wirst nie Geld für Kondome ausgeben müssen. Deine beige Windjacke ist das beste Verhütungsmittel!«

»Lass ihn doch in Ruhe«, bat Sara.

»Ach, *ich* soll lieb zu ihm sein, aber *du* schmachtest lieber meinem Leon hinterher, als Richard von seinen Verknalltheitsqualen zu erlösen? Ihr könnt mich alle mal!«

Sie marschierte ins Haus. Bettenberg, der erkannte, wann er sich einer Drama Queen geschlagen geben musste, folgte ihr schweigend, warf jedoch Konny noch einen anklagenden Blick zu.

»Sie meint es nicht so«, versuchte der Blonde, Freddie zu entschuldigen. »Wir waren mal zusammen und …«

»… und das interessiert hier keinen«, unterbrach ihn Sara. »Du musst aufhören, mir ständig hinterherzulaufen. Mit uns wird das nichts, kapier das endlich.«

Sie lief ebenfalls ins Haus.

Er sah ihr aus waidwunden Augen nach.

Schwer verliebt, der Junge, befand Konny. »Eistee?«, fragte sie und zeigte auf das Tablett mit der Karaffe und den Gläsern.

Er schüttelte den Kopf und trottete Sara hinterher.

Wenn sonst keiner wollte, würde sie eben zugreifen. Konny schenkte sich ein Glas ein und ließ sich auf der Hollywoodschaukel nieder.

Amenhotep kam angelaufen. Er liebte es, sich auf Konnys Schoß einzurollen und sanft hin und her zu schaukeln. Vermutlich war er in einem seiner früheren neun Leben eine Schiffskatze gewesen.

Das hätte jetzt ein beschaulicher Moment werden können, aber Leon kam mit dem Handy am Ohr aus dem Haus gestürmt. Und ›natürlich‹ stritt er sich mit seinem Gesprächspartner am anderen Ende.

»Sie kriegen Ihr Geld. Am Monatsende sind Tantiemen fällig. Und der Vorschuss für die neue CD kommt auch. Ich hab mehr als genug Geld.«

Er stürmte an ihr vorbei, als ob er sie gar nicht gesehen hätte. Vermutlich nahm er sie in seiner Erregtheit gar nicht wahr. Was aber teilweise daran liegen mochte, dass Konny durch ihre Bluejeans und die blaue Bluse förmlich eins wurde mit dem blauen Bezug der Hollywoodschaukel.

»Sie elender Blutsauger, nicht einmal eine Bank nimmt so viele Zinsen!«

Während Leon köchelte, nippte Konny an ihrem Eistee.

»Ich sagte doch, ich habe das Geld. Sie kriegen es spätestens Ende des Monats, versprochen!« Er schob sein Handy in die Hosentasche und rief lauthals: »SCHEISSE!«

Konny musste lächeln. »Ärger?«

Leon fuhr herum. »O ... äh ... ich habe Sie gar nicht gesehen.«

»Das habe ich mir gedacht.« Sie klopfte neben sich auf die Schaukel. »Setzen Sie sich, und trinken Sie einen Eistee mit mir.«

Er zögerte kurz. Aber Konny war nicht grundlos zur Kummerkasten-Konny geworden. Sie war immer schon ein Magnet für Menschen mit Problemen gewesen. Vielleicht weil ihre drallen Bäckchen und die Lachfältchen um ihre Augen den Eindruck vermittelten, sie würde alles verstehen und alles verzeihen.

Er ließ sich so schwer auf die Schaukel fallen, dass Amenhotep aus seinem Halbschlaf aufschreckte.

»Ich habe beim Pokern etwas Geld verloren. Aber ich bin *nicht* spielsüchtig.« Leon hielt es für nötig, sich zu rechtfertigen. »Wenn man so schnell berühmt wird wie ich, dann braucht man hin und wieder ein Ventil.«

Konny nickte.

»Pokerrunden entspannen mich. Und das Pokern wirkt sich nicht negativ auf meine Kreativität aus. Ich meine, ich könnte ja auch trinken oder Drogen nehmen.« Er nahm einen Schluck Eistee und ließ ihn gleich darauf wieder ins Glas laufen. »Bäh, schmeckt ja nach gar nichts.«

Konny hatte mal einen Energy Drink probiert, der pappsüß war und sie an flüssige Gummibärchen erinnerte. Wer mit so was groß geworden war, konnte einen normalen Eistee natürlich nicht goutieren. Gut, dass Kriemhild das nicht miterlebte.

Leon setzte die Hollywoodschaukel kraftvoll in Bewegung. Als ob er einen neuen Rekord aufstellen wolle. Für Amenhotep war das des Guten zu viel. Protestierend sprang er zu Boden und trollte sich.

»Ich wusste ganz früh, dass ich für Großes geboren war. Schon als die anderen noch lustlos an ihren Blockflöten saugten. Dabei bin ich gar kein besonders guter Musiker. Es liegt vor allem am Charisma.«

Im Grund sagte er das gar nicht ihr, sondern sich selbst. Womöglich hatten Selbstzweifel eingesetzt, auch wenn es nicht so klang.

»Dass unsere Downloadzahlen jetzt so abgestürzt sind, liegt allein am Scheißmarketing der Plattenfirma. Da ist jede Menge Luft nach oben. Ich bin noch lange nicht am Ziel. Mein blöder Agent kriegt das nur nicht gebacken.« Seine Finger klopften hektisch auf sein Knie ein.

Konny fragte sich, ob er nicht doch irgendetwas Aufputschendes einwarf. Oder er hatte einfach zu viel von Kriemhilds Kaffee getrunken. Der weckte Tote auf.

Sie fand, dass jetzt der Zeitpunkt gekommen war, an dem sie etwas sagen sollte. »Ob wir ein großes Leben haben, liegt allein daran, ob wir ein großes Ziel haben – ganz egal, ob wir dieses Ziel erreichen oder nicht. Versuchen Sie einfach nur, Mozart zu sein, und überlassen Sie den Rest dem Schicksal.«

»Na toll, danke auch, klingt wie so eine Lebensbinse aus der Ratgeberkolumne einer Frauenzeitschrift.«

Konny presste die Lippen aufeinander. Punktlandung! Aber das würde sie ihm gegenüber natürlich nicht zugeben.

Leon stand auf. »Das hakt an zwei Dingen: Erstens finde ich klassische Mucke Scheiße, und zweitens ist das ein voll blöder Ratschlag.«

Er stapfte davon.

Eine Sekunde lang hoffte Konny, der Kredithai, der ihm seine Pokerschulden vorgestreckt hatte, würde einen Geldeintreiber mit Baseballschläger vorbeischicken.

Konny blieb noch ein wenig sitzen, durch die Hollywoodschaukel vor der stechenden Sonne, nicht aber vor der drückenden Mittagshitze geschützt.

Sie hätte sich jetzt aufregen können. Mit lauter Streithammeln unter einem Dach zu leben, verdunkelte ihre zumeist rosarote Welt. Früher hätte sie sich in die Angelegenheiten der anderen eingemischt, als Schlichterin, als Harmonie-Fee, jetzt konnte sie auch sehr gut einfach ihr Leben leben und die anderen sie selbst sein lassen.

Konny wusste: »Das ist nicht mein Zirkus, das sind nicht meine Affen.«

Sie trank ihren Eistee aus und räkelte sich wohlig.

Wohlig und vorahnungslos …

Knüpft ihn auf, den Hund!

Riesige, weiße Wolkengebirge, die wie ein Atompilz plötzlich am Himmel wucherten. Und an Blumenkohl erinnerten.

Das sah Konny, als sie nach der Nachmittagssiesta in ihrem Bett versuchsweise ein Auge öffnete.

Die drückende Schwüle hatte noch zugenommen. Sie lag nur in Unterwäsche in ihrem Zimmer, schwitzte aber, als sei sie gerade einen Halbmarathon gelaufen. Bergauf.

Doch nicht die Hitze hatte sie geweckt. Sondern das Geschrei. Irgendwer stritt sich schon wieder lautstark. So musste es in der Hölle oder zumindest im Fegefeuer sein – heiß und laut und extrem nervig.

Konny sah auf ihren alten Reisewecker auf dem Nachttisch. Kurz nach achtzehn Uhr. Eigentlich sollte sie Kriemhild bei den Vorbereitungen für das Abendessen helfen.

Kriemhild sah das offenbar auch so, denn sie spazierte durch die Badezimmertür herein. Ihre Zimmertür hatte Konny natürlich verschlossen, aber jetzt rächte sich, dass sie sich das Badezimmer mit Herrn Hirsch teilte und Herr Hirsch grundsätzlich nie abschloss, weil er fürchtete, wieder einen Schlaganfall zu erleiden, und dann könnten die Retter wegen der verschlossenen Tür nicht rechtzeitig zu ihm gelangen.

»Wieso bist du nicht in der Küche? Was machst du hier?« Kriemhild schaute streng. In den letzten fünfzehn Jahren hatte sie kein einziges Mal gelächelt. Die fürs Lächeln zuständigen Muskeln in ihrem Gesicht waren zweifelsohne atro-

phiert. Selbst, wenn sie einmal lächeln wollte, sie könnte es / 105
wohl nicht mehr.

Konny gähnte. »Ich kämpfe mit meinem inneren Schweinehund.«

»Du liegst reglos auf dem Bett.«

»Weißt du, wie schwer der ist?!«

»Du bist grottenfaul.«

»Grottenfaul ist ein sehr starkes Wort. Ich nenne es lieber selektive Partizipation.«

Die Natur hatte Kriemhild so geschaffen, dass kein Mensch und keine Unbill des Schicksals wirklich nachhaltig an ihr kratzen konnten – mit Konny als einziger nenneswerter Ausnahme.

»Du kommst jetzt sofort in die Küche!«, donnerte Kriemhild.

»Wozu? Die nörgeln doch eh nur an allem herum.« In ihrem Hitzekoller hatte Konny mit der Welt abgeschlossen.

»Wir stehen diesen Menschen gegenüber in der Pflicht. Sie bezahlen uns dafür, dass wir ihnen ein sauberes Bett und etwas zu essen geben, also tun wir das auch.«

Konny sah zu ihrer Schwester, die merkwürdigerweise überhaupt nicht verschwitzt wirkte. Ihr lag ein »Leck mich doch« auf den Lippen, aber manchmal überkam sie aus heiterem Himmel so etwas wie Mitgefühl mit diesem Besen, der ihr Zwilling war. Kriemhild hatte so viel mehr mitmachen müssen als sie. Das Einzige, was sie am Laufen hielt, war ihr Pflichtgefühl.

»Na schön, ich komme.«

Konny fand ja, dass man solch drückend heiße Tage, an denen man Schweißausbrüche im Gesicht bekam, wenn man auch nur blinzelte, eigentlich in der Horizontalen verbringen sollte. Egal, wo man war und was man gerade tat, man sollte sich eine Flasche Wasser greifen und sich sofort auf den Boden legen und warten, bis ein kräftiges Gewitter wieder für Wetterbedingungen sorgte, die man besser aushalten konnte.

Konny warf sich ein federleichtes Baumwollkleid über und schlurfte in die Küche.

»Wo sind denn die anderen alle?«

»Herr Bettenberg ist auf seinem Zimmer, und die Band probt.«

Aus dem Keller hörte man immer noch wildes Geschrei.

»Die proben nicht, die streiten.«

»Ach ja? Ich dachte, das ist ihre Art, Musik zu machen. Du weißt schon, Sprechgesang.« Kriemhild schnippelte diverses Gemüse in eine große Schüssel – Konny erkannte Zwiebeln, Paprika, Tomate und Gurken.

»Was wird das?«

»Couscous-Salat mit Rosinen. Die essen sonst ja nichts.«

Zur Hintergrundmusik von Männer- und Frauenstimmen, die wie Flakgeschütze im Keller hallten, deckte Konny den Tisch im Esszimmer.

Normalerweise gab es in einem Bed-&-Breakfast ja nur Frühstück. Nicht so bei ihnen. Wer sich für ein Abendessen anmeldete, bekam leckeres Selbstgekochtes von Kriemhild. Gegen Aufpreis, versteht sich. Und über ihre Schwester konnte man sagen, was man wollte, aber sie war eine exzellente Köchin. Nicht auf Gourmet-Level, aber was ordentliche Hausmannskost anging. An Konnys Rundungen war nicht nur der mit dem Alter erlahmende Stoffwechsel schuld, sondern auch die selbstgebackenen Hefezöpfe mit selbstgemachter Marmelade, um nur zwei der Highlights aus Kriemhilds Schlaraffenland zu nennen.

Irgendwann wurden die erhobenen Stimmen von knallenden Türen abgelöst, dann herrschte Stille.

»Hallo.« Sara schwebte lautlos ins Esszimmer, wie eine Feder. Die sonst immer protestierend knarzenden Dielenbretter hüllten sich bei ihr in Schweigen. »Gibt es schon was zu essen?«

Ihr auf den Fersen folgte Holger Bettenberg. Er knarzte.

Auf der Biedermeieranrichte standen bereits die Schüssel mit dem Couscous-Salat und ein Brotkorb.

»Es ist schon angerichtet«, verkündete Konny und fühlte sich erneut wie in einer britischen Adelsserie.

»Couscous? Das geht leider gar nicht.« Sara schaute bedauernd. »Der hat einen glykämischen Index von 63. Wenn ich den esse, platzen meine Skinny-Jeans. Haben Sie das nicht auch in Quinoa?«

»O bitte, Kohlenhydrate sind nicht der Feind«, rief Kriemhild aus dem offenen Durchgang zur Küche.

»Zählen Sie etwa keine Kalorien?« Man hörte Sara deutlich an, dass es eine rhetorische Frage war.

»Nein, tue ich nicht. Ich vertraue einfach darauf, dass sie alle da sind.«

Dumme Gänse, dachte Kriemhild.

Konnys Gehirn weinte leise in ihre Schädeldecke.

»Ah, Essen!« Der große Blonde und der kleine Dunkle kamen hereinspaziert. »Freddie, Essen fassen!«, rief Letzterer ins Treppenhaus.

»Freddie kann bleiben, wo sie ist. Das hier kriegt sie eh nicht verdaut«, meinte Sara spitz.

»Ich dachte, wir hätten das mit der Gluten-Unverträglich-keit geklärt?«, mischte sich Holger Bettenberg ein.

Die Frage richtete sich an Kriemhild. Aber Kriemhild stellte sich taub.

»Gibt es denn wenigstens Smoothies? Bei Smoothies kann man nichts falsch machen«, rief Sara.

»Unser Mixer ist den Weg alles Irdischen gegangen und re-inkarniert vermutlich gerade als Kolibri.« Kriemhild gab es durchaus auch in Sarkastisch.

»Verstehen Sie das jetzt bitte nicht falsch …«, fing Holger Bettenberg an. »Aber ich finde, Ihre Pension lässt doch eini-ges zu wünschen übrig.«

Falscher Einstieg.

Der Satz *verstehen Sie das bitte nicht falsch* hatte eine Erfolgs-rate von null.

Konny deckte stumm und verbissen weiter auf. Sie konnte sich zwar nicht vorstellen, dass Menschen allein von Saftnah-rung existierten, aber wenn alles, was ihre Vorstellungskraft überstieg, tatsächlich nicht existieren würde, dann gäbe es weder Handys noch Überseetelefonate.

»Ich will Sie damit wirklich nicht ärgern.« Sara lenkte ein. »Aber ich bin im Showbusiness, ich muss auf meine Figur achten.«

Konny dachte, *ja los, Mädels, quält euch für einen Körper, den euch die Medien als Ideal vorgeben – zur Belohnung be-kommt ihr dann einen Vollidioten, der euch auf diesen Körper reduziert.* Sie nahm sich vor, das nächste Mal über Essstörun-gen zu schreiben. Das betraf ja zunehmend auch Frauen in und um die Wechseljahre. Und wenn keine passende Anfra-ge kam, dann wurde eben eine Anfrage passend gemacht.

»Ich kann Ihnen einen grünen Salat mit ohne alles machen«, bot Kriemhild an.

Sara klatschte in die Hände. Der Sarkasmus ging an ihr vorbei.

Bettenberg kritzelte etwas in sein Notizbuch. »Immerhin wird hier lösungsorientiert gedacht, auch wenn nicht alles gleich auf Anhieb klappt«, räumte er großmütig ein.

Er ging auf einen Stuhl mit einem großen, beigen Sitzkissen zu und wollte sich gerade darauf niederlassen, als das Kissen plötzlich zischend fauchte.

Weil es nämlich kein Kissen war, sondern Kater Amenhotep.

Der fuhr die Krallen seiner rechten Pfote aus, verfehlte sein Ziel jedoch knapp. Gut so, Bettenberg hätte bestimmt einen Anwalt eingeschaltet und geklagt.

»Aber dass sich eine Katze hier im Esszimmer aufhalten darf, das geht gar nicht!« Vor Schreck legte seine Stimme an Dezibel zu.

Konny nahm Amenhotep auf den Arm und trug ihn in ihr Zimmer, wo sie ihn aufs Bett legte und ihm das kugelrunde Bäuchlein kraulte. »Schon gut, mein Schatz, dieser Bettenberg ist es nicht wert, dass man wegen ihm graue Haare bekommt.« Sie sah auf ihre unbefellte Nacktkatze. »Oder Zornesfalten auf der Stirn.«

Amenhotep, der jede Menge Falten sein eigen nannte, schnurrte. *Liebe macht blind*, hieß es. Und *Schönheit liegt im Auge des Betrachters*. Doch hier irrte Shakespeare. Konny liebte Amenhotep abgöttisch, aber selbst sie fand ihn hässlich. Liebe fragt aber nicht danach, ob etwas schön oder hässlich ist. Liebe liebt. Basta.

Als Konny wieder ins Esszimmer kam, hatten sich Leon und Freddie zwischenzeitlich dazugesellt.

»Boar, ist das heiß hier. Ich mache mal ein Fenster auf«, sagte Freddie gerade.

»Auf gar keinen Fall! Es gibt keine Fliegengitter, und wir sind hier auf dem Land.« Bettenberg bezog vor der Fensterfront Aufstellung.

»Aber ...«, fing Freddie an.

»Ich weigere mich, der hiesigen Stechmückenpopulation als Abendimbiss zu dienen!« Bettenberg rückte keinen Millimeter. »Gibt es hier keinen Ventilator?«

Kriemhild brüllte: »Herr Hirsch? Herr HIRSCH!«

Herr Hirsch nahm die Mahlzeiten stets auf seinem Zimmer zu sich. Die Gabel zum Mund zu führen und den dann auch zu treffen wollte noch eine Weile geübt werden.

Er tauchte mit einem Latz um den Hals auf.

»Wir brauchen ein Fliegengitter für das Esszimmerfenster.«

»Zirbeldrüse«, sagte er, nickte und zog wieder ab.

Bettenberg blieb noch eine Weile vor dem Fenster stehen. Weil aber Herr Hirsch nicht mit einem Fliegengitter zurückkehrte und Freddie sich längst neben Leon gesetzt und das leidige Thema Frischluft abgehakt hatte, nahm er schließlich am Kopfende des Esstisches Platz, stutzte kurz und polierte dann sein Besteck nach – nicht mit der Tischdecke, sondern mit einem eigens mitgebrachten Tuch.

Kriemhild bekam das von der Küche aus natürlich mit. Dass sie daraufhin an dem Vorlegelöffel leckte, mit dem sie ihm – und nur ihm – den Salat auf den Teller schaufelte, bekam wiederum nur Konny mit.

Entsetzt schüttelte sie den Kopf.

Ungerührt trug Kriemhild den Teller mit dem Salat zu Bettenberg und wünschte ihm einen »Guten Appetit!«

Bettenberg öffnete eine Pillendose, warf den halben Inhalt ein – Verdauungstabletten? Pulverisiertes Sagrotan zur Reinigung der Magenwände? –, nahm einen Schluck Wasser und widmete sich dann dem Salat. Er aß mümmelnd.

Konny konnte beim besten Willen nicht verstehen, was sie jemals in ihm gesehen hatte. Cary Grant hin, Cary Grant her. Selbst wenn er der letzte Mann auf Erden wäre, würde sie den Rest ihres Lebens lieber keusch verbringen, als sich von diesem Idioten anfassen zu lassen.

Immerhin besaß dieser Idiot Tischmanieren und schluckte erst hinunter, bevor er verkündete: »Ich könnte niemals vegan leben. Und kommen Sie mir jetzt nicht mit der leidenden Kreatur. Niemand bestreitet, dass wir an der Massentierhaltung dringend etwas ändern müssen, aber Menschen sind nun mal Allesfresser. Basta.«

Man sah Kriemhild ihre Zerrissenheit an. Sie hasste Bettenberg, aber gleichzeitig war er hier und jetzt ihr einziger fleischfressender Bruder im Geiste.

»Sie sollten wissen, dass vegane Männer erwiesenermaßen seltener unter Erektionsstörungen leiden«, warf Leon ein.

»Ach ja, und die Ausicht auf die Beglückung einer veganen Gefährtin soll mich zu einem blutleeren, freudlosen Liegeradfahrer machen, denn nichts anderes sind vegane Männer«, spottete Bettenberg.

Leon zuckte mit den Schultern. »Ihre Sache, wenn Sie Ihren Marktwert nicht durch Verzicht auf Tierprodukte erhöhen wollen.«

Kriemhild machte »ts, ts, ts« und ging in die Küche, um aufzuräumen.

»Glauben Sie mir, junger Mann, das habe ich nicht nötig.«
Bettenberg hob anzüglich eine Augenbaue und sah zu Konny.

Die hätte sich beinahe an ihrer eigenen Spucke verschluckt. Und wenn er sie jetzt zwingen sollte, eine auch nur irgendwie positiv geartete Bemerkung über den desaströsen gestrigen Abend zu machen, würde sie sich eigenhändig erdrosseln.

»Das habe ich weiß Gott nicht nötig«, wiederholte Bettenberg, weil Konny es nicht sagte. »Kein Grund, rot zu werden«, setzte er noch eins drauf.

Alle schauten zu Konny, die kein bisschen rot gewesen war, jetzt aber rot wurde – und das schlagartig. »Ich habe mich verschluckt«, rechtfertigte sie sich.

Bettenberg grinste. Schmutzig.

»Echt jetzt, müssen diese Hahnenkampf-Größenvergleiche beim Abendessen sein?«, warf Sara ein.

»Genau, leben und leben lassen«, gab der große Blonde ihr recht, was er aber wohl auch getan hätte, wenn sie sich für Klöppeln als Prüfungsfach an weiterbildenden Schulen ausgesprochen hätte.

Konny sah die beiden dankbar an. Die Guten sind ja auch so eine gesellschaftliche Randgruppe …

»Was ist das für ein Aufruhr da draußen?« Kriemhild trat, mit Gummihandschuhen und einer Spülbürste bewaffnet, ins Esszimmer und zeigte mit dem Kinn zum Fenster.

Draußen sah man Lichtblitze.

»Das wird das Gewitter sein, wie auf *wetteronline* prognostiziert«, erklärte Bettenberg.

Nun könnte man ihm ja zugutehalten, dass sich das Fenster

in seinem Rücken befand und er es deshalb nicht besser wissen konnte. Aber keiner im Raum wollte ihm das zugutehalten.

Konny, innerlich dankbar für den Themawechsel, ging zum Fenster.

Früher zogen die Dorfbewohner mit brennenden Fackeln als Lynchmob heran, lauthals »Knüpft sie auf, die Hunde« skandierend, um die Fremdlinge am nächstbesten Baum aufzuhängen wie nachlässig zwischen die Äste geworfenes Lametta. Tenor: Wir wollen keine Fremden, die sich an unseren Töchtern vergehen und unsere Söhne ermorden.

Heute kamen die Töchter, um sich gegenseitig vor dem Tourbus abzulichten, wenn sie schon niemand von der Band vor die Handylinse bekamen, und die Söhne betätigten sich als Paparazzi, die Handys auf Selfie-Sticks vor das Esszimmerfenster hielten, um möglichst nicht nur das Mobiliar, sondern auch die Bandmitglieder zu erwischen, und natürlich gingen sie davon aus, dass berühmte Musiker am Tisch nicht langweilig herumsaßen und veganen Salat aßen, sondern Groupies auf der Tischplatte vernaschten. Nur deshalb lernte man als junger Mann ja Gitarre oder Schlagzeug.

Der Unmut war fast greifbar, als die jungen Leute feststellten, dass es keinen Tourbus mit dem Schriftzug der Band gab, und als Konny gleich darauf die Vorhänge im Esszimmer zuzog.

»Scheiße, wer von euch hat durchsickern lassen, dass wir hier sind?«, pampte Leon.

»Ich nicht!« Sara belegte den ersten Platz.

»Ich ganz sicher nicht!« Freddie wurde knapp Zweite.

Der große Blonde und der kleine Dunkle belegten mit ihrem Kopfschütteln Platz drei und vier.

Leon sah erst zu Kriemhild, dann zu Konny.

»Wir schreiben Diskretion groß«, versicherte Konny.

»Und ich kann mir beim besten Willen nicht vorstellen, wen es interessieren sollte, dass Sie hier sind«, setzte Kriemhild noch eins drauf.

Wer hätte ahnen können, dass diese wabernde Masse Mensch, die erst abzog, als gegen zweiundzwanzig Uhr ein Sturmwind aufkam, tatsächlich der Auslöser dafür sein würde, dass es um Mitternacht einen Toten gab?

Und wenn Konny hätte raten sollen, wer als Leiche enden würde, sie hätte auf Stinkmorchel Bettenberg getippt. Aber damit hätte sie daneben gelegen. Und zwar so was von …

Der Tod & andere ungebetene Gäste

Vier Leichen, ohne Dessert

Es wetterleuchtete.

In der Ferne zuckten riesige Blitze am Himmel. Das Donnergrollen erinnerte an Trommelgruppen wie Yamato oder Stomp.

Der Sturmwind, der die jungen Leute vom Hof gefegt hatte, ließ die Fensterläden knacken und die Bäume rauschen.

Die kleine Schicksalsgemeinschaft aus Schwestern, Musikern und einem Dauernörgler saß im Salon bei einem Schlummertrunk auf Kosten des Hauses. Nur der Gärtner fehlte.

»Trollinger«, murrte Bettenberg.

»Einem geschenkten Gaul schaut man nicht ins Maul«, erklärte Kriemhild, die im großväterlichen Ohrensessel saß und Socken stopfte. Sie war vermutlich die letzte Frau der westlichen Hemisphäre, die noch Socken stopfte, anstatt für einen Apfel und ein Ei einfach im nächsten Supermarkt ein neues Paar zu kaufen. Das Stopfen beruhigte sie.

»Ich find's toll, dass Sie das noch machen«, sagte Freddie. »Aber sind die Ihnen nicht zu groß?«

»Es sind die Socken meines Mannes.«

Wie immer, wenn Kriemhild vom Kommodore sprach, wurde ihre Stimme weich. Also, nicht wirklich weich, aber wenigstens nicht ganz so kratzbürstig wie sonst.

»Möchte er nicht zu uns herunterkommen?«, hakte Freddie nach.

»Er ist nicht gern unter Leuten.« Kriemhild biss einen Faden ab.

Leon hatte seine Gitarre geholt und spielte leise eine romantische Melodie, die Konny an Simon and Garfunkel erinnerte.

Sara saß zu seinen Füßen. Der große Blonde lehnte sich an den gemauerten Kamin und sah sie liebeskrank an.

Auch Freddie saß zu Leons Füßen. Der war nicht länger das dauerstreitende Rumpelstilzchen, das sich sekündlich in den Boden zu bohren drohte, sondern wieder ganz der in sich ruhende, charismatische Popstar. Was zwei schöne junge Frauen zu Füßen eines Mannes doch ausmachen konnten.

Der kleine Dunkle lag auf der Récamiere und las Paulo Coelho.

Bettenberg hatte mittig auf dem Biedermeiersofa Platz genommen und hielt sein Glas mit abgespreiztem kleinen Finger in Schulterhöhe neben sich.

Konny, die einen Teller mit Käse und Crackern brachte, Karotten mit Dip standen schon auf dem Couchtisch, blieb in der Tür stehen und nahm das Bild in sich auf. Wäre der französische Maler Monet zufällig zu Gast in der Pension gewesen, er hätte sofort Pinsel, Farben und Leinwand geholt und die Szene impressionistisch für die Nachwelt festgehalten. Aber dann machte Bettenberg den Mund auf, und der Einzige, der Bettenberg gern in Öl gemalt hätte – nein, vermutlich nicht in Öl gemalt, eher in Öl gesotten –, wäre Hieronymus Bosch gewesen.

»Es ist unglaublich stickig hier drin. Wo bleibt denn der Mann mit dem Fliegengitter?« Es klang genauso vorwurfsvoll, wie er es meinte.

»Bei dem Wind können wir die Fenster jetzt ohnehin nicht öffnen«, sagte Konny. »Es würde helfen, wenn Sie Ihr Sakko ausziehen …«

»Ein Gentleman pflegt in Gesellschaft nicht halb nackt zu sein. Außerdem ist das Armani.« Er zupfte sich einen unsichtbaren Fussel vom Ärmel.

Die drei Jungs in ihren ungebügelten T-Shirts störte diese Herabwertung ihrer Gesellschaftsfähigkeit nicht, Konny aber schon. Sie wollte gerade etwas Schneidendes erwidern, als es an der Haustür klopfte.

Klopfen ist eigentlich nicht das richtige Wort. Es wurde kraftvoll dagegen geschlagen, als verlange der Sensenmann Einlass. Ein bedrohlich tiefes Wummern, das alle zusammenfahren ließ.

»Was war das?« Der große Blonde quietschte wie ein Mädchen.

Die Mädchen im Salon bekamen große Augen.

»Dampflokomotive«, rief Herr Hirsch im Flur und lief auf die Tür zu. Konny wurde ganz warm ums Herz. Wann immer Herr Hirsch ausdrücken wollte, dass er etwas erledigen würde – wie jetzt zum Beispiel die Tür zu öffnen –, bediente er sich eines Begriffs aus dem Bereich Verkehrsmittel. Das war doch ein gutes Zeichen, oder? Seine Heilung machte eindeutig Fortschritte.

Alle im Salon beugten sich nach rechts, um durch die offene Tür in den Flur und zum Eingang zu schauen.

Und weil das Universum, das die meisten Menschen fälschlicherweise für unbelebt halten, durchaus einen Sinn für Dramatik besitzt, blitzte es genau in dem Moment taghell am Nachthimmel, als Herr Hirsch die Tür weit aufriss.

Erst einmal war nichts weiter zu sehen als der Umriss eines Mannes. Wie Max Schreck in *Nosferatu*, nur mit kurz geschnittenen Fingernägeln und breiter, sehr viel breiter. Ein

Grizzlybär von einem Mann. Die acht Menschen im Salon zuckten mindestens genauso zusammen wie 1922 die Kinobesucher beim Anblick von Schreck auf der Leinwand. Der große Blonde quietschte wieder.

Nur Herr Hirsch sagte völlig ungerührt: »Luftabwehrrakete.«

»Äh … danke, nein, ich bin Pazifist«, sagte der Fremde mit sonorer Stimme und trat ein.

»Tür zu«, rief Bettenberg, »sonst kommen die Stechmücken herein!«

Herr Hirsch schloss die Tür, und der Fremde trat in den Salon und somit ins Licht.

»Klaus!« Klang Leon wirklich etwas ungnädig? »Was machst du denn hier? Ich habe gar nicht mit dir gerechnet.«

Der Grizzly namens Klaus schüttelte sich. Offenbar hatte es schon angefangen zu regnen. Bei Licht betrachtet sah er gar nicht mehr so monsterhaft aus, mehr wie der Bärenmarkenbär. Rothaarig, mit Dreitagebart, in einem leuchtend grünen Seidenhemd und einer weißen Leinenhose – beides gleichermaßen zerknittert – sowie italienischen Flechtschuhen.

»Na, Kinder, alles paletti bei euch? Ich wollte nur mal nach euch sehen, ob's euch auch gutgeht«, dröhnte er mit Bassstimme.

Er ließ seinen Blick über die Anwesenden schweifen, bis er Konny im Visier hatte. »Als ich deinen Namen auf der frugalen Homepage der Pension gelesen habe, konnte ich es erst gar nicht glauben, aber du bist es wirklich. Und völlig unverändert. Konny, Kleines, komm in meine Arme!«

Konny, die immer noch den Teller mit dem Emmentaler in der Hand hielt, fühlte sich plötzlich in die Luft gehoben. Weil

sie … äh … schwere Knochen hatte, war es ihr noch nicht oft / 119
im Leben passiert, dass sie von den Beinen gerissen und schwerelos wie ein Federgewicht in luftige Höhen gehoben wurde. Genauer gesagt, war das erst ein einziges Mal passiert …

»Klaus!« Deshalb war ihr der Name der Künstleragentur so bekannt vorgekommen.

»Von zwei voneinander unabhängigen Quellen als *Klaus* identifiziert, das wäre also geklärt«, meinte Kriemhild sarkastisch und stopfte weiter.

»Sie kennen sich?« Jetzt klang Leon definitiv ungnädig.

»Hach, das ist schon Ewigkeiten her.« Konny bekam wieder Bodenkontakt. Sie pustete sich eine Locke aus der Stirn und drückte Herrn Hirsch den Käseteller in die Hand. »Wir haben zusammen studiert.« Klaus war ein paar Jahre älter als sie. Meine Güte, was hatte sie ihn damals angeschmachtet. Weil er so ein Bad Boy war, ungezähmt, wild. Okay, aus heutiger Sicht auch ein wenig schmuddelig.

Konny hätte ja gern gesagt, dass auch er sich nicht verändert habe, aber so leicht ihr kleine Schwindeleien fielen, eine so massive Lüge kam ihr nicht über die Lippen. Bis auf die roten Haare war der Mann praktisch nicht wiederzuerkennen. Ihr Klaus von vor über dreißig Jahren war ein dünner Schlaks gewesen, mit schulterlangen Haaren und Vollbart und Birkenstocksandalen.

»Was machst du hier?«

»Ich bin der Manager von Cordt. Wusstest du das nicht?« Klaus lächelte verschmitzt. »Du hast mich völlig vergessen, was? Aus den Augen, aus dem Sinn.«

Vergessen? Eher schon verdrängt. Er hatte sie damals von der Bettkante gestoßen – nicht bildlich, nein, ganz buchstäblich –, weil sie ihm »zu moppelig« war.

120 / Leon stand auf. Er hielt seine Gitarre wie ein Schutzschild vor sich. »Du hättest dich anmelden können.«

»Es war so eine spontane Idee. Und wegen des Wetters wusste ich ja gar nicht, ob ich es heute Abend noch schaffe.«

»Es ist kein Zimmer mehr frei«, erklärten Leon und Kriemhild gleichzeitig.

»He, was ein echter Punk ist, der schläft auch im Wohnzimmer auf der Couch.« Klaus sah zu dem Sofa, auf dem Bettenberg in seinem Armani-Sakko thronte wie der Sonnenkönig mit seinem Hermelin-Umhang. Ein Sofa, das für einen Mann von Klausens Statur sichtlich zu klein war. »Und was nicht passt, wird passend gemacht.«

»Du bist wirklich noch ganz der Alte.« Konny klopfte ihm freundschaftlich auf die überbreite Brust.

»Mir wurde gesagt, ich könne keine alternative Schlafmöglichkeit bekommen«, meldete sich Bettenberg säuerlich zu Wort. »Dabei macht mich dieser Summbrummton in meinem Zimmer noch verrückt.«

»Ziehen Sie es tatsächlich in Betracht, hier auf dem Sofa zu nächtigen?« Konny mochte es kaum glauben.

»Natürlich nur, wenn Sie mir die Übernachtungskosten erlassen. Das versteht sich ja von selbst.«

»Es tut mir leid, keine Stornierung möglich.« Kriemhild legte die Socke beiseite und stand auf. Sie wandte sich an den Neuankömmling. »Haben Sie Hunger? Als Agent sind Sie ja sicher auch Veganer«, sagte sie schicksalsergeben.

»Wie bitte?« Klaus schaute entsetzt.

»Verganer! Wenn Sie möchten, kann ich Ihnen einen Obstteller zubereiten.«

»Aber nein. Echte Männer essen kein Obst, die essen Fruchtfleisch!«

»Klaus, du bist so ein Arsch.« Leon stürmte mit seiner Gitarre davon.

Huch, was war das denn? Ging's hier wirklich noch um Speisepräferenzen? Konny sah ihm nach, dann zu Klaus.

»Er meint es nicht so«, versuchte Freddie, den Verbalschlag zu mildern, erhob sich und lief Leon hinterher.

»Leon meint es immer ganz genau so, wie er es sagt«, erklärte Sara, die sich die Deutungshoheit über Leons Äußerungen nicht von ihrer Rivalin nehmen lassen wollte. Sie stürmte ebenfalls die Treppe nach oben.

Was natürlich bedeutete, dass auch der große Blonde sich trollte.

Nur der kleine Dunkle schien ganz versunken in seine Lektüre und rührte sich nicht.

Bettenberg hatte sein Weinglas abgestellt und schrieb etwas in sein Notizbuch. Konny überlegte kurz, worum es sich bei seinen Notizen handelte. *Liebes Tagebuch, heute waren wieder alle gemein zu mir.* So in der Art. Nur sehr viel detailreicher.

»Möchtest du ihm nachgehen, damit ihr euch aussprechen könnt?«, fragte Konny.

»Halb so wild. Er ist eben Künstler. Künstler sind hypersensibel. Bis morgen früh hat sich das wieder gelegt.« Klaus schnupperte. »Rieche ich da Fleisch?«

Kriemhild war in die Küche gegangen und hatte offenbar ein Steak in die Pfanne geworfen.

»Fleisch?« Der kleine Dunkle auf der Récamiere sah erschrocken auf, wie ein Vampir, dem man mit Knoblauch drohte. »Ja, es ist spät, ich geh dann mal …«

Schwups, war er weg.

Klaus grinste. »Weißt du noch, wie wir damals drauf waren? Wir wollten auch die Welt retten, aber nicht durch unsere Essgewohnheiten, sondern durch …«

»… Sitzblockaden gegen Langstreckenraketen und Atommüll.« Konny lachte auf. »So hat jede Generation ihre hehren Ideale.«

»He, ich bin immer noch gegen Raketen und Atomkraft!« Klaus reckte kämpferisch die Rechte in die Höhe.

Konny lachte, und wenn sie lachte, bekam sie Grübchen und ihre Nase kräuselte sich ganz entzückend und ihre Körbchen in Größe D bebten.

»Wieso hatten wir damals eigentlich nie was miteinander?« Klaus hob den Blick wieder zu ihren Augen.

»Ich bin nach der Fete bei Usch in dein Zimmer geschlichen und habe mich dir auf dem Präsentierteller angeboten, aber du hast abgelehnt. Und bist zu Usch aufs Zimmer.« Für Konny war die Erinnerung noch frisch. Mit einem leicht bitteren Nachgeschmack.

Er seufzte. Als junger Mann hatte er eigentlich alles vernascht, was nicht bei drei auf dem Baum war. Gern auch im Doppelpack. Wie gut, dass seine Libido jetzt im Alter gegen null fuhr. Vermutlich Materialüberlastung. Gut so. Er hatte das Gefühl, als sei er fünfzig Jahre lang an einen Idioten gekettet gewesen. »Ich glaube, du hast nicht so ganz in mein Beuteschema gepasst. Ich Trottel hielt dich damals für etwas zu … äh … rubenesk.«

Konny nickte. »Ja, das sagtest du. Und ich schloss daraus, dass du für jemand von meinem Format wohl nicht die angemessen große Ausrüstung besitzt.«

Er wollte protestieren, aber sie knuffte ihn freundschaftlich.

Klaus lachte. »Jetzt fällt es mir wieder ein. Du hattest damals lange Haare und trugst immer wild gemusterte Flatterkleider, um deine Pfunde zu kaschieren.« Er schaute anerkennend auf ihre Hüften, die jetzt keinen Deut schmaler waren, im Gegenteil, aber in einem hautengen lila Slinkykleid steckten. »Ja, die Erinnerung kehrt zurück. Ich habe eben doch ein pornographisches Gedächtnis.«

»Du meinst fotografisch.«

»Nein.« Er zwinkerte. »Heutzutage bin ich viel reifer und weiß wahre feminine Schönheit zu schätzen. Verzeihst du mir?«

»Nein.«

»Du bist kompliziert.«

»Ich bin nicht kompliziert, nur ein bisschen labyrinthisch.«

»Oho, du bist also der Abenteuerurlaub und nicht die Pauschalreise.« Klaus grinste. »Herausforderung angenommen!«

Kriemhild deckte den Esstisch im Nebenzimmer ein. »Es gibt kurz angebratenes Steak und etwas Brot. Bier dazu?«

»Ja, bitte.« Klaus zeigte Anzeichen purer Ekstase. Konny wusste, dass das nichts mir ihr zu tun hatte. Er hatte ein Alter erreicht, in dem die Liebe definitiv durch den Magen ging. Wenn er sich jetzt und hier zwischen den Schwestern entscheiden müsste, würde er Kriemhild wählen, die mit dem goldenen Händchen am Herd.

Klaus sah zu Bettenberg, der mit verschränkten Armen immer noch auf dem Sofa thronte. Es missfiel ihm, ignoriert zu werden. Sein Instinkt sagte Klaus, dass er diesen Menschen besser nicht aufforderte, ihm bei einem Bier Gesellschaft zu leisten. Zweifelsohne würde er sich mit ihm langweilen, wie er sich noch nie zuvor in seinem Leben gelangweilt hatte. Das sah man an den verkniffenen Mundwinkeln. Womöglich litt der Mann an Verstopfung.

Bettenberg räusperte sich. Das war seine Art, der Welt anzukünden, dass er sich mit der Absicht trug, jedwede Unterhaltung an sich zu reißen.

Klaus flüchtete sich ins Esszimmer.

Konny überließ Bettenberg im Salon seinem Räuspern und gesellte sich zu Kriemhild in die Küche. »Klaus kann unmöglich auf dem Sofa schlafen. Ich gebe ihm erst mal mein Zimmer und schlafe bei dir und dem Kommodore, okay?«

Kriemhild nickte und trug die beiden Steaks – eigentlich das halbierte eine Steak – ins Esszimmer.

Klaus sah zu Kriemhild. »Leisten Sie uns doch beim Essen Gesellschaft.«

Kriemhild sagte, was sie in solchen Fällen immer sagte. Sie meinte es nicht einmal böse. Sie stellte nur eine Tatsache fest. »Ich bin sozial nicht kompetent genug, um mit Leuten, die mich langweilen, über Dinge zu sprechen, die mich nicht interessieren.«

Klaus lachte fröhlich. »Geht mir im Grunde genauso. Ich bin nur nicht so konsequent wie Sie.« Mit Gusto machte er sich über sein Steak her.

Kriemhild betrachtete ihn eine Sekunde lang fast wohlwollend. Sie verstaute ihre natürliche Feindseligkeit in einem hinteren Winkel ihres Gehirns, wo sie sie jederzeit wieder herausziehen konnte, wenn es nötig sein sollte. Aber einstweilen gab sie sich umgänglich. »Ich hoffe, es schmeckt Ihnen. Wir richten Ihnen Konnys Zimmer her.«

Weil man mit vollem Mund nicht sprechen sollte, nickte Klaus nur.

Kriemhild ging nach oben, um das Zimmer des Kommodore für den Einzug ihrer Schwester vorzubereiten. Klaus aß schweigend, von gelegentlichem Schmatzen abgesehen.

In dieses Unterhaltungsvakuum stürzte sich leider Holger Bettenberg. Er setzte sich mit seinem Weinglas ans Kopfende und fing eine ausschweifende Erklärung darüber an, warum Weintrinker die besseren Menschen waren und Biertrinker das genetische Überbleibsel der Neandertaler. Wobei er das natürlich nicht so plump formulierte. Aber es war die Quintessenz. Wenn draußen nicht gerade ein hollywoodreifer Weltuntergang stattgefunden hätte, Klaus hätte seinen Teller genommen und wäre ins Freie geflohen.

Währenddessen räumte Konny alles in die unterste, abschließbare Kommodenschublade, was Klaus nicht sehen sollte, falls er unter Schlaflosigkeit litt und nachts um drei auf Erkundungstour durch ihr Zimmer ging: die Sextoys natürlich, die Schachtel mit den Fotos, zwei Selbsthilfebücher, die ihr zwar wirklich geholfen hatten, deren Lektüre ihr aber als Frau mit Uni-Abschluss peinlich war, und den Ordner mit ihren bislang veröffentlichten Kolumnen, der einem Tagebuch am nächsten kam. Außerdem löschte sie den Suchverlauf in ihrem Computer. Dann bezog sie das Bett neu. Fertig.

Mit ihrem Kulturbeutel, Wäsche zum Wechseln und einem Kleid für morgen wollte sie den Raum verlassen, als es fast zeitgleich blitzte und donnerte. Das Gewitter befand sich jetzt so gut wie über ihnen. Sie zog noch den Notfallkoffer unter dem Bett hervor, dann ging sie nach oben zum Zimmer von Kriemhild und dem Kommodore. Sie klopfte.

»Komm rein.«

Kriemhild legte gerade eine Samtdecke auf den Nachttisch neben ihrer Bettseite, damit es der Kommodore bequem hatte. Wie jeden Abend hatte sie eine Kaminfeuer-DVD eingelegt. Über den prasselnden Regen hinweg hörte man das Knistern des Feuers. Weil Kriemhild wusste, dass Konny davon die Krätze bekam, hatte sie ausnahmsweise darauf verzichtet, eine CD mit Seemanns-Shanties einzulegen.

»Draußen geht es ziemlich heftig ab«, meinte Kriemhild. »Sagst du bitte Herrn Hirsch, er soll noch mal überall prüfen, ob alle Türen und Fenster verschlossen sind?«

»Mach ich.« Konny wusste sehr wohl, dass ihre Schwester ihr die Gelegenheit geben wollte, mit Klaus alte Erinnerungen aufzufrischen.

Aber draußen war wirklich die Hölle los. Es blitzte. Es donnerte. Es schüttete wie aus Eimern.

Konny musste an den Vortrag denken, dem sie neulich erst beim Clubabend der Rotarier beigewohnt hatte: *Die Klima-Lüge – Klimawandel als Erfindung von Hollywood, um seine Action-Filme zu promoten.*

Wenn man in einer Kleinstadt ein Geschäft oder eine Pension eröffnete, war es fast verpflichtend, einem Service-Club beizutreten. Deshalb waren Kriemhild und Konny Rotarierinnen geworden. Der Referent hatte seinerzeit gegen den »Unsinn« der Klimaveränderung gewettert. Manche Zuhörer hatten dazu genickt. Das war natürlich vor der Schlammlawine, die im letzten Frühjahr völlig unerwartet keine fünf Kilometer von der Pension entfernt niedergegangen war und mehrere Häuser mitgerissen hatte. Aus einem mickrigen Rinnsal, das schon austrocknete, wenn nur einen Nachmittag lang mal die Sonne schien, war ein reißender Fluss geworden. Der Schock saß allen noch in den Gliedern.

So was hatte es noch nie gegeben. Nicht hier in der Gegend. Früher kannte man vier Jahreszeiten, im Winter lag Schnee, und wenn im Sommer tagsüber die Dreißig-Grad-Marke geknackt wurde, gab es schulfrei. Was viel zu selten geschehen war. Aber was sie jetzt im Winter hatten, war nicht mehr Schnee zu nennen, allenfalls Puderzucker aus kristallinem Wasser. Und dreißig Grad im Sommer betrug die Temperatur im Schlafzimmer jede Nacht um zwei. Das bildeten sich die Schwestern nicht ein, das waren nachmessbare Werte.

Früher hätte Konny bei einem Gewitter die Vorhänge zurückgezogen, sich ins Bett gelegt und das Schauspiel am Himmel beobachtet. Jetzt stand sie angespannt vor dem Fenster im Treppenhaus und hoffte, dass der Hang halten und ihre Pension nicht ins Tal rutschen würde. Falls aber doch, hoffte sie, dass sie alles in ihren Notfallkoffer gepackt hatte, der jetzt griffbereit auf dem Stuhl neben dem Bett des Kommodore stand – Papiere, Geld, Glückspulli.

Als sie das Esszimmer betrat, sah Klaus sie flehentlich an. In seinen Augen las sie ein verzweifeltes »Hilf mir!«

Bettenberg hatte sich warm geredet. »Letzten Endes zeigt die Wissenschaft überdeutlich …«

»Habt ihr Herrn Hirsch gesehen?«, unterbrach Konny.

»Der war kurz hier, murmelte etwas wie ›Backsteinmauer‹ und ist mit einer Taschenlampe losgezogen.«

»Ah, sehr gut, dann macht er eine Kontrollrunde.« Wieder blitzte es. »Wirklich unheimlich.«

»Das ist nur eine Entladung …«, fing Bettenberg an.

Klaus schob geräuschvoll seinen Stuhl zurück. »Ich hatte einen langen Tag. Du bist mir nicht böse, wenn wir uns morgen unterhalten? Wir haben viel aufzuholen.« Er nahm ihre Hände und küsste beide Ringfinger. »Bist du verheiratet?«

Konny schüttelte den Kopf. »Du?«

»Wer würde mich schon haben wollen?« Klaus zwinkerte ihr zu. »Gute Nacht, Herr …«

»Bettenberg, Holger Bettenberg«, sagte Holger Bettenberg. »Und was mein Zimmer anbelangt, Frau …«

»Ich bitte Sie, bei dem Lärm, den das Gewitter macht, werden Sie zweifellos kein Summen oder Brummen mehr hören.« Konny hielt ja viel aus, aber langsam reichte es.

Bettenberg sagte nichts, guckte nur säuerlich, deutete ein Nicken an und ging wortlos.

»Unangenehmer Kerl«, erklärte Klaus.

»Pst, er kann dich noch hören«, flüsterte Konny.

»Soll er doch.«

Sie sahen sich einen Moment tief in die Augen.

»Ich bin wirklich hundemüde.«

»Ich zeig dir mein Zimmer. Also … *dein* Zimmer.«

Nachdem sie ihn mit den Basics vertraut gemacht hatte – den Kippschalter der Nachttischlampe mehrmals drücken, bis das Licht an- beziehungsweise ausging, und wenn Licht im Badezimmer brannte, hieß das, dass Herr Hirsch gerade drin war –, wünschte sie ihm eine gute Nacht und ging in den Flur.

»Herr Hirsch?« Sie hörte ein Rumoren aus dem Keller.

»Herr Hirsch?«, rief sie die Treppe hinunter.

Von unten ertönte ein »Kachelofen?«

»Machen Sie bitte überall das Licht aus und schließen Sie ab?«

»Schnupftabak!«

»Danke!«

Das Getöse des Sturms erreichte neue Höhen, als sie in das

Zimmer des Kommodore trat. Das Gewitter schien sich immer noch direkt über der Villa auszutoben.

Kriemhild und Konny sahen sich an.

»Mozartkugel?«, bot Kriemhild an.

Dankbar bediente sich Konny.

Als sie fünfzehn Minuten später ins Bett kletterte, in dem Kriemhild bereits lag und ihre Haare bürstete, wütete das Gewitter immer noch über dem Haus. Das Knistern des DVD-Kaminfeuers war nicht mehr zu hören, dafür aber das plötzliche Miauen von Amenhotep.

Im Grunde waren Kriemhild und Konny ja nur Mitbewohnerinnen von Amenhotep. Es war seine Villa, sein Reich, sein Universum, und die Nacht war seine Spielwiese. Aber bei Sturm wurde aus dem unabhängigen Kater ein anlehnungsbedürftiges Kätzchen, das Körperkontakt suchte.

Konny ließ ihn – trotz Kriemhilds ungnädig nach unten gezogener Mundwinkel – ins Zimmer. Er sprang sofort aufs Bett und rollte sich zwischen den Schwestern zusammen. Dass er Angst hatte, erkannte man nur an seinen weit aufgerissenen Augen und dem Vibrieren seiner Barthaare.

Der Regen klatschte an die Scheibe des Bullauges.

»Glaubst du, der Hang könnte abrutschen?«, fragte Konny.

»Unsinn«, beschied Kriemhild, deren Urteil nicht auf Fakten gründete, sondern auf dem Umstand, dass sie die Ältere war und folglich Ruhe und Gelassenheit ausstrahlen musste. »Ich lese dir jetzt was vor.«

»Au ja.« Konny kuschelte sich in die marineblaue Kissenlandschaft. Besonders gefreut hatte sie sich nicht auf die Aussicht, mit Kriemhild die Nacht im selben Bett verbringen zu müssen. Im Gegensatz zu ihrer Schwester – die die ganze

Nacht steif wie ein Brett auf der rechten Bettseite lag – konnte Konny nur schlafen, wenn sie mit weit ausgestreckten Gliedmaßen wie Da Vincis vitruvianischer Mensch im Bett lag. Und zwar schräg. Wobei es nicht selten vorkam, dass sie am Morgen mit dem Kopf am Fußende aufwachte, weil sie sich wie ein Windmühlrad nachts gedreht hatte.

Kriemhild zog aus dem Nachttisch eine zerfledderte Ausgabe von Astrid Lindgrens großem Mädchenklassiker. Es war noch dasselbe Buch, das sie in ihrer Kindheit gehabt hatten.

»Am Rand der kleinen, kleinen Stadt lag ein alter, verwahrloster Garten, in dem Garten stand ein altes Haus und in dem Haus wohnte Pippi Langstrumpf …«

Zu diesem Zeitpunkt dachte Kriemhild noch, dass der neue Raumerfrischer ›Meeresbrise‹, den sie extra für den Kommodore aufgestellt hatten, der Höhepunkt ihres Tages gewesen wäre.

»Es war lieb von dir, mir die letzte Mozartkugel zu geben«, warf Konny hamsterbackig ein, als Kriemhild beim Vorlesen einmal Luft holen musste.

»Es war lieb von dir, meine Haare loszulassen, als ich sie fallen ließ.«

Liebevolle Neckereien unter Schwestern.

Sie konnten noch lange nicht einschlafen, lasen sich gegenseitig vor.

Doch endlich zog das Gewitter weiter.

Die Nacht senkt sich schwer über die Pension. Nur noch von fern donnerte und blitzte es. Der Hang hielt. Obwohl der Regen ununterbrochen weiterplätscherte.

Pitsch, patsch, pitsch, patsch.

Konny fielen die Augen zu.

Kriemhild las noch ein paar Minuten, dann schlief auch sie
ein.
Amenhotep schnurrte.
Mitternacht.
Zur selben Zeit rollte draußen vor der Eingangstür ein Rei-
fen über einen Männerkopf. Mehrmals. Schwungvoll.
Bis der Kopf nur noch Matsch war …

Des Grauens zweiter Akt

Wie die Sardinen, nur ohne Öl

Die erste Leiche – *When a man loves a woman*

Jetzt, wo das Gewitter weitergezogen war und der Regen aufgehört hatte, konnte man die Kirchenglocken aus dem Tal hören. Es schlug zwei Uhr.

Richard wälzte sich schlaflos in seinem Bett.

Er begehrte Sara nicht nur, er liebte sie. Leider eine total einseitige Kiste. Vorhin, als es noch weltuntergangsartig unwetterte, hatte er sie im Flur getroffen, nachdem er sich unten in der Küche ein Glas Sojamilch mit einem großen Löffel Kakao angerührt hatte.

»Ich hab mir nur schnell an der Tanke Zigaretten geholt«, hatte sie geflüstert, sich den Regen aus dem langen Haar geschüttelt und den Finger auf die Lippen gelegt. »Verrate mich nicht!« Dann war sie lautlos die Treppe hochgeflogen.

Die anderen waren alle überzeugte Nichtraucher. Richard ja eigentlich auch, aber wenn Sara rauchen wollte, dann sollte sie.

Ach, Sara.

Die Tür, die er vorhin gehört hatte, was das ihre? War sie zu Leon geschlichen? Der Typ war es nicht wert, ihr auch nur die Fußsohlen zu küssen. Geschweige denn …

Richard strampelte sich die Bettdecke vom Körper.

Er war lange genug im Business, um zu wissen, dass einer wie Leon über Leichen ging. Der brauchte Frauen nur, um körperlich Dampf abzulassen, weil er sonst an seinem Testosteronüberschuss explodierte. Leons Herz gehörte ganz allein seiner Karriere. Und die nahm langsam Fahrt auf. Da würde er alles und jeden zurücklassen, der ihm dabei im Weg stand. Und ganz ehrlich, sosehr Richard Sara auch liebte und sosehr er davon überzeugt war, dass sie die perfekte Frau für ihn war, ihre gesanglichen Leistungen hielten sich in Grenzen. Okay, Backgroundsängerinnen hatte man mehr für die Optik, weniger fürs Können, aber Saras Stimmchen stank gegen Freddies mächtig ab. Richard war überzeugt, dass Leon Sara nach dem Ende der aktuellen Tour – und sie hatten nur noch drei Konzerte – feuern würde. Dass sie überhaupt noch mitsingen durfte, vor allem vor ihrem großen Auftritt übernächste Woche, zu dem Produzenten aus England und Amerika erwartet wurden, verdankte sie allein dem Umstand, dass Leon in so kurzer Zeit keinen adäquaten Ersatz finden konnte.

Richard schluckte schwer. Sein Mund war völlig ausgetrocknet.

Er hievte die Beine aus dem Bett und ging zu dem Schrank, der gar kein Schrank war, sondern ein Kompaktbadezimmer. So was hatte er vorher noch nie gesehen. Wenn man eintrat, war links das Waschbecken und rechts die Toilette, direkt über einem eine Regenwalddusche und direkt unter einem der Abfluss. Eigentlich genial durchdacht. Für den ungeübten Benutzer – und dessen Kulturbeutel – jedoch eine ziemlich nasse Angelegenheit.

Er goss sich den Zahnputzbecher voller Wasser und trank in großen Schlucken.

Als er aus dem Schrankbad trat, sah er zur Verbindungstür zum Nebenzimmer. Dahinter lag seine Sara in tiefem Schlummer.

Oder … etwa … nicht?

Er presste das Ohr an die Tür, konnte aber nichts hören.

So wie er war, also nur in Boxershorts wegen der Hitze, trat er in den Flur und ging zu ihrer Zimmertür. Er hörte immer noch nichts.

Ein böser Verdacht keimte in ihm auf, reckte in ihm das grüne, schleimige Haupt der Eifersucht. Lag sie in Leons Bett?

Richard tappste zu Leons Zimmertür.

Was waren das für Geräusche? Beischlaflaute?

Sein Ohr und das Holz wurden eins, was aber sein Gehör nicht wirklich verbesserte. Er hörte nur das Rauschen seines eigenen Blutes.

Richard ging in die Knie und lugte durch das Schlüsselloch.

Leon hatte, wie er, ein Eckzimmer, das rund war, weil die Ecken der Villa Türme waren. Der Raum war hell erleuchtet. Im Fenster spiegelte sich das Bett. Es wirkte leer. Hm.

Richard wusste, dass Leon es nicht ertrug, sich in verschlossenen Zimmern aufzuhalten. Er war hochgradiger Klaustrophobiker. Vermutlich, weil sein Stiefvater ihn immer im Besenschrank eingesperrt hatte. So ging zumindest die Mär. Die Tür war also höchstwahrscheinlich nicht verschlossen.

Richard war kein Spanner, kein Verrückter, nur ein ganz normaler Kerl in den Fängen eines chemischen Ungleichgewichts, das man gemeinhin unter dem Begriff ›Liebe‹ kannte. Oder besser gesagt ›Eifersucht‹.

Fieberhaft überlegte er sich einen Grund, warum er mitten in der Nacht in das Zimmer seines Bandleaders stürmen könnte, ohne total durchgeknallt oder auf Droge zu wirken.

Aber – es mochte an der schwülen Hitze liegen, die Gehirne zu Brei werden ließ, oder an dem Drang, die Frau, die er liebte, den Fängen dieses sexbesessenen Wüstlings zu entreißen – es kam der Moment, an dem ihm alles egal war und er keinen Grund mehr benötigte. Er riss einfach die Tür auf und stürmte hinein …

… in ein leeres Zimmer.

Die Nachttisch- und die Deckenlampen brannten, das Bett war zerwühlt, eine einsame Stubenfliege flog summend an ihm vorbei in den Flur. Nichts, *nada*.

Ob sie es in Saras Zimmer miteinander trieben?

Leon schlich zurück. Was man so *schleichen* nannte. Die Holzdielen verkündeten jedem, dass da einer im Flur unterwegs war. Richard lauschte noch einmal an Saras Tür. Nein, nichts zu hören. Nach über zwei Jahren mit Leon *on the road* wusste er, dass Leon eher kein leiser Liebhaber war. Nach dem Gig in Itzehoe kam sogar die Security, weil Leons orgasmisches Brunftgeschrei sonst nur von Menschen in Todesängsten zu hören war.

Vielleicht liebten sie sich unten in der Küche? Womöglich schleckte Leon seiner nackt auf dem Küchentisch liegenden Sara in diesem Moment gerade Traubensaft aus dem Bauchnabel? Echten Saft, keinen vergorenen. Alkohol trank Leon auf Tour ja nicht.

Richard hastete die Treppe nach unten.

Nein, die Küche war leer.

Aber die Haustür stand offen, der Schlüssel steckte innen.

Selbst Richards übermüdetem hitzegeschädigten liebeskranken Hirn gingen allmählich die Orte aus, an denen Leon Sara vernaschen konnte. Wollten sie eine Nummer im Auto schieben? Oder im nassen Gras?

Richard war eher so der Konservative, was Sexorte anging. / 139
Seine Experimentierfreude beschränkte sich allenfalls auf
Stellungen, er musste nicht an unsinnigen Orten kopulieren,
um sich den Kick zu holen.

Seufzend stand er in der offenen Eingangstür und sah in die
Nacht hinaus. Er war ein Kind der Großstadt. Ihm persön-
lich war es hier auf dem Land zu dunkel. In den Wolkenlü-
cken blitzten Sterne auf. Die Luft war frisch und würzig.

Richard sah zu der Scheune, vor der ihre Autos standen. Es
war keine Bewegung auszumachen.

Er senkte den Blick.

Und erstarrte.

Vor den Stufen, die zur Villa führten, lag Leon.

Erkenntlich nur noch an seinem *I am the Greatest*-Shirt. Der
Körper hätte ansonsten zu jedem x-Beliebigen gehören können, und den Kopf gab es nicht mehr. Also … nicht mehr in
3D. Man sah nur noch Knochensplitter und Gehirnmasse
und … war das ein Augapfel?

Richard beugte sich über das Steingeländer und erbrach den
Couscous-Salat auf das Buchsbäumchen.

Dann hielt er sich noch eine Weile am Geländer fest, als ob
das seine Welt, die urplötzlich auf den Kopf gestellt worden
war, wieder ins Gleichgewicht bringen würde.

Funktionierte natürlich nicht.

Aus den Augenwinkeln sah er zur Leiche. Nur von den Chucks
bis zum Shirtsaum, nicht höher. Das ertrug er nicht.

Es musste ein Unfall gewesen sein. Schlagartig wurde ihm
das klar.

Sara hatte, als sie – vermutlich im Audi – mit den Zigaretten von der Tanke zurückkam, vor lauter Sturm nicht mitbe-

kommen, dass Leon vor der Haustür stand und hatte ihn versehentlich überfahren.

So war das gewesen. Ganz bestimmt.

Richard atmete tief ein und aus. Sein WG-Kumpel Yannik hatte seine Freundin geschwängert und mit ihr immer Atemübungen im gemeinsamen Wohnbereich gemacht. Richard wusste, wie man in Stresssituationen zu atmen hat. Ein, ein, aus. Ein, ein, aus.

Okay, nachdenken.

Keine Sekunde lang kam ihm die Idee, die Polizei zu verständigen. Er musste es so aussehen lassen, als sei Leon irgendwo zu Tode gekommen, wo der Verdacht nicht sofort auf Sara fiel.

Für den Transport einer Leiche brauchte er aber eine Plane. Oder eine Schubkarre. Am besten beides.

Hatte er nicht vorhin im Probenraum eine Schubkarre gesehen? Vom Keller aus gab es einen Ausgang direkt in den Garten. Und der grenzte an einen Wald. Dort konnte er Leon vergraben.

Weiter dachte Richard nicht. Dass Fragen aufkommen würden, wenn Leon nicht zum Frühstück erschien, war ihm natürlich bewusst. Aber Leon hatte sich früher schon spontan aus dem Staub gemacht und sich dann aus dem Bett irgendwelcher Groupies zurückgemeldet. Wirklich verlässlich war er nur, wenn es um Konzerte ging. Da stand er immer pünktlich zum Soundcheck auf der Bühne. Das nächste Konzert war erst in drei Tagen und in hundert Kilometern Entfernung. Keiner würde hier im Wald nach ihm buddeln.

Richard lief in den Keller. Die Schubkarre stand noch da, wo er sie zuletzt gesehen hatte.

Gerade als er nach ihr greifen wollte, hörte er sie.

Schritte.

Schlurfende Schritte, die in seine Richtung kamen.

Hektisch sah Richard sich um. Wohin? Sein Blick fiel auf den alten, verratzten Schrank. Ein ebenso riesiges wie hässliches Teil. Er riss die Schranktür auf. Ja, mehr als genug Platz. Richard sprang hinein und zog die Schranktür hinter sich zu.

Die zweite Leiche –
Herrgottsackvermaledeitaberauch!

Friedrich-Maximilian Hirsch hatte sein Leben unter Kontrolle. Er wusste, wo es für ihn lang ging. Immer schon. Bereits als vierjähriger Knirps hatte er seinen verdutzten Eltern – einem Lastkraftwagenfahrer und einer Krankenschwester – mit fest entschlossener Piepsstimme erklärt, dass er Bankdirektor werden würde. Und so kam es dann ja auch. Gut, mangels Vitamin B und der richtigen Verbindungen hatte alles etwas länger gedauert, und es wurde nur eine Filiale in einer Kleinstadt im Süddeutschen, aber es war immerhin die größte Bank vor Ort, und er war ihr Chef. Das hatte ihn mehr als ausgefüllt. Hobbys oder Familie brauchte er da nicht. Nicht einmal Freundschaften pflegte er. Sein Leben war die Bank. Manchmal, wenn er nachts in seinem Büro saß, kam er sich vor wie Dagobert Duck, nur dass er nicht mal eben schnell in den Tresorraum laufen und ein Bad im Geld nehmen konnte. Er hatte sich nie gewünscht, all das Geld, oder doch wenigstens ein erklecklicher Teil davon, solle seins werden. Es reichte ihm vollends, wenn er mit Zahlen jonglieren konnte. Und wenn er hin und wieder bei schwierigen Kreditentscheidungen aufs richtige Pferd setzen und auch gelegentlich Antragstellern ohne wirkliche Sicherheiten unter die Arme greifen konnte. Wie beispielsweise im Fall der K&K-Schwestern. Ja, er war ein guter Mensch.

Darum hielt er es für höchst unfair, dass ausgerechnet *er* einen Schlaganfall erlitten hatte. Noch dazu einen, der ihn einer Fähigkeit beraubte, die für seinen Job unabdingbar war – der des Sprechens. Wobei er ja sprechen konnte, nur über das, was da aus seinem Mund kam, hatte er keine Kontrolle mehr. Deshalb hielten ihn seine ehemaligen Mitarbeiter ausnahmslos alle für Gemüse auf zwei Beinen. Für gehirnamputiert. Das sah er an ihren mitleidigen Blicken.

Nur Konny und Kriemhild wussten, dass der alte Friedrich-Maximilian Hirsch noch in ihm steckte. Es waren patente Frauen mit einem großen Herzen, und ihnen den Kredit für die Pension genehmigt zu haben erwies sich im Nachinein als beste Entscheidung seines Lebens. Sie waren die Einzigen, die ihn noch respektvoll »Herr Hirsch« nannten. Die ihm das Gefühl gaben, ein nützliches Mitglied der Gemeinschaft zu sein. Obwohl, und das war ihm durchaus klar, nicht nur sein Sprachzentrum noch nicht ganz wiederhergestellt war. Auch seine Motorik war sehr viel langsamer als früher. Und manchmal hatte er ›Aussetzer‹, wie er es nannte, zuckte plötzlich zusammen, ohne sich zu erinnern, was er die letzten Minuten getan hatte. Dennoch war er immer noch Herr Hirsch, er war immer noch ein Mann.

Und darum würde er die Schwestern jetzt nicht im Stich lassen.

»Herrgottsackvermaledeitaberauch!«, hatte er beim Anblick
des Toten gerufen, ohne zu merken, dass er zum ersten Mal
seit seinem Schlaganfall eine absolut passende Lautäußerung
von sich gegeben hatte.

Herr Hirsch schlief ohnehin immer nur für maximal eine
halbe Stunde, dann wachte er unruhig und meist mit zu-
ckenden Beinen auf und musste ein paar Schritte gehen, bis
er wieder zur Ruhe kam.

Er war hier nicht nur der Gärtner. Dass im Haus alles funktionierte, war seine Aufgabe. Er war der Sichersteller der rei-
bungslosen Mechanik. Darum stand er nachts auch mehrmals auf, um nach dem Rechten zu sehen. Der Fensterladen
am linken Küchenfenster hing etwas lose, der Riegel an der
Gartentür im Keller ratschte nicht ganz ein. Wenn er nicht
gerade eine Kontrollrunde drehte, saß er auf seinem Bett
und sah in den nach hinten liegenden Garten hinaus und
dachte …

… meistens gar nichts. Transzendentale Meditation in Per-
fektion. Wenn auch ungewollt.

Lesen ging nicht mehr, weil seine Konzentrationsspanne die
einer Fruchtfliege war. Wenn er fernsah, wurde ihm schwind-
lig. Also saß er nur so da und schaute zum Horizont.

Irgendwann in dieser Unwetternacht kam ihm der Gedanke,
er hätte seinen geliebten Aufsitzrasenmäher in die Scheune
stellen sollen. Morgen früh würde er ihn trockenfönen und
polieren müssen, damit er keinen Rost ansetzte. Jetzt konnte
er ihn ja leider nicht mehr in Sicherheit fahren, weil er zugegebenermaßen so laut war, dass man damit Tote aufwecken
konnte. Die Pensionsgäste würde vor Schreck an der Decke
kleben.

Auf dem Bett sitzend und die Beine ausschüttelnd, hatte er mitbekommen, wie sich die Tür zum Zimmer des Kommodore gegen ein Uhr – es hatte gerade aufgehört zu regnen – öffnete und sechs Beine über Holzdielen schlichen. Vier davon mit Krallen, zwei in Häschenpantoffeln. Sein Gehör war immer noch exzellent, darum bestand kein Zweifel daran, dass die Katzenpfoten in die Küche liefen, die Häschenpantoffeln jedoch das Haus verließen. Dann hatte er einen seiner kurzen Aussetzer, vielleicht war es auch Sekundenschlaf, aber er war wieder hellwach, als die Häschenpantoffeln ins Haus kamen, die Treppe hochstiegen und im Zimmer des Kommodore verschwanden.

Herr Hirsch schloss die Augen.

Er machte die Augen wieder auf und lauschte. Wie viel Zeit war vergangen? Er wusste es nicht. Es hatte aufgehört zu regnen. Mist. Bis zum Morgen war es noch zu lange hin. Sein Aufsitzrasenmäher durfte nicht rosten!

Herr Hirsch schlurfte durch den hinteren Ausgang in den Garten, ums Haus und zur Scheune. Wo der Aufsitzrasenmäher aber nicht stand, obwohl er ihn dort abgestellt hatte. Eine Weile starrte Herr Hirsch verständnislos auf die Lücke, bevor er den Blick senkte und die Reifenspuren sah. Er folgte ihnen bis zum Haupteingang. Der Rasenmäher stand etwas seitlich daneben, die Stelle direkt vor der Tür war belegt.

Von der Leiche.

Das Schöne an seinem Zustand war ja die Gelassenheit. Man nahm das Leben, wie es eben kam. Deswegen zeigte Herr Hirsch in diesem Moment auch keine hochemotionale Reaktion. Er musste nur an die Schritte aus dem Zimmer des Kommodore denken. Und deswegen war er sich, als er neben der

Leiche stand, ganz sicher, dass eine der Schwestern den Kopf
des Mannes plattgefahren haben musste.

Warum? Das kümmerte ihn nicht. Es würde schon ein guter Grund gewesen sein. Wichtig war jetzt nur, dass niemand
sie dafür zur Verantwortung ziehen konnte. Die Schwestern
waren wahre Engel und ihm heilig. Ergo musste die Leiche
weg.

Herr Hirsch wusste auch, wie. In den Komposthaufen und
Schnellkompostierer drüber, fertig. In spätestens vier Wo-
chen wäre nichts weiter von ihr übrig als die Metallösen der
Schnürsenkel der Turnschuhe.

Weil Herr Hirsch nicht mehr so stark wie vor seinem Schlaganfall war, stieg er auf den Aufsitzrasenmäher und fuhr hinter das Haus zur Kellertür, um die Schubkarre zu holen. Als
er durch den Flur schlurfte, wunderte er sich, warum im Heizungskeller Licht brannte, aber diesem neuerlichen Myste-
rium würde er sich widmen, sobald er die Leiche entsorgt
hatte.

Plötzlich hörte er Schritte. Keine weichen Häschenpantoffel-
schritte, sondern das Flipflap von Flipflops.

Er sah sich um. Besser, wenn man ihn hier nicht mit den Händen an der Schubkarre entdeckte. Die Schritte kamen näher.
Es blieb nur ein einziges Versteck.

Herr Hirsch öffnete die Schranktür. Richard, der große Blonde, starrte ihn aus großen Augen an, wie ein Reh in Auto-
scheinwerfer starrt, kurz bevor es überfahren wird.

»Nasenhaartrimmer!«, rief Herr Hirsch.

Die dritte Leiche – Man muss nicht verrückt sein, um das Leben zu genießen … aber es hilft!

»Allmächtiger!«

Konny saß wie eine Eins im Bett. Kriemhild, die neben ihr im Bett lag, brummte: »Wenn das mit dem Hirsch so weitergeht, müssen wir ihn nachts in seinem Zimmer einsperren, das ist dir schon klar, oder?«

Draußen röhrte der Aufsitzrasenmäher ums Haus.

Gleich darauf herrschte wieder Stille.

Konny ließ sich auf ihr Kissen zurücksinken.

»Du gehst jetzt sofort runter und nimmst ihm den Schlüssel für sein Spielzeug weg!«, befahl Kriemhild. »Ich brauche meinen Schönheitsschlaf!«

»Dass du es nie lernst, an erster Stelle an die Gäste zu denken«, schimpfte Konny. Ihre Lider wurden schwer.

Ein wohl platzierter Ellbogenhieb gegen die Rippen ließ ihre Lider wieder aufspringen.

»Jetzt geh schon!«, verlangte Kriemhild.

»Geh du doch!«

»Ich gehe, wenn du dafür morgen um sieben aufstehst und Frühstück für alle vorbereitest.«

Manuelle Arbeit. Das war Konnys Achillesferse.

Sie zog das Kissen unter ihrem Kopf hervor, presste es sich aufs Gesicht, tat einen lautlosen Schrei und warf das Kissen wieder von sich.

Dann schaltete sie die Schiffslampe aus Messing ein, die wie eine alte Petroleumlampe aussah, aber mit Strom lief, und kletterte über das Sicherheitsseil am Bettrand. Sie schlüpfte in ihre Flip-Flops und zog ihren Satinmorgenmantel über.

»Und flip-floppe nicht so laut durchs Haus«, rief Kriemhild ihr noch nach, aber da stand Konny schon im Flur.

Die Pension lag in tiefer Stille, doch unten im Keller brannte Licht. Das war dann wohl Herr Hirsch, dessen innere Uhr nicht wirklich zwischen Tag und Nacht unterschied und der jetzt womöglich Reparaturarbeiten im Keller erledigen wollte. *Ähm ... oder ...* Konny fiel die lebensechte Silikonpuppe wieder ein. Ein Mann war ein Mann war ein Mann. Und hatte Bedürfnisse. Die er momentan nicht erfüllen konnte, weil sie seine Gespielin ja in die Tiefkühltruhe umgelagert hatte, ohne ihn davon in Kenntnis zu setzen! Ob er deshalb unerfüllt durch die Nacht brauste?

Dem musste sie ein Ende setzen. Sie brauchte ja nur den Schlüssel vom Aufsitzrasenmäher.

Konny schaltete das Licht im Treppenhaus ein und tapste ins Erdgeschoss und von dort aus in den Garten. Es hatte ordentlich abgekühlt. Sie zog den Morgenmantel etwas enger und eilte zum Aufsitzrasenmäher, in dessen Schloss jedoch kein Schlüssel steckte. Herr Hirsch musste ihn eingesteckt haben.

O je ...

Die Kellertür stand leicht offen. Konny wappnete sich und stieg die Stufen hinunter. »Herr Hirsch?«, rief sie, damit er – was immer er auch tat – rechtzeitig damit fertig war. »Juhu, Herr Hirsch!«

Das Licht kam aus dem Heizungskeller. Möglichst laut – sie wollte partout nicht in etwas hineinplatzen, was sich ihr lebenslang in die Netzhaut brennen würde! – schlappte sie zur Tür, klopfte an und trat ein. Aber der Heizungskeller war leer. Bis auf ein paar Notenblätter auf dem Boden, den

Klappstühlen, der Schubkarre, dem Kontrabasskoffer und dem Schrank.

Merkwürdig. War Herr Hirsch vor ihr geflohen? Hatte er sich durchs Treppenhaus aus dem Staub gemacht? Lief er womöglich in diesem Moment direkt über ihrem Kopf durch das Erdgeschoss zum Aufsitzrasenmäher?

Konny atmete schnaubend aus und stieg die Treppe hoch. Er hatte die Haustür offen gelassen. *Ach, Herr Hirsch.* Wie lange ging das wohl noch gut mit ihm?

Konny griff nach der Klinke, um die Tür zu schließen. Ihr Blick fiel nach draußen. Im ersten Moment dachte sie das Offensichtliche – dass einer der Musiker im Vollsuff vor den Eingangsstufen seinen Rausch ausschlief. Sie würde die Weinflaschen im Keller nachzählen müssen. Das kam auf die Rechnung. Dann stutzte sie. Irgendetwas war an dem Mann anatomisch nicht korrekt. Und dann dämmerte ihr, dass der Kopf fehlte. Weil ja das menschliche Gehirn immer erst nach einer logischen Erklärung sucht, überlegte sie, ob der Mann vielleicht ein Loch in den Boden gegraben hatte, und man seinen Kopf nicht sah, weil der nach hinten ins Loch hing? Aber nein, die Erkenntnis setzte rasch ein.

Zeitgleich mit der Erklärung.

Herr Hirsch musste mit seinem Aufsitzrasenmäher den besoffen am Boden liegenden Musiker versehentlich überfahren haben.

Konny hatte sich an Filmabenden mit ihrer Schwester immer gefragt, wer sich bitteschön vor Entsetzen die Hand auf den Mund presst? Diese Geste war doch mit den Brontë-Schwestern und Begriffen wie »Eiderdaus!« ausgestorben. Aber wie sich herausstellte, war es eine unwillkürliche Reaktion des Körpers. Wenn man das Unfassbare schon nicht fassen konnte, so doch wenigstens den Mund. Um den Schrei, der sich den Weg nach draußen bahnen wollte, im Keim zu ersticken.

Konny presste sich also die Rechte auf den Mund und stützte sich mit der Linken am Türrahmen ab.

Gleich darauf lief sie die Treppe nach oben. Kleinigkeiten wie ihren Hüttenkäse zum Frühstück, ihre Rubin-Ohrringe oder ihren Restaurantgutschein für zwei mochte sie nicht mit ihrer Schwester teilen, aber wirklich Welterschütterndes schon.

»Kriemhild, wach auf!« Sie riss ihr die Bettdecke herunter.

»Bist du von allen …«

»Da liegt ein Toter vor der Tür!«

Nach sechs Jahrzehnten weiß man, wann die Zwillingsschwester sich einen Scherz erlaubt und wann nicht.

Sofort richtete Kriemhild sich auf. »Wer?«

»Äh … ich weiß nicht …«

Kriemhild guckte ernst und schlüpfte in ihre Häschenpantoffeln. Sie stutzte kurz. Ein Verdacht keimte in ihr auf. »Die sind ja feucht. Hat etwa der blöde Kater …«

»Jetzt komm schon!« Konny zog ihre Schwester am Arm mit sich.

Die beiden liefen nach unten. An der Haustür blieben sie stehen.

»Das sieht nicht gut aus«, urteilte Kriemhild schon auf den ersten Blick.

Konny hakte sich bei ihr unter. »Ich glaube …«, sie schluckte, brachte es kaum über die Lippen, »… ich glaube, Herr

Hirsch ist versehentlich mit dem Aufsitzrasenmäher über ihn drüber gefahren.«

Kriemhild sagte: »Ich weiß, wer das ist. Das ist dieser Möchtegern-Kapellmeister, ich erkenne das Shirt.«

»Ach herrje.« Konny schwankte.

»Jetzt reiß dich zusammen. Wir müssen überlegen, was wir tun.« Kriemhild klang knallhart, krallte sich aber mit der Rechten in Konnys Unterarm.

»Herr Hirsch wird mildernde Umstände bekommen, oder? Er ist doch nur eingeschränkt schuldfähig.« Konny klang verzweifelt.

»Man wird ihn definitiv wegsperren. Nicht in ein Gefängnis, aber in ein Heim.«

Die Schwestern starrten auf die zwei Drittel, die vom Bandleader noch übrig waren. Er hatte es hinter sich. Das war natürlich mehr als bedauerlich, das war eine Katastrophe, aber nicht mehr zu ändern. Herr Hirsch hatte das ja nicht vorsätzlich getan. Sie würden ihm auch nie wieder erlauben, mehr als einen Rollator zu fahren, wenn überhaupt, aber im Heim würde Herr Hirsch jämmerlich zugrunde gehen. Das machte Leon auch nicht wieder lebendig.

Sie mussten das nicht alles erst aussprechen, sie dachten es im Gleichklang der Herzen.

»Wir legen ihn auf die Landstraße, dann denkt die Polizei, es war ein Unfall während des Gewitters«, erklärte Kriemhild.

»Unten im Heizungskeller steht eine Schubkarre.« Konny drehte sich um und ging zur Treppe, Kriemhild folgte ihr auf leisen Häschenpantoffelsohlen. Nie waren sich die Schwestern so einig gewesen wie in diesem Moment.

Im Heizungskeller angekommen, packte Konny gerade nach den Holzgriffen der Schubkarre, als sie beide es hörten. Kriemhild packte Konny an der Schulter und legte den Zeigefinger auf die Lippen. »Pst!«

Was war das?, formte Konny lautlos mit den Lippen.

Kriemhild legte den Kopf schräg, um mit den Ohren die Quelle des Geräusches zu triangulieren. Ja, es kam aus Richtung des Schrankes.

Die Schwestern sahen sich an.

Da!

Urplötzlich kam es unter dem Schrank hervorgeschossen.

Ein graues Nagetier von der Größe eines Ziegelsteins. Definitiv eine Ratte.

Konny fasste sich ans pochende Herz. Sie musste ein Wörtchen mit Amenhotep reden. Mäuse erlegte er gewissermaßen im Akkord, aber vor Ratten hatte er Angst? Ob es half, wenn sie seine Futterration halbierte, damit er seiner Aufgabe als Ungeziefervernichter stringenter nachkam? Nein, das brächte sie nicht übers Herz.

Konny atmete hörbar aus. Kriemhild packte sie am Ellbogen, den Zeigerfinger immer noch in der Pst-Position.

Lautlos ging Kriemhild, Konny hinter sich herziehend, zum Schrank. Die Schwestern senkten den Kopf, weil man aus irgendeinem Grund in dieser Haltung besser hört. Auch ohne telepathische Zwillingsgedankenverbindung war klar, was die jeweils andere dachte: *Da ist doch wer drin!*

Kriemhild richtete sich auf und riss die Tür auf. Die Tür wehrte sich kurz, aber Kriemhild war stärker.

»Was …?«, entfuhr es ihr beim Anblick von Herrn Hirsch und dem großen Blonden.

»Bienenkönigin«, rief Herr Hirsch.

»Was macht ihr beiden denn im Schrank?«, verlangte Konny zu wissen.

Der große Blonde alias Richard beugte sich vor. »Haben Sie es denn nicht gesehen? Leon wurde ermordet!« Er wusste nur eins: Er musste unbedingt den Verdacht von seiner geliebten Sara ablenken. »Irgendein Irrer ist mit dem Wagen zur Pension gedonnert und hat Leon überfahren!«

»Haben Sie das gesehen?« Konny riss die Augen auf.

»Äh … nein … aber welche andere Erklärung gibt es?«

»Ja, wir glauben auch, dass man ihn überfahren hat. Vermutlich mit dem … Aufsitzrasenmäher.« Kriemhild und Konny sahen zu Herrn Hirsch.

Der hob die Augenbrauen und schüttelte heftig den Kopf.

»Grippeepidemie!«, sagte er ehrlich empört.

Die Schwestern wurden unsicher. Sollte er es doch nicht gewesen sein?

Schritte waren zu hören.

»Das ist der Mörder!«, flüsterte Richard. »Er wird uns alle umbringen, damit es keine Zeugen gibt. O Gott, ich will noch nicht sterben!« Er hatte in der Theater-AG seiner Schule stets die Hauptrollen gespielt, er konnte jetzt mühelos so tun, als habe er einen marodierenden Psychokiller im Verdacht und nicht seine geliebte Sara.

»Mörder?«, wiederholte Konny.

»Wundkompensation!«, bestätigte Herr Hirsch.

»Wenn er hier es nicht war …«, Richard sah zu Herrn Hirsch, »… dann bleibt doch nur eine einzige Schlussfolgerung!«

Kriemhild stieß ihre Schwester ins Kreuz. »Steig in den Schrank!«

»Wie bitte?«

»Sofort!«

Konny und Kriemhild kletterten hinein. Vier Leute hatten gut darin Platz, nur Richard musste den Kopf einziehen. Die klackende Schritte kamen immer näher …

Die vierte Leiche –
Es muss im Leben mehr als alles geben!

Sara schreckte auf.

Sie lag angezogen auf dem Bett und lauschte in die Nacht. Weil sie auf dem Zimmer geraucht hatte, standen die Fenster sperrangelweit offen. Das Gewitter hatte sich mittlerweile verzogen, der Regen aufgehört. Die Regenrinne über ihrem Fenster hatte ein Leck, deswegen tropfte es aufs Fensterbrett, mehr war nicht zu hören.

Sara sprang auf und lief zur Zimmertür. Wovon war sie wach geworden? Ging da draußen etwas vor sich?

Sie lugte hinaus, sah aber nichts als Dunkelheit. Nur unten im Keller brannte offenbar Licht.

Sara atmete genervt aus. Sie war mit der Gesamtsituation unzufrieden. Damals, beim Vorsingen vor knapp zwei Jahren, hatte sie sofort gemerkt, was für ein Potenzial in Leon schlummerte. Nicht nur in seiner Musikalität, auch in seinem Ehrgeiz. Sie wusste, dass sie es an seiner Seite weit bringen konnte. Die richtigen Türen würden sich öffnen, sie konnte die besten Kontakte knüpfen. Um eines Tages selbst im Rampenlicht zu stehen. Es hatte sie nie gestört, dass sie seinen Körper mit anderen Frauen teilen musste. Großer Gott, *no big deal*.

Sie trug ja auch Second-Hand-Klamotten. Sie brauchte nichts, was nur ihr allein gehörte. Solange sie die Frau war, die er mit zu den wichtigen Partys nahm und die er Produzenten vorstellte. Aber dann kam Freddie. Diese leider talentierte Schnepfe. Anfangs hatte Sara gedacht, es läge nur am Exotikfaktor und der Reiz des Neuen würde für Leon rasch verblassen. Aber dem war nicht so.

Sara schloss die Zimmertür hinter sich, lauschte und stieg dann vorsichtig die Wendeltreppe hinab. Freddie war es absolut zuzutrauen, dass sie gerade Rosenblätter im Probenraum verstreute und Duftkerzen aufstellte, um sich dort mit Leon zu vergnügen. Blöde Kuh!

Im Erdgeschoss sah Sara zur sperrangelweit geöffneten Haustür. Sie hatte die Tür vorhin doch erst geschlossen. Diese Provinzeingeborenen scherten sich nicht um Sicherheit oder Privatsphäre. Was wenn einer der jungen Paparazzi zurückkehrte und sich ins Haus schlich?

Sie war versucht, die Tür wieder zu schließen, entschied sich dann aber lieber dafür, Freddie in flagranti zu ertappen.

Blöderweise klackten ihre Absätze auf dem Steinboden, als sie zum Probenraum ging, aus dem ihr Licht entgegenfiel. Ihr blieb die Genugtuung, dass der Raum nur eine Tür hatte und Freddie in der Falle saß.

Moment …

Sara erstarrte. Was wenn das gar nicht Freddie war? Was wenn sich durch die offene Haustür wirklich ein Paparazzo-Lump eingeschlichen hatte? Oder ein Einbrecher, der sein Glück über den problemlosen Zugang kaum fassen konnte?

Sara sah sich um. Die Tür zu einem der Vorratsräume war nur angelehnt. Sie schaute hinein. Nur für den Fall der Fälle.

Sie wollte nicht ungeschützt in ihr Verderben laufen. Ihr inneres Erdmännchen nahm Hab-Acht-Stellung ein.

An der Kellerwand hing ein Fleischerbeil mit schwarzem Griff. Sara schauderte. Damit war bestimmt mal ein unschuldiges Tier zerlegt worden. Aber es half ja nichts, sie brauchte eine Waffe. Nichts ärgerte sie in Horrorfilmen mehr, als wenn die blonde Heldin treudoof und planlos dem Massenmörder in die Arme lief. Sollte jetzt gleich für sie die letzte Stunde schlagen, würde sie ihren Mörder auf jeden Fall mitnehmen. Und wenn schon nicht den ganzen Mann, so doch Einzelteile von ihm. Sie fasste beherzt nach dem Hackebeil.

Es waren nur fünf Schritte bis zum Raum.

Sara huschte zur Tür, presste das Hackbeil an die Brust, holte tief Luft und trat in den Probenraum. Dabei »Ha!« zu rufen, verkniff sie sich.

Der Raum war leer. Nur die Stühle von der Probe, die Schubkarre und der Schrank. Keine Rosenblätter, keine Duftkerzen, keine Freddie.

Allerdings …

Sara hielt den Atem an. Da war doch ein Geräusch?

Es kam aus dem Schrank.

Aha!

Sara hob das Hackebeil. Wenn Freddie glaubte, dass sie dort in Sicherheit war, hatte sie sich geschnitten.

Sara riss die Schranktür auf.

Blankes Entsetzen – in fünf Augenpaaren. Vier davon erholten sich schlagartig. Nur Sara konnte den Massenauflauf im Schrankinnern immer noch nicht fassen.

Und bevor sie wusste, wie ihr geschah, schlug ihr jemand das

Hackbeil aus der Hand, und jemand anderes packte sie am Shirt und zog sie ins Schrankinnere.

Denn draußen im Flur schien eine Büffelhorde auf den Probenraum zugestürmt zu kommen …

Das fünfte Bier –
eins von den Fünfen war wohl schlecht

Klaus Brandauer fuhr im Bett auf und schnappte nach Luft. Scheißschlafapnoe!

Wenn er getrunken hatte, war es schlimmer. Und er hatte getrunken. Hatte quasi den kompletten Bier-Vorrat der Pension im Alleingang erschöpft. Schlaftrunken saß er im Bett und kratzte sich im Schritt.

Es duftete nach … er hatte keine Ahnung … nach irgendwas Blumigem. Das war aber auch schon das Einzige, was daran erinnerte, im Boudoir einer Frau zu sein. Keine Rüschen, keine Spitze, keine Ölgemälde von putzigen, kleinen Kindern. Konny hatte einen falschen Warhol an der Wand und einen echten Eames-Stuhl in der Ecke, und ihre Kleider hingen an einem rollenden Kleiderständer wie man sie aus Kaufhäusern kannte.

Klaus rülpste.

Jetzt, wo er wach war, konnte er auch noch ein Bier trinken. Er tastete nach den Dosen neben dem Bett, aber die waren alle leer.

Ächzend wuchtete er seine 150 Kilo vom Futon – er hatte Rücken! – und schlurfte dann, so wie er war, nämlich im klassischen Schiesser Eingriff-Doppelripp-Herrenslip und löchri-

gen Socken in die Küche. Scheiße, der Kühlschrank war leer. / 157
Also, nicht leer, aber ohne Bier. Die Mädels hatten doch si-
cher noch irgendwo Vorräte für männliche Pensionsgäste.
Vermutlich im Keller.

Im Halbschlaf stieg Klaus die Treppe hinunter. Ihm fiel gar
nicht weiter auf, dass unten schon Licht brannte, und falls
doch, dann wunderte er sich nicht darüber. Er rülpste erneut, wedelte die Bierschwaden beiseite und trat in den Vorratskeller. Der Gott des Bieres war ihm hold – direkt gegenüber der Tür standen noch zwei Kästen Export. Klaus
schnappte sich einen davon, dann ging er wieder in Richtung Treppe, aber noch bevor er den Vorratsraum verlassen
konnte, hörte er plötzlich ein schepperndes Geräusch. Me-
tall, das auf Stein fiel.

»Wer ist denn da?«, rief er mit seiner dröhnenden Bassstimme.

Keine Antwort.

Das Geräusch war eindeutig aus dem Raum gegenüber gekommen.

Klaus stapfte hinüber. Ah, der Probenraum. Kontrabasskoffer,
Klappstühle, Schubkarre. Und ein Schrank. Die Schranktür
schien sich zu bewegen.

»He, ist da wer?«, donnerte Klaus.

Als behaarter Hüne gab es nicht viel, wovor man Angst hatte.
Klaus glaubte zudem an nichts, was er nicht mit seinen fünf
Sinnen erfassen konnte. Darum stellte er den Kasten Bier in
die Schubkarre, ging völlig furchtlos auf den Schrank zu und
riss die Tür auf.

Und starrte in sechs aufgerissene Augenpaare.

Klaus rülpste.

In einem Horrorfilm ist das jetzt die Stelle, wo man die Augen schließen und ganz laut Popcorn kauen sollte, bis das Geschrei der anderen abebbt ...

Es war Kriemhild gewesen, die Sara das Hackebeil aus der Hand geschlagen hatte.

Und Richard hatte sie in den Schrank gezogen, als sie die schweren Schritte von Klaus auf der Treppe vernommen hatten. Um die Legende aufrechtzuerhalten, dass sich ein verrückter Mörder eingeschlichen hatte. Und weil er es aus irgendeinem Grund allmählich mit der Angst zu tun bekam. Panik steckte an.

So standen sie dann alle in dem Schrank, der mit fünf Personen allmählich an seine Grenzen geriet. Der Schrankhersteller *Ghibellin et cie* aus Leyden hatte sich seinerzeit – genauer gesagt im Jahre 1867 – damit gerühmt, dass in seine Schränke einhundert Bettgarnituren passten. Ohne Innenregale waren es also nun zwei ältere Schwestern, eine davon drall, eine grazile Blondine, ein schlaksiger Blonder und Herr Hirsch. Viel mehr Raum gab es nicht.

Das schreckte Klaus nicht davon ab, fröhlich »He, was macht ihr da? Ist das ein Partyspiel?« zu rufen und ebenfalls in den Schrank zu klettern. Was das Fassungsvermögen des Schrankes nun wirklich überstieg.

Sara rief »igitt!«, weil sich die behaarte Grizzlybrust an ihr schubberte. Konny rief »Klaus, raus mit dir!«

Kichernd drehte Klaus sich um.

Kriemhild, noch nie eine Frau vieler Worte gewesen, versetzte Klaus einen Stoß. Letzteres war unbedacht. Klaus wollte

natürlich nicht hochkant aus dem Schrank auf den Steinbo- / 159
den knallen. Instinktiv streckte er die Arme aus, um sich an
den Schranktüren festzuhalten. Wild wackelnd tat er alles,
um sein Gleichgewicht nicht zu verlieren.

Das wiederum war zu viel für das rechte vordere, ohnehin
angeknackste Schrankbein. Es war von einem belgischen Holz-
schnitzer, Vater von vierzehn ehelichen und drei uneheli-
chen Kindern, mit schwieligen Händen kunstvoll aus Hart-
holz zu einer nachgebildeten Löwentatze geschnitzt worden,
aber nach über hundert Jahren und gefühlten zwei Tonnen
Mensch auf seinen Tatzenschultern knickte es ein.

Was für einen unbeteiligten Beobachter, so es denn einen gegeben hätte, wie eine Katastrophe in Echtzeit ausgesehen hätte, vollzog sich für die sechs Personen im Schrankinneren
wie in Zeitlupe.

Alle kreischten auf, als der Schrank sich erst laut ächzend
nach rechts vorn neigte und gleich darauf mit infernalischem
Getöse nach vorn zu Boden krachte. Es traf sich gut, dass alle
auf den beiden am besten Gepolsterten, nämlich Klaus und
Konny zu liegen kamen.

Und da lagen sie dann. Im Stockdunkeln. Übereinander.

»Ist jemand was passiert?«, fragte Kriemhild, die noch von
Glück sagen konnte, denn auf ihr lagen nur Sara und die
Hälfte von Richard.

»Eiterpickelfresse!«, rief Herr Hirsch.

Konny fragte sich, ob der Schlaganfall vielleicht doch ein
brachliegendes Tourette-Syndrom in Herrn Hirsch aktiviert
hatte. »Herrn Hirsch und mir geht's gut«, sagte sie. »Klaus,
was ist mir dir?« Sie klang besorgt.

Klaus stöhnte.

»Ich glaube, ich blute«, rief Richard, der große Blonde. »Blute ich?«

»Was veranlasst Sie zu der Annahme, einer von uns könnte das im Dunkeln sehen?«, giftete Kriemhild.

»Hat denn niemand ein Handy dabei?«, rief Sara. »Wir müssen Helfer alarmieren.«

Aber keiner hatte auf seinem nächtlichen Spaziergang daran gedacht, sein Handy mitzunehmen.

Stille kehrte ein. Bis auf das Stöhnen von Klaus.

»Klaus, alles in Ordnung?« Konny versuchte, Herrn Hirsch seitlich abzuschütteln.

»Mir ist schlecht«, sagte Klaus noch.

Und übergab sich.

Richard und Sara drehten sich auf den Rücken und versuchten, mit den Füßen die Schrankrückenseite aufzuhebeln, aber da kannten sie die Qualitätsarbeit belgischer Schrankbauer des vorvorigen Jahrhunderts schlecht. Während der unangenehme Geruch von Erbrochenem das Schrankinnere erfüllte, gaben sie schon nach wenigen Versuchen auf. Es war auch viel zu eng, um eine richtige Hebelwirkung erzielen zu können.

»O Gott«, sagte Konny, deren Magen sich ebenfalls drehte. »Hat wirklich keiner ein Handy dabei?«

Als ob einer der anderen plötzlich rufen würde: *Huch, was ist das in meiner Pyjamajackentasche? Tatsächlich, ein Handy!*

Nein. Sie waren und blieben kommunikationslos.

Dumm gelaufen. Blieb also nur noch ein Ausweg, um die drei anderen im Haus zu verständigen.

»Auf mein Kommando«, befahl Kriemhild. »Drei, zwei, eins …«

»HILFE«, gellten sie. »HILFE!«

Sie gellten es aus vier Kehlen. Herr Hirsch rief »Herpes!«, und Klaus stöhnte nur.

Liebe Kummerkasten-Konny,
kann ich als Backpackerin mit 69 Jahren noch in Jugendher-
bergen übernachten? Ist das nicht peinlich?
Weltenbummlerin Edda

Liebe Edda,
wer gern reist, dafür aber nur ein begrenztes Budget hat, der
kann nichts Besseres tun, als sich in Hostels oder Jugendher-
bergen einzuquartieren. Man trifft dort Menschen aus aller
Herren Länder, mit denen man mindestens eine Sache ge-
meinsam hat: die Liebe zum Unterwegssein. Und ja, es sind
vornehmlich junge Menschen. Na und? Wenn Sie offen und
freundlich auf sie zugehen, werden Sie auch offen und freund-
lich in der Runde aufgenommen. In Hostels geht es oft etwas
lauter und umtriebiger zu – nehmen Sie also Ohrstöpsel und
eine Schlafmaske mit. Und seien Sie nicht zu kritisch, wenn
die jungen Leute das tun, was junge Leute eben so tun (es wird
morgens immer mindestens ein Verkaterter mit am Frühstücks-
tisch sitzen). Wird sich irgendwo, irgendwann, irgendwer an
Ihnen stören? Ja, klar. Pellen Sie sich ein Ei drauf. Genießen
Sie Ihr Leben. Und grüßen Sie mir die Welt!
Ihre Konny

Kapitel 14 ...

... bei dem Leute, die ständig Cat Content in den Sozialen Medien posten, gaaanz breit grinsen werden, weil: Cat Content!

Hähne krähen nicht bei Sonnenaufgang. Hähne krähen, wenn ihnen danach ist. Josef, der Brahma-Hahn von Bauer Schober, erkenntlich an den Puscheln an seinen Beinen, schlief aus und wurde erst wach, als seine Mädels sich gackernd beschwerten, dass keiner das Gatter öffnete und sie in die Freiheit entließ. Er plusterte sich, streckte erst das eine Bein nach hinten, dann das andere, schüttelte sich kräftig aus und setzte an.

Kikerikiiiii.

So dissonant Josef auch krähte – er klang wie ein greiser Jazzsänger, der jahrzehntelang zu viel geraucht und Bourbon getrunken hatte –, so war sein Krähen im Flyer der K&K-Pension doch unter *Highlights* vermerkt – authentisches Country-Feeling.

Holger Bettenberg wurde jedoch nicht vom Krähen wach, sondern davon, dass er plötzlich keine Luft mehr bekam. Es war aber kein schlafbedingter Atemstillstand. Jemand versuchte, ihn mit einem Kissen zu ersticken!

Panik erfasste ihn, er packte das Kissen, um es sich von Nase und Mund zu ziehen und wieder atmen zu können.

Das war ein Fehler. Es war nämlich kein Kissen, sondern Nacktkater Amenhotep.

Wenn es etwas gibt, was man als Kater abgrundtief verabscheut, ja nachgerade hasst, dann sind das Änderungen der

Alltagsroutine. Als Amenhotep aus tiefem Schlummer erwachte, waren seine Frauchen verschwunden. Und sie hatten ihm auch keinen vollen Fressnapf in der Küche hinterlassen. Amenhotep fand das in höchstem Maße unbefriedigend.

Die Zeit verrann unerbittlich, und kein zweibeiniger Serviersklave kam in die Küche, also musste Amenhotep aktiv werden und sich selbst einen Menschen suchen. Er stolzierte auf dem Sims, der sich um das erste Stockwerk zog, weil man zur Erbauung der Villa noch nicht dem puristischen Motto ›Form follows function‹ gehuldigt hatte, sondern hier einen Schnörkel und da einen Erker eingebaut hatte, bis er ein geöffnetes Fenster fand.

Der Mann, der wie eine Mumie stocksteif unter der dünnen Sommerdecke lag, beide Arme eng neben dem hageren Körper, war Amenhotep nicht sympathisch. Aber Amenhotep mochte ohnehin kaum jemand. Er brauchte jetzt einfach nur jemand mit einem Daumen, der einen Dosenöffner bedienen konnte.

Also pflanzte er sich mit seinem Nackedei-Bäuchlein fett mitten ins Gesicht des Mannes. Als der ihn jedoch mit beiden Händen unsanft an der Leibesmitte packte, gab es natürlich nur eine mögliche Reaktion – das Ausfahren der gefürchteten Amenhotep-Krallen, die manch einer Maus schon den Garaus bereitet hatten.

Holger Bettenberg war natürlich keine Maus. Aber er war auch kein unverletzbarer Superheld, dessen Gesichtshaut einer Katzenkralle mit nichts weiter als einem müden Lächeln widerstand.

Je mehr Bettenberg klar wurde, dass es sich doch nicht um

ein Kissen handelte, das ihm von einem perfiden Mörder auf / 165
das Gesicht gedrückt wurde, sondern nur um den vermale-
deiten Pensionskater, desto mehr versuchte er, sich das Tier
vom Gesicht zu reißen. Und desto tiefer verkrallte sich Amenhotep in seine Kopfhaut. Unter dem Bauch des Katers gurgelte Bettenbeg seine Wut heraus.

Als Amenhotep schließlich – weil er die Lust am Spiel verlor – dem Prinzip ›Der Klügere gibt nach‹ folgte, blutete Bettenberg profus am linken Ohrläppchen und hatte einen tiefen Kratzer an der rechten Schläfe.

Er lief in diesen popeligen Ersatz für ein echtes Badezimmer,
vor Wut kochend. Das würde Folgen haben! Wie gut, dass er
auf Reisen immer mehrere Antiseptika mit sich führte. Dennoch …

Fluchend stillte er die Blutung am Ohrläppchen mittels eines Druckpflasters. Er inspizierte den Kratzer an der Schläfe. Musste der womöglich genäht werden?

Aber selbst der sauberkeitsfanatische Hypochonder Bettenberg wusste, dass es nur halb so wild sein konnte, wenn er
sich noch dermaßen aufregen konnte. Er würde seine Rache
kalt genießen, jawohl. Wie sehr er sich auf die Gesichter der
beiden unfähigen Schwestern freute, wenn sie erfuhren, wer
er in Wirklichkeit war!

Ehrlich, eine Katze in einer Pension. Noch dazu ein so unbe-
rechenbares Tier. Das war der absolute Tiefpunkt eines ohnehin unterirdischen Pensionsaufenthalts – gewissermaßen
der Marianengraben der Bed-&-Breakfast-Erfahrung.

Er zog sich an, während er im Kopf die Formulierung seiner Enthüllung durchging, dann stieg er die Treppe nach unten.

Merkwürdig, wie ruhig es im Haus war.

Neun Uhr. Man sollte doch meinen, dass zumindest die Wirtinnen schon auf den Beinen waren. Oder dass dieser unselige, gehirnamputierte Gärtner sich im Kräuterbeet zu schaffen machte. Aber die Pension lag wie verwaist da. Weit und breit niemand zu sehen.

Bis auf Amenhotep.

Der stand vorwurfsvoll miauend in der Küche vor seinem leeren Napf. Selbst einem notorischen Haustierhasser wie Bettenberg war klar, was das Tier damit sagen wollte.

»Maunz du ruhig, du blödes Vieh. Von mir kriegst du nichts!«

Bettenberg grinste hämisch und ging ins Esszimmer.

Der Frühstückstisch war nicht eingedeckt. Das wurde ja immer verquerer und verquerer.

Bettenberg stellte sich ans Fenster und schaute hinaus. Ihn lachte ein wunderbarer Sommertag an. Das Gewitter hatte die Luft geklärt. Die Sonne schien, aber nicht zu heiß. Alles strahlte in neuen Farben. Bettenberg schaute nach links zu dem Elektrozaun, hinter dem die Schafe von Bauer Schober genüsslich grasten, dann nach vorn zu der Wiese, an deren anderen Ende die Landstraße lag. Hätte er auch nach rechts geschaut, so hätte er die Leiche vor dem Haupteingang gesehen, aber in diesem Moment maunzte Amenhotep direkt zwischen seinen Beinen.

Bettenberg zuckte zusammen. Er zuckte nicht nur, er sprang aus dem Stand in rekordverdächtige Höhe, weil er um seine Kronjuwelen fürchtete. Dieser blöder Kater mochte nachtragend sein.

Und ja, Amenhotep war nachtragend. Er besaß zudem das Gedächtnis eines Elefanten. Doch im Moment war er vor allem eines – hungrig. Er maunzte. Wenn er bei Frauchen Nummer eins so miaute, die mit dem herrlich weichen Bauch, auf dem er stundenlang liegen und schnurren konnte, dann wurde er göttlich durchgekrault. Wenn er bei Frauchen Nummer zwei so miaute, sah sie ihn immer mit diesem Blick an, aus dem nur er und er allein die Liebe herauslas, und dann bekam er, was sein Herz sich wünschte: Trockenfutter. Nassfutter. Futter.

Aber der Typ hier sprach seine Sprache nicht, da musste es anders gehen. Er musste ihn zu seinen Frauchen führen.

Als Bettenberg sich in Richtung Küche zurückziehen wollte, um sich notgedrungen selbst einen Tee aufzubrühen und irgendwo Brot und Butter aufzutreiben, baute sich Amenhotep maunzend vor ihm auf.

Bettenberg wich auf die Tür aus, die in den Flur führte, um unter Umgehung des Esszimmers in die Küche zu gelangen, aber Amenhotep war schneller und bezog Stellung im Flur.

Selbstverständlich hatte Amenhotep schon längst mitbekommen, wo seine Frauchen und einige andere Zweibeiner waren. Im Schrank im Keller. Er hatte sogar eine Weile auf dem Schrank gelegen und den intensiven, würzigen Geruch eingeatmet, der aus den Ritzen im Schrank waberte. Ein Duft nach Bier und Steak. Amenhotep liebte Steak. Und er hatte auch schon einmal genüsslich eine Bierpfütze im Zimmer von Herrn Hirsch aufgeschleckt.

Jetzt lief er zur Treppe, die zum Keller führte, und gab dabei sein »Mir nach«-Maunzen von sich.

Bettenberg wollte auf Zehenspitzen wie eine Ballerina beim Pas de deux an Amenhotep vorbeidribbeln, aber der Kater war schneller. Fauchend fuhr er eine Kralle aus, die sich in

Bettenbergs Hosenbein versenkte. Dafür verlange ich Schadenersatz, dachte Bettenberg.

Amenhotep lief einige Stufen auf und ab und maunzte dringlicher.

So allmählich dämmerte es Bettenberg, dass diese haarlose Kreatur ihm womöglich mehr sagen wollte als nur: »Hunger!«

Wieso herrschte in der Pension um neun Uhr morgens gähnende Leere? Wo waren die anderen alle? Das war doch höchst ungewöhnlich!

Amenhotep, in dessen haarlosem Köpfchen mit den riesigen, dreieckigen Ohren und den leuchtend türkisblauen Augen nur der Gedanke an Fressen herumschwirrte, lief die Stufen hinunter in den Keller, wo er erneut maunzte, was wegen der Steinwände unheimlich hallte.

Bettenberg lugte über das Geländer nach unten. Er hatte ja viel Erfahrung mit Hotels und Pensionen und Gasthäusern aller Art. Manche Wirte hingen dem Irrglauben an, die Gäste würden es schätzen, wenn man dem Aufenthalt einen Event-Charakter gab – Fackelwanderungen vor dem Abendessen, Live-Volksmusik an der Zither zum Mittagessen oder, wie möglicherweise in diesem Fall, ein Kellerfrühstück. Zuzutrauen war den Wirten heutzutage wirklich alles.

Zögernd stieg Bettenberg ein paar Stufen hinab.

Nein, das würde er sich nicht antun. Auf Bierbänken sitzen, mit jedem Atemzug Schimmelsporen in die Lungenflügel saugen und Rührei essen, das auf dem Weg in den Keller längst erkaltet war, das brauchte er wirklich nicht. Darum machte er sich auch nicht bemerkbar. Er wollte nur, der Vollständigkeit halber, einen Blick auf diese Inszenierung wer-

fen, dann würde er nachdrücklich auf einem traditionellen   / 169
Frühstück bestehen.

Merkwürdig war allerdings, dass er nichts hörte – keine
Schmatzgeräusche, kein Messer-auf-Teller-Kratzen, kein Ge-
plauder.

Amenhotep verschwand im ersten Raum zur Rechten.

Bettenberg folgte.

Der Raum zeichnete sich vor allem dadurch aus, dass es dort
bestialisch stank. Und dass ein gigantischer Schrank auf dem
Steinboden lag.

Amenhotep sprang auf den Schrank. Er maunzte nicht
mehr.

Es herrschte Totenstille.

Die sechs Menschen im Innern des Schrankes waren nach
stundenlangen, ungehörten Hilfe-Schreien des Schreiens müde geworden. Sie arrangierten sich, so gut es ging – ein Bein
da, ein Arm dort, in regelmäßigen Abständen die Hüften
verlagernd.

Klaus schlief mittlerweile tief und fest, die anderen lagen
mehr oder weniger besinnungslos herum.

Bettenberg spitzte die Ohren. Hörte er ein Atmen? Nein, das
bildete er sich ein.

Er drehte sich um. *Blödes Vieh,* dachte er noch, *wo soll hier
unten Katzenfutter sein?*

In diesem Moment rührte sich noch etwas – und zwar Konnys Magen.

Der dachte sich: »Ich werde die Brunftgesänge von Blauwalen demonstrieren.« Und gurgelte. Laut und weithin vernehm-
lich. Wie die Brunftgesänge von Blauwalen es an sich haben,
damit man sie quer durch den Nordatlantik hören kann.

Konnys Magen hörte man jedenfalls im ganzen Heizungskeller.

Bettenberg verharrte reglos.

»Äh … ist da jemand?«, rief er.

Kriemhild, Konny, Sara und Richard schüttelten ihren wach-
komatösen Zustand ab und riefen »Hilfe!« und »Wir sind
hier drin!«

Nur Herr Hirsch rief: »Badezuber!«

Sie schlugen wie verrückt gegen das Holz des Schrankes und
brüllten unisono: »Holen Sie uns hier heraus!«

Amenhotep sprang vom Schrank, weil ihm die Vibrationen
zu unharmonisch waren.

Bettenberg stand wie zur Salzsäule erstarrt in der Tür zum
Heizungskeller. Fassungslos überlegte er eine ganze Weile,
was jetzt zu tun sei.

»Ich hole Hilfe«, rief er dann, aber die fünf im Schrank konnten ihn über ihr eigenes Gebrüll nicht hören.

Klaus verschlief das alles.

Bettenberg lief die Treppe hoch. Er brauchte eine Säge! Die
gab es doch bestimmt in dem Geräteschuppen neben dem
Haus. Zur Sicherheit sollte er aber noch die Feuerwehr alarmieren. Im Laufen wählte er die 112 und bekam deshalb erst
kurz vor knapp mit, dass vor den Haustürstufen ein Hinder-
nis lag.

Seine Beine blieben abrupt stehen, sein Oberkörper blieb jedoch – physikalischen Gesetzen folgend – in Bewegung und
knickte mittig ein.

Die Frau von der Rettungszentrale hörte nur ein »O Gott,
ein Toter!« und gleich darauf ein unschönes Knacken.

Bettenberg war das Handy aus der Hand gefallen, als ihn der

Schreck nach hinten katapultierte und sein Steißbein gegen die Steinstufen knallte. Er schrie und schrie und schrie …

Die Frau in der Rettungszentrale interpretierte das, was sie da hörte, korrekt und gab Großalarm. Mittels seines Handys konnte Bettenberg rasch geortet werden.

Für Bettenbergs Steißbein kam allerdings jede Hilfe zu spät.

Hütet euch vor der dunklen Seite der Macht!

»Klum, ich ermittle hier.«

»Mit Doppel-m?«, hakte Konny nach. »Wie in ›klamm‹, nur mit u?«

»Nein, wie in Heidi.«

Das war aus mehreren Gründen bedauerlich, vor allem aber deshalb, weil Kommissarin Klum das absolute Gegenteil von Model Heidi Klum darstellte. Strenger Kurzhaarschnitt, fassförmiger Körper, kurze Beine, älter aussehend, als sie berufsbedingt sein konnte. Und ein Tonfall, der Konny an Kriemhild erinnerte.

Wer immer der Chef von Frau Klum war, hatte es mit ihr sicher auch nicht leicht. Zu ihrem zweifelsohne von oben her diktierten ›geschäftsmäßigen Äußeren‹ aus beigem Trenchcoat, wadenlangem, beigen Sommerkleid und beigen Leggins trug sie Gummistiefel mit rosa Blümchenmuster und eine übergroße Brille mit dickem Gestell aus orangefarbenem Hartplastik. Privat war sie zweifellos eine Bunte. Aber immerhin war sie unter den anwesenden Frauen die einzige, die überhaupt richtig angezogen war.

»Ehrlich, Sie müssen uns erlauben, endlich unter die Dusche zu gehen!«, verlangte Sara.

»Erst wenn wir uns einen Überblick verschafft haben und die Spurensicherung mit Ihnen fertig ist«, blaffte Frau Klum.

Sie ließ ihren Blick über die Anwesenden schweifen, wie die Fernsehkamera in einem Sonntagabendkrimi die im Salon versammelten Verdächtigen abfilmt. Sie befanden sich alle

im Salon, weil das der größte Raum im Haus war. Die Fens- / 173
ter waren geschlossen, die Jalousien heruntergelassen, damit
man nicht sehen konnte, was immer es draußen zu sehen
gab, wo Dutzende Polizisten und Beamte der Spurensicherung den Tatort erkennungsdienstlich behandelten. Folglich
war es im Salon heiß und stickig. Und es stank. Wegen der
sechs aus dem Schrank Geretteten.

Frau Klums Blick begab sich von links nach rechts einmal
im Kreis auf Wanderschaft.

Klaus fing ihren Blick auf. Er erhob sich und streckte ihr die
behaarte Rechte hin. »Klaus Brandauer. Nicht *der* Klaus
Brandauer.«

»Nicht *wer*?«

»Klaus Brandauer, der Schauspieler. Der bin ich *nicht*.«

»Sie sehen ihm ja auch gar nicht ähnlich«, erklärte die Kommissarin. »Und außerdem heißt der richtige Klaus Brandauer
noch Maria.«

Der falsche Klaus setzte sich wieder, merkte erst im Sitzen,
dass er den Arm noch ausgestreckt hielt, und zog ihn wieder
ein. Er wirkte schlagartig verstimmt.

Frau Klums Blick hielt sich nicht weiter an der weiblichen
Streifenbeamtin auf, die an der Wand lehnte und offenbar
versuchte, eins mit der Tapete zu werden, sondern fiel nun
auf Herrn Hirsch.

Der machte sich erst gar nicht die Mühe aufzustehen.

»Sie sind der Hausdiener?«, fragte die Klum.

Er schüttelte den Kopf und erklärte vehement und unge-
wohnt ausführlich: »Tannenzapfen! Fruchtsäurepeeling! Kalte Kernspaltung!«

Frau Klums Augenbrauen schossen nach oben.

Konny, die neben ihm saß, legte ihm beruhigend die Hand auf das zitternde Knie. »Herr Hirsch ist der ehemalige Bankdirektor. Seit seinem Schlaganfall ist er Aphasiker. Sein Hausarzt wird Ihnen das bestätigen. Herr Hirsch wohnt hier bei uns. Bis er wieder ganz der Alte ist. Und ja, er geht uns im Garten und im Haus zu Hand, aber er ist nicht der *Hausdiener*.«

»Frischkäsekeimling«, bestätigte Herr Hirsch.

Frau Klum sagte nichts. Sie sah Kriemhild an, Kriemhild sah Frau Klum an. Zwei verwandte Seelen erkannten sich.

Der Blick der Kommissarin wanderte weiter, überging den männlichen Streifenbeamten neben der Tür und fiel auf Backgroundsängerin Sara.

Die saß mit verschränkten Armen auf dem Sofa. »Ich möchte bitte endlich duschen. Ich halte diesen Gestank nicht mehr aus!«, beschwerte sie sich.

Richard neben ihr nickte dazu.

Freddie auf dem Hocker neben dem Sofa kräuselte ihre Stupsnase. »Da kann ich ihr nur recht geben, deinen Gestank halten wir alle nicht mehr aus.« So entzückend konnte *lästerlich* klingen.

»Meinen Gestank? Ich war es nicht, die sich erbrochen hat!«, bellte Sara prompt.

Alle Augen der Schrankopfer wanderten zu Klaus.

Der guckte stur geradeaus.

»Ich finde es übrigens komisch, dass alle in der Nacht aufgewacht sind und nachgesehen haben, was los ist, nur du und Galecki nicht.« Sara schaute süffisant zu ihrer Sangeskollegin.

Freddies Afro erzitterte. »Du elende Gerüchte-Streuerin. Ich

habe eine Tablette genommen und tief und fest geschlafen!«

»Und ich habe meditiert.« Galecki, der im Ohrensessel saß,
zog die Beine an, fädelte sie zum Lotussitz zusammen und
demonstrierte seine Meditationsmethode. Mit gespitzten Lippen summte er: »Om …«

Er hörte auf, als die Tür zum Salon geöffnet wurde.

Der herbeigerufene Notarzt führte den breitbeinig staksen-
den Holger Bettenberg herein.

»Ich finde immer noch, dass ich in ein Krankenhaus sollte«,
quäkte Letzterer.

»Sie haben nur eine Steißbeinprellung. Wenn Sie sich scho-
nen und die Steißbeinregion gekühlt halten, sind Sie in ein
paar Tagen wieder einsatzbereit. Hier, setzen Sie sich auf das
Ringkissen.« Er legte ein blau-grüngestreiftes Kissen, das wie
ein übergroßer Doughnut beziehungsweise ein zu kleiner
Rettungsring aussah, auf den Hocker neben dem Kamin.

»Aber die Schmerzen sind unerträglich«, quengelte Bettenberg. Wer noch so quengeln konnte, dessen Qualen konnten
so unerträglich gar nicht sein. Allerdings sah er mit dem ge-
pflasterten Ohr, der Kratzwunde am Kopf und der sichtlich
schmerzhaften John-Wayne-Bein-Haltung schon ziemlich
mitgenommen aus.

»Die Wirkung der Spritze wird jeden Moment einsetzen«,
beruhigte ihn der Arzt. »Und denken Sie daran, sorgen Sie
für einen weichen Stuhlgang, notfalls mit einem Abführmit-
tel.«

»Ich nehme ganz sicher kein Laxativ!« Bettenberg schrie es
fast. »Bitte nehmen Sie das zur Kenntnis – kein Laxativ!«

»Zur Kenntnis genommen.« Der Mediziner wandte sich an

Kommissarin Klum. »Wenn Sie mit Ihrer Befragung fertig sind, sollte er sich hinlegen. Bettruhe und Schonung sind das Beste für ihn.«

Der Arzt – eine durchaus adäquate Alltagsversion von Dick Van Dyke aus *Diagnose Mord*, wie Konny fand – nickte Bettenberg noch einmal zu und ging. Als er auf Konnys Höhe war, purzelte es aus ihr heraus: »Falls es ihm schlechter gehen sollte, können wir Sie dann erreichen?« Sie klimperte mit den Wimpern und hoffte auf seine Visitenkarte. Flirten war einfach ihre zweite Natur.

Stattdessen bekam sie eine kleine Schachtel. »Er muss einfach nur still liegen, das ist alles. Dann ist er in ein paar Tagen wieder auf den Beinen. Falls er bockt, geben Sie ihm hiervon eine. Das ist ein starkes Sedativ.« Er schenkte ihr ein unverbindliches Lächeln. Sie sah ihm seufzend durch die offenen Türen nach, wie er sich draußen zu ein paar Forensikern gesellte, die gerade ihre Raucherpause genossen.

Stöhnend ließ sich Bettenberg auf dem Ringkissen nieder. Konny hätte gern etwas Tröstliches zu ihm gesagt, das entsprach ihrem Naturell, aber sie war einfach zu müde und erledigt. Wie gern hätte sie jetzt eine Dusche genommen.

»Ich weiß gar nicht, was Sie haben, Frau Klum«, fing Kriemhild an und ließ sich auch von Konnys ausfahrendem Ellbogen nicht abhalten. »Wir … und unsere Gäste … haben mit dieser schrecklichen Tat nichts zu tun. Und bestimmt war es nur ein Unfall. Ein Betrunkener ist von der Landstraße auf unsere Auffahrt gefahren und hat … äh … diesen Musiker überfahren und Fahrerflucht begangen. Das muss man doch am Abrieb der Räder auf der Leiche feststellen können. Anhand von Mikrogummispuren der Räder.« Wer Kriemhild nicht näher kannte, hätte geglaubt, sie wisse, wovon sie sprach.

»Wo sind wir hier? In einer Folge von *CSI*?«, erwiderte Frau Klum ungerührt. »Sie dürfen mir glauben, dass mein Team mit Hochdruck an der Aufklärung des Vorfalls arbeitet. Bis dahin erwarte ich Ihre Kooperation.«

»Ich kann meiner Gastgeberin nur recht geben«, schaltete sich Klaus ein. »Es muss definitiv jemand von außen gewesen sein. Die Bandmitglieder waren wie Geschwister, und die beiden Damen der Pension sind selbstverständlich über jeden Verdacht erhaben!«

»Wäschetrommel!«, gab Herr Hirsch ihm recht.

»Leon war ein aufsteigender Stern am Musikhimmel«, fuhr Klaus fort. »Sie sollten sich unter seiner Konkurrenz umsehen!«

Hildegard Klum zupfte gedankenverloren an dem Gummiband um ihr Handgelenk. Der Polizeipsychologe hatte ihr diese Methode bei ihrem letzten obligatorischen Aggressionsbewältigungstraining ans Herz gelegt. Sie fand ja nicht, dass es half, aber mittlerweile erfolgte das Zupfen schon ganz automatisch.

Toter Leadsänger einer offenbar ziemlich bekannten Musikgruppe. Sie wusste doch, wie der Hase lief, sie war oft genug bei Beförderungen übergangen worden. Immer, wenn ein C-Promi involviert war, durfte sie die grobe Vorarbeit erledigen, und wenn sie dann den Täter so gut wie im Sack hatte, schickte der Polizeichef einen männlichen Kollegen, um ihr den Fall abzunehmen.

Na, auch egal, nicht mehr lange bis zur Pension, dachte sie.

Das flache Atmen – richtiges Atmen war bei diesem Gestank

nicht auszuhalten – verursachte ihr auf Dauer Schwindelge-
fühle.

»Also gut, Sie sind ja jetzt vollzählig, da möchte ich …«

»Aber nein, es fehlt noch einer!«, monierte Holger Bettenberg.

»Wie bitte?« Frau Klum wurde hellhörig. Sie gab durch die
offene Tür einem Kollegen ein Zeichen. »Wer fehlt?«

»Niemand«, riefen Konny und Kriemhild zeitgleich. Sie ahn-
ten, worauf das hinauslief.

»Aber natürlich fehlt einer«, insistierte Bettenberg. »Der Kommodore!«

Konny sah zur Decke, Kriemhild wurde bleich.

»Der wer?«, fragte die Kommissarin misstrauisch.

»Ihr Ehemann.« Bettenberg zeigte mit dem Finger auf Kriemhild. Voll die Petze.

Wenn Konny nicht so weit von ihm entfernt gesessen hätte,
sie hätte ihm womöglich den Finger abgebissen. Nein, nicht
womöglich – bestimmt! Das Geheimnis ihrer Schwester – dass
sie für ihren toten Mann einen begehbaren Schrein errichtet
hatte – würde gleich gewaltsam ans Tageslicht gezogen. Würde
Kriemhilds Psyche das durchstehen?

Frau Klum winkte den männlichen Kollegen zu sich. »Wo ist
der Kommodore?«, verlangte sie von Kriemhild zu wissen.

»Der Kommodore ist oben in seinem Zimmer«, sagte Konny
schicksalsergeben. »Nicht so schnell!«, rief sie dem Polizisten hinterher, der nach oben sprinten wollte. »Der Kommodore ist tot.«

»Tot?«, riefen jetzt die anderen entgeistert, weil natürlich alle glaubten, er sei in der letzten Nacht ebenfalls grausam ab-
geschlachtet worden.

Angesichts dieser interessanten Entwicklung vergaß Frau Klum sogar, an ihrem Gummiband zu zupfen. »Tot?«

»Sie waren es!« Anklagend sprang Sara auf die Beine. »*Sie* haben Ihren Mann ermordet. Leon kam dazu und musste ebenfalls sterben!«

Freddie und Galecki klappte der Unterkiefer herunter. Das sollten sie alles verpennt beziehungsweise vermeditiert haben?

Bettenberg nickte mit einem Gesichtsausdruck, der besagte, dass er das ja von Anfang an gewusst hatte.

»O bitte, werden Sie jetzt nicht albern«, herrschte Kriemhild Sara an. »Mein Mann ist schon vor geraumer Zeit gestorben.«

»An Syphilis?«, rief Klaus und kicherte. »Was denn? Das ist doch ein ehrenwerter Tod für einen alten Seebären!«

Konny hätte ihm am liebsten ein Sofakissen über den Schädel gebraten.

»Nein, nicht an Syphilis. Er ist einem Herzinfarkt erlegen«, sagte Konny. »Der Kommodore wurde eingeäschert. Seine Urne steht oben auf dem Nachttisch. Meine Schwester hat den Tod ihres Mannes noch nicht verkraftet. Ihr Zimmer ist im weitesten Sinne ein Schrein für den Mann, den sie immer noch von Herzen liebt.«

»O wie romantisch«, hauchte Freddie unter Tränen.

Sara schürzte die Lippen.

Frau Klum bedeutete ihrem Kollegen mit einem leichten Anheben des Kinns, dass er oben nachsehen solle, ob das alles stimmte.

»Dann sind wir also vollzählig?«, fragte sie.

Konny und Kriemhild nickten.

»Na schön, ich werde Sie jetzt einzeln drüben im Büro befragen, während mein Team das Gelände durchkämmt und das Gebäude durchsucht. Sie bleiben bitte alle so lange hier im Raum. Herr Hirsch, ich fange mit Ihnen an.«

Kriemhild und Konny sahen sich an. *Na, dann mal viel Glück*, dachten sie gleichzeitig.

»Herr Hirsch, bitte?« Frau Klum ging voraus.

Herr Hirsch sah zu den Schwestern, zuckte mit den Schultern und folgte der Kommissarin über den Flur.

»Rasiert euch schon mal den Nacken aus«, riet Bettenberg, als sie – von der Streifenbeamtin einmal abgesehen – unter sich waren. »Wir kommen alle unter die Guillotine!« Er hatte ein Problem mit Uniformierten. Genauer gesagt mit allen, deren Autorität seiner überlegen war. »Wir sollten uns das nicht gefallen lassen. Empört euch!« Entweder war es ihm egal, dass sich die beiden Beamten noch im Raum aufhielten, oder er hatte es schlichtweg ausgeblendet.

»Ruhig, Brauner!«, spottete Klaus. »Uns liegt ja wohl allen daran, zügig von jedem Verdacht befreit zu werden und den Mörder zu finden.«

»Hast du nicht eben gesagt, dass es deiner Meinung nach ein Betrunkener von außen war?«, warf Sara ihrem Agenten an den Kopf.

Klaus bedachte sie mit einem Was-interessiert-mich-mein-dummes-Geschwätz-von-gerade-eben?-Blick.

»Ich bin sicher, dieser Alptraum ist bald vorbei«, rief Konny rasch.

»Für Leon nicht.« Freddie fing an zu heulen.

»Nee, der bleibt tot«, bestätigte Klaus und rief gleich darauf »Was?«, als alle ihn vorwurfsvoll ansahen.

Er stand auf und ging zu dem Globus, in dem er – sehr richtig – eine kleine Bar vermutete. »Pott Rum? Na egal, ich brauch jetzt einen kräftigen Schluck. Sonst noch wer?« Klaus nahm die Flasche aus dem Erdinnern.

»Es ist gerade einmal zehn Uhr morgens«, sagte Sara. Sie sagte es anklagend.

»Gnädigste, wenn ich am hellen Vormittag Rum trinke, macht mich das nicht zum Alkoholiker, höchstens zu einem Piraten.« Er kicherte in sich hinein.

Das gefiel nun wiederum Kriemhild, der ja alles Maritime angenehme Schauder verursachte. »Gläser sind dort in der Anrichte.« Sie gurrte es beinahe.

»Brauch ich nicht.« Klaus setzte die Flasche an die Lippen. Sara rollte mit den Augen.

»Ich kann es einfach nicht glauben«, schluchzte Freddie. »Wer könnte Leon umbringen wollen? Wer?« Sie sah waidwund in die Runde.

Konny fiel auf, dass keiner von der Band ihren Blick erwiderte. Oder ihr recht gab …

Der Einzige, der etwas sagte, war Bettenberg. »Ich fand den jungen Mann ja ziemlich besserwisserisch. Damit macht man sich keine Freunde.«

Freddie sprang auf. »Sie haben ihn doch gar nicht gekannt. Das schließen Sie aus den lächerlich wenigen Minuten, die Sie ihn hier gesehen haben? Was sind Sie nur für ein Mensch!« Sie stürmte auf ihn zu und schüttelte ihn an der Schulter.

Bettenberg schrie auf, als würde sie ihm mit einem japanischen Kurzschwert die Eingeweide herausschneiden.

Die Polizistin lief zu Freddie, legte den Arm um ihre Schultern und führte sie zu ihrem Platz zurück.

Bettenberg schrie weiter.

»Kann den mal einer zum Schweigen bringen? Sonst mach ich das!«, sagte Klaus laut, und es klang wie eine Drohung. Bettenberg verstummte. Er verstummte nicht nur, er bekam einen glasigen Blick und kippte rücklings vom Hocker. Es sagte sehr viel über den Grad seiner Beliebtheit, dass keiner aus der Runde sich erhob, um ihm wieder aufzuhelfen. Die Streifenbeamtin ging zur Tür, öffnete sie und rief: »Ist der Notarzt noch da? Der soll mal kommen.«

Zwischenspiel mit Leiche

Ein Sanitäter und der Polizist trugen Bettenberg die Treppe hoch. Konny zeigte ihnen, in welchem Zimmer sie ihn abzulegen hatten.

Seit dem unseligen Quickie war sie nicht mehr in seinem Zimmer gewesen. Verärgert stellte sie jetzt fest, dass er sich als Inneneinrichter betätigt hatte. Das Bett hatte er zur Fensterseite geschoben, die Sessel und den Beistelltisch neben den als Schrank getarnten Badezimmerkubus. Allmählich kamen Konny Zweifel, ob er sich die Prellung seines Steißbeins wirklich erst heute Morgen angesichts der Leiche zugezogen hatte – oder nicht doch schon in der Nacht beim Möbelrücken.

»Auf drei …«, sagte der Sanitäter.

Er und der Polizist ließen Bettenberg auf sein Bett fallen.

»Vorsichtig«, mahnte der Notarzt, der in diesem Moment das Zimmer betrat.

»Kriegt er doch sowieso nicht mit«, meinte der Polizist ungerührt, weil Bettenberg eben vor seinen Augen noch eine Spritze bekommen hatte und nun glasig schaute.

Der Notarzt warf einen bedeutungsvollen Blick in Konnys Richtung, so als wolle er die beiden anderen mahnen, nichts Unbedachtes vor ihr zu sagen.

»O bitte«, meinte Konny, »nur keine falsche Rücksicht auf Herrn Bettenberg. Er mag es hart.«

Der Sanitäter und der Polizist gingen wieder.

Konny betrat den Badezimmerschrank, füllte den Zahnputzbecher mit Leitungswasser, trank in durstigen Schlucken, füllte das Glas erneut und trug es zum Nachttisch.

Der Notarzt horchte Bettenbergs Brustkorb ab. »Sagten Sie gerade, er mag es hart?«

Konny spürte, wie sie rot wurde.

»Ich frage nicht aus Neugier, aber falls Herr Bettenberg routinemäßig Viagra einnimmt, kann es zu Wechselwirkungen mit anderen Medikamenten kommen.«

»Von routinemäßig weiß ich nichts«, erklärte Konny rasch. »Aber … äh … ja, ich … äh … also einmal …«

Der Notarzt zog die oberste Schublade des Nachttisches auf. Sie war proppenvoll mit Viagra-Packungen. Auf den ersten Blick zehn Päckchen à zwölf Tabletten.

»Das ist doch …!«, entfuhr es Konny.

»Allzeit bereit«, meinte der Notarzt nur. Er packte sein Stethoskop weg. »Der wird schon wieder. Gönnen Sie ihm einfach viel Bettruhe.« Er sah sie an. »Allein. Und ungestört.« Er musste nicht auch noch mit den Augenbrauen wackeln, um seine Botschaft zu verdeutlichen.

»Die Tabletten hat er *nicht* wegen mir!«, empörte sich Konny.

»Ich bin Arzt, ich urteile nicht«, versicherte ihr der Notarzt, was Konny aber nur noch fuchsiger machte.

Gerade wollte sie zu einer geharnischten Replik ansetzen, in der es vor Begriffen wie ›unverschämt‹, ›anständige Pension‹, ›doch nicht mit diesem Idioten‹ und ›wofür halten Sie mich?!‹ nur so wimmeln sollte, als sie im Flur einen Schrei hörten.

»Chefin, schnell, noch eine Leiche! Im Keller!«

Ein Zombie namens Gabi

Tohuwabohu!

Großalarm.

Gebellte Befehle.

Männerstiefel auf Treppenstufen.

Konny fasste sich nur ganz kurz ans Herz, dann rannte sie nach unten in den Salon. Kriemhild saß noch auf dem Sofa und wirkte angefressen. Gut so. Wenn sie schon wieder genervt sein konnte, würde sie es auch überstehen, dass ihr Geheimnis nicht länger ein Geheimnis war.

Die anderen waren alle aufgesprungen und sahen sich gegenseitig an, als würden sie abzählen, wer fehlte.

Konny lief ins Büro. Frau Klum kam ihr entgegen. Sie drängte sich an ihr vorbei. Gottseidank, Herr Hirsch saß unversehrt auf dem Besucherstuhl. Die Federung war defekt, deswegen wippte er leicht.

»Alles in Ordnung, Herr Hirsch?«, fragte Konny.

»Senfsoße«, sagte Herr Hirsch.

Konny gestattete sich die Überlegung, wie ergiebig seine Befragung durch Frau Klum wohl gewesen sein mochte.

Dann lief sie in den Flur.

Die Kommissarin stand auf der obersten Stufe der Treppe, die in den Keller führte. »Sie gehen bitte wieder in den Salon«, sagte sie zu Konny.

»Ja, aber …«

»Kein aber!«

Frau Klum stieg die Treppe hinunter. Ihre Gummistiefel quietschten.

Konny rührte sich natürlich nicht von der Stelle. Was für eine Leiche, bitteschön? Hatte sich der Mörder selbst gerichtet? In ihrem Keller?

Die junge Polizistin trat aus dem Salon und griff nach Konnys Oberarm. Es war ein erstaunlich fester Griff. »Kommen Sie bitte wieder mit rein«, bat sie sehr höflich, auch wenn sie Konny dabei die Blutzufuhr in den Unterarm abdrückte.

Sara tigerte zwischenzeitlich im Salon auf und ab. Richard folgte ihr mit seinen Blicken, wobei sein Kopf auf dem reglosen Torso nach links, dann nach rechts und wieder nach links schwenkte, wie bei den Besuchern eines Tennisturniers. Klaus hatte die halbe Flasche Rum geleert. Galecki saß immer noch im Lotussitz und summte. Freddie hatte sämtliche Zellstofftaschentücher nassgeheult und wischte sich jetzt die Augen mit der Klöppeldecke trocken, die sie vom Beistelltisch gezogen hatte. Jeder kämpfte eben auf seine Weise gegen den Schock an.

Konny setzte sich zu Kriemhild. »Wo soll denn jetzt noch eine Leiche herkommen?«

»Bauer Schober, als er heute morgen die Eier bringen wollte?« Kriemhild zuckte mit den Schultern.

Meine Güte, ja. Bauer Schober brachte zweimal die Woche frische Eier vorbei. Als sie eben in der Küche war, um Kaffee zu machen, hatte sie aber keine Eierschachteln gesehen. Konny bekam große Augen. Nicht Bauer Schober!

Frau Klum trat ein. Sie wirkte not amused. »Würden Sie beide mich bitte in den Keller begleiten?« Sie sah die Pensionswirtinnen finster an.

Konny und Kriemhild standen auf. Instinktiv hakten sie sich gegenseitig unter. Sie schritten hinter Frau Klum her wie zwei Lämmchen auf dem Weg zur Schlachtbank.

Unten im Keller standen mehrere Polizisten und Forensiker / 187
im weißen Ganzkörperanzug. Die Polizisten grinsten breit.
Die Forensiker vermutlich auch, das ließ sich aber unter dem
Mundschutz nicht zweifelsfrei ausmachen.
Alle rümpften jedoch sichtlich ihre Riechorgane, als Konny
und Kriemhild auf Nasenhöhe an ihnen vorbeischritten. Ihre Ausdünstungen mussten beträchtlich sein.
Vor der Tür zum hinteren Vorratskeller stand ein sehr junger Polizist mit knallroten Ohren. Er war auch ein bisschen
grün im Gesicht. Nur um die Nase herum noch ein wenig
fleischfarben. Eigentlich hätte er als Ampel durchgehen kön-
nen.
Konny schwante Schlimmes.
Frau Klum ging in den Kellerraum, stellte sich vor die Tiefkühltruhe, auf der der Zettel mit der Aufschrift *Fleisch* klebte, und fragte: »Können Sie mir das hier erklären?«
Sie wollte den Deckel anheben.
»Nein, warten Sie!« Konny hob die Hand. Sie sah zu ihrer
Schwester, dann zur Kommissarin. »Könnten wir das bitte
unter uns klären? Bitte?«
Frau Klum nickte, aber Kriemhild bockte.
»Was soll das heißen, du willst es ›unter euch‹ klären? Wer
bin ich? Das Kleinkind, das man zum Spielen auf sein Zim-
mer schickt, wenn die Erwachsenen Klartext reden wollen?«
Sie verschränkte die Arme und nahm die Pose ein, die im
Tai Chi unter dem Begriff *der unverrückbare Wasserbüffel*
bekannt ist.
»Kriemhild, das willst du nicht sehen!«
»Willst du damit sagen, du weißt, wer da tot in unserer Tief-
kühltruhe liegt?«

Konny schaute zu Boden. Sie hatte ein wildes Leben geführt – wohlgemerkt, kein ausschweifendes, aber doch eines, bei dem sie sich in ihren letzten Minuten nicht würde fragen müssen, ob sie etwas verpasst hatte. Kriemhild dagegen … Kriemhild hatte nie gekifft, war nur ein einziges Mal – nämlich zur Abi-Feier – betrunken gewesen und hatte, da war sich Konny sicher, außer mit dem Kommodore mit keinem anderen Mann geschlafen. Wenn Kriemhild die Sexpuppe von Herrn Hirsch sah, würde sie womöglich nie wieder mit Herrn Hirsch reden. Oder nie wieder den Keller betreten. Oder beides.

»Hör zu …«, fing Konny an.

»Lächerlich!«, unterbrach Kriemhild sie, trat zur Tiefkühltruhe und hob den Deckel.

Die Gummipuppe lag noch so da, wie Konny sie hineingestopft hatte. Arme und Beine angewinkelt, Mund weit geöffnet. Sie war jetzt aber mit einer dünnen Eisschicht überzogen. Womöglich war die Truhe gar nicht defekt gewesen, war nur der Stecker nicht richtig eingesteckt.

»Kriemhild …«, fing Konny an, kam aber nicht weiter, weil sie niesen musste. Dieser Fluch lastete seit ihrer Kindheit auf ihr – in Situationen von großer Emotionalität musste sie niesen. Und zwar heftig. Und mehrmals hintereinander.

»Hatschi!«, machte sie. »Hatschi … Haaaatschi!«

»Reagieren Sie allergisch auf Gummipuppen?«, fragte Frau Klum.

»Das ist keine Gummipuppe, das ist Gabi«, sagte Kriemhild.

»Sehr angenehm, Hildegard Klum.« Die Kommissarin zupfte an ihrem Gummiband. »Ich wollte der Dame nicht vorgestellt werden, ich wollte wissen, was sie da zu suchen hat?«

Konnys Körper vergaß vor Staunen zu niesen. »Kriemhild? Du kennst ihren Namen?«

»Der steht doch auf der Halskette. Kannst du nicht lesen?«

»Gehört diese Gabi zum Zimmerservice und kann von den Gästen geordert werden?«, wollte Kommissarin Klum wissen.

»Nein, natürlich nicht! Und Sie müssen wirklich nicht den moralischen Zeigefinger heben«, brummte Konny. »Es ist doch besser, wenn er seine männlichen Bedürfnisse mit einer Puppe befriedigt, als wenn er sich irgendwelche Ostblockfrauen oder Asiatinnen kauft, nicht wahr?«

»Wer?«

»Herr Hirsch.«

»Wie bitte?«, rief Kriemhild. »Herr Hirsch hat sich an Gabi vergangen?« Zum ersten Mal schlich sich echtes Entsetzen in ihre Stimme.

Konny drehte sich zu ihrer Schwester um. »Urteile nicht zu hart über ihn. Männer ticken anders als wir. Die brauchen das, sonst platzen sie. Und …«, jetzt wandte sich Konny wieder an Frau Klum und auch an die Polizeibeamten im Keller, »… nur weil ein Mann alt und invalide ist, heißt das noch lange nicht, dass wir es ihm untersagen dürfen, ein Ventil für seine Bedürfnisse zu suchen. Wenn wir Glück haben, werden wir alle einmal alt, und dann werden wir dankbar sein, wenn unsere Umwelt uns mit Einfühlungsvermögen und Verständnis begegnet!«

Sie kam sich ein bisschen wie Jeanne d'Arc vor, die das französische Volk zum Widerstand aufrief.

»Hast du mit Herrn Hirsch darüber geredet?«, verlangte Kriemhild von ihrer Schwester zu wissen.

»Aber nein. Das erklärt sich doch allein aus dem Umstand, dass die Puppe hier im Keller ist.«

»Du und deine Mutmaßungen.« Kriemhild schüttelte den Kopf und zog Gabi aus ihrer frostigen Lagerstätte. »Wie kommt sie da rein?«

»Ich habe sie im Heizungskellerschrank gefunden. Und da konnte sie natürlich nicht bleiben«, erklärte Konny. Rückblickend war sie schlauer. Hätte sie Gabi im Schrank gelassen, wäre sie nicht wie eine Sardine mit fünf anderen dort über Nacht eingesperrt gewesen.

»Bitte«, Konny wandte sich jetzt wieder an alle, »wir dürfen Herrn Hirsch nicht wissen lassen, dass wir seine Sexpuppe gefunden haben. Gestatten Sie ihm diesen letzten Rest an Würde. Sprechen Sie ihn nicht darauf an. Wollen Sie mir diesen Gefallen tun?«

Frau Klum wollte etwas erwidern, aber Kriemhild schnitt ihr das Wort ab. »Wir sollten Herrn Hirsch schon deswegen nicht darauf ansprechen, weil es gar nicht seine Gummipuppe ist.«

Kriemhild schulterte Gabi.

Es war mucksmäuschenstill im Keller. Keiner wollte sich auch nur eine Silbe entgehen lassen. Konny war sich nicht ganz sicher, aber sie glaubte, dass einer der Spurensicherer hinter ihr sich die Gummihandschuhe ausgezogen und ein Foto mit seinem Handy geschossen hatte.

»Wollen Sie damit andeuten, dass diese Puppe *Ihnen* gehört?«, fragte Frau Klum.

»Aber nein. Sie gehört meinem Mann.«

Frau Klum blinzelte nicht. »Ihr toter Mann vergeht sich an dieser Gummi-Gabi?«

Kriemhild presste die Lippen aufeinander und funkelte die Kommissarin böse an.

»Die Puppe gehört dem Kommodore?« Konny konnte es
kaum fassen. »Und du wusstest davon?«

»Der Kommodore war oft lange auf See. Besser mit einer
Gummipuppe in der Kajüte als in jedem Hafen eine Braut«,
erklärte Kriemhild. »Und nach seinem … Tod … sah ich
es selbstverständlich als meine Pflicht an, mich um sie zu
kümmern.«

»Indem Sie die Zweitfrau Ihres toten Mannes in einen
Schrank sperrten?« Jetzt huschte doch der Ansatz eines Lä-
chelns über Frau Klums Lippen.

Und auch Kriemhild zeigte, dass sie unter ihrem Gletscher-
Äußeren Humor besaß. »Ich habe natürlich die Tür einen
Spaltbreit offen gelassen, damit sie Luft bekommt!«

Hochnotpeinliche Befragung mit Nacktschnecke

Die Zeit steht immer still. Nur das Leben zappelt rum.

Als Konny und Kriemhild aus dem Keller kamen, stand Sara keifend in der Tür zum Salon. Sie verlangte das Menschenrecht auf Dusche.

Freddie heulte lauthals.

Galecki hantierte in der Küche klappernd mit Geschirr, weil man ihm erlaubt hatte, noch eine Runde Kaffee für alle zu brühen. Und weil er offenbar Können durch Lautstärke ersetzte.

Der große Blonde versuchte, sein Trauma durch Musik anzugehen. Er hatte die alte Hohner-Mundharmonika entdeckt, die zur Deko auf dem Kaminsims lag und spielte darauf eine elegische Melodie.

Das Handy von Frau Klum begann zu klingeln – ihr Klingelton war der Imperiale Marsch aus *Krieg der Sterne*.

Kakophonischer hätte es gar nicht mehr werden können.

Hätte in diesem Moment Karlheinz Stockhausen vor der Pension gestanden, er hätte seinen Dirigentenstab gezückt und losdirigiert.

Frau Klum sprach ein Machtwort. Nun ja, sie sprach es nicht, sie brüllte. »Ruhe! Sie beide, ins Büro – mit Ihnen will ich als Nächstes sprechen. Sie da, Ruhe im Karton, und zwar sofort! Sie da drüben – legen Sie die Mundharmonika auf den Boden, ganz langsam und so, dass ich Ihre Hände sehen kann! Sie da hinten – ich will einen Milchkaffee, kriegen Sie das hin? Gut. Ja, hier Klum!« Letzteres dröhnte sie in ihr Handy.

Konny und Kriemhild eilten in das Büro, in dem immer noch Herr Hirsch saß. »Wolkenkuckucksheim?«, fragte er.

»Alles in Ordnung«, beruhigte ihn Konny, »es gab keine zweite Leiche. Die Polizei hat nur …«

»Gabi gefunden«, ergänzte Kriemhild.

Herr Hirsch lächelte wissend.

Die Sonne schien durch das Bürofenster und fiel auf das Kissen, auf dem Amenhotep schlief. Er hatte sich, klug wie er war, die ungestörteste Stelle im ganzen Haus ausgesucht, um sein Nickerchen zu halten. Ein Nickerchen, das im Grunde ein Verdauungsschläfchen war, denn er hatte einen tierlieben Polizisten, einen Schrank von einem Mann, dazu gebracht, ihm drei Dosen Thunfisch zu öffnen. Drei! Weil er offenbar dachte, dass echte Kerle – ob sie nun zwei oder vier Beine hatten – gut im Futter stehen mussten.

Konny ging zu ihrem Liebling. »Mein süßer Kleiner, das ist alles zu viel für dich, nicht wahr?«, gurrte sie.

Amenhotep fuhr seine Lider nach oben und schaute sie aus seinen riesigen, türkisblauen Augen streng an.

Geht's noch? Ich bin gerade mitten in einer äußerst wichtigen Regenerationsphase!

Er schloss die Lider wieder.

Draußen im Flur war Stille eingekehrt.

Frau Klum trat ein und schloss die Tür hinter sich.

»Also gut, jetzt mal Tacheles geredet. Was ist das hier für ein Irrenhaus?«

»Das Leben ist wie ein Spiegel – man sieht sich immer nur selbst«, philosophierte Kriemhild, was auf den ersten Blick harm- und kontextlos klang, aber natürlich eine Beleidigung in sich barg.

»Aha. Sie möchten also, dass ich mit Ihnen anfange? Sehr gern. Können Sie mir bitte erklären, warum Sie um Ihren toten Mann einen nachgerade altägyptischen Totenkult betreiben?«

Kriemhild zuckte mit keiner Wimper. »Er ist nicht tot.«

»Doch, ist er«, rief Konny rasch. Sie zog hastig aus einem der vielen Ordner im Wandregal die Bescheinigung der Witwen- und Waisenkasse der Seemannsmission Hamburg.

»Der Kommodore ist *nicht* tot«, widersprach Kriemhild. »Der Tod ist ein Verblassen – aber der Kommodore verblasst nicht! Für mich ist und bleibt er mein Mann, so real wie am ersten Tag.«

»Ihr Kopfkino hätte eindeutig einen Oscar verdient«, konstatierte Frau Klum. »Der Kommodore scheidet somit als Verdächtiger aus.« Sie musterte die Schwestern. »Was ist mit Ihnen? Haben Sie Leon Cordt umgebracht?«

»Unseren zahlungskräftigsten Gast seit langem?« Konny schüttelte ihre Locken, die nach der Nacht im Schrank wie glatt gebügelt wirkten. »Ganz sicher nicht.«

»Der junge Mann war uns bis zu seiner Anreise völlig unbekannt. Warum hätten wir ihn umbringen sollen?«

Frau Klum sah zu Herrn Hirsch. »Es muss ja kein absichtliches Tötungsdelikt vorliegen. Vielleicht war es ein Unfall?«

Konny und Kriemhild erwiderten darauf nichts, weil genau das ja auch ihre Vermutung gewesen war. Sie vermieden es tunlichst, zu Herrn Hirsch zu schauen.

»Sargnagel?!«, rief er empört.

Konny fiel ein, dass Frau Klum ja gar nicht wissen konnte, wie sehr Herr Hirsch seinen Aufsitzrasenmäher liebte, und sie bei Unfall womöglich an ein ganz anderes Szenario dachte. »Herr Hirsch sagt, dass er es nicht war. Und wie meine Schwester vorhin schon so richtig vermutete …«

»Genau!« Kriemhild nickte. Die telepathische Kommunikation mit Konny funktionierte wieder. »Ein Betrunkener kann von der Landstraße abgebogen sein und Herrn … Dingelskirchen … überfahren haben, der … äh … zufällig vor dem Haus lag. Wir haben unsere Spirituosen noch nicht gezählt. Sicher hat … dieser Musiker sich daran bedient. Ich habe ja immer schon gesagt, wir sollten die Alkoholika wegschließen!« Das hatte sie noch nie gesagt, aber darauf kam es jetzt nicht an.

Konny und Kriemhild schauten wie zwei zufriedene Kätzchen.

Frau Klum nicht.

»Wegen des Unwetters war die Landstraße gesperrt. Ein möglicher Unfallverursacher hätte bereits vor Ort sein müssen. Die Kreuzung wurde wegen Ampelausfalls von zwei Kollegen betreut, und denen ist nichts aufgefallen. Kein verdächtiges Fahrzeug, schon gar kein Betrunkener am Steuer.«

Hm, das war jetzt blöd.

Ein Polizist klopfte an, trat ein, rümpfte die Nase, reichte der Kommissarin einen Zettel und verschwand wieder. Frau Klum las die Notiz, aber ihrem Gesicht merkte man keine Regung an. Die Frau war zweifelsohne ein As an jedem Pokertisch.

»Wir werden selbstverständlich die hier abgestellten Fahrzeuge überprüfen«, sagte Frau Klum zu Kriemhild, die sich ja vorhin mit ihren Fachbegriffen zu Mikro-Abrieb hervorgetan hatte, »und es ist immer besser, Sie sagen mir von sich aus, was Sie wissen, als dass ich Ihnen die Beweise um die

Ohren haue und Sie es später eingestehen müssen. Vor Gericht riecht das dann nämlich nach Vertuschung.«

»Wir wissen gar nichts«, räumte Kriemhild ein. Es klang überzeugend. Weil es ja auch der Wahrheit entsprach. Sie wussten rein gar nichts. Sie hatten nur so ihre Vermutungen.

»Wir wurden in der Nacht wach und hörten Geräusche und haben selbstverständlich nachgesehen, was los ist, und sind im Schrank gelandet«, ergänzte Konny. Sie erläuterte in groben Zügen, wie der gestrige Abend verlaufen war. Wobei sie es natürlich so darstellte, als hätten sich alle aus Angst vor dem Mörder im Schrank versteckt. Und nicht, weil sie Angst hatten, beim Vertuschen einer Straftat entdeckt zu werden …

»Und wie kriege ich aus ihm hier raus, was er weiß?«, fragte Frau Klum anschließend.

Herr Hirsch brummte.

»Bitte, reden Sie nicht *über* ihn, reden Sie *mit* ihm«, bat Konny.

»Hab' ich ja versucht. Funktioniert nicht.«

»Pillepalle!«, rief Herr Hirsch.

Frau Klum runzelte die Stirn. Als ob sie den Verdacht hegte, auf den Arm genommen zu werden.

»Er kann auf Ja-Nein-Fragen antworten, indem er nickt oder den Kopf schüttelt«, erklärte Konny.

»Das nennt man auch Suggestivfragen. So geht das nicht.« Frau Klum verschränkte die Arme.

»Sie könnten ihn zumindest fragen, ob er Leon – versehentlich! – bei Nacht und Sturm überrollt hat?« Konny betonte jede Silbe so dezidiert, dass Frau Klum ins Schmunzeln kam. Aha, daher wehte der Wind.

Kriemhild rollte mit den Augen.

Herr Hirsch schüttelte vehement den Kopf, sah zu Frau Klum und schüttelte noch heftiger. Hätte er Schuppen gehabt, es hätte wahre Schneeverwehungen gegeben.

»Nur weil er der Gärtner ist, muss er nicht der Mörder sein«, zitierte Kriemhild und spielte damit auf den Song von Reinhard Mey an.

»Ah, *Der Mörder ist immer der Gärtner*, kenne ich.« Frau Klum spitzte die Lippen und pfiff die ersten Takte des Refrains. »In dem Lied werden reihenweise Leute gemeuchelt, und angeblich war es immer der Gärtner. Aber darf ich Sie an die Auflösung des Songs erinnern? Spoiler Alarm: der Mörder war in Wirklichkeit der Butler!«

Amenhotep stand auf, maunzte ungnädig und trollte sich durch die nur angelehnte Tür in Konnys Schlafzimmer.

Frau Klum lächelte angesichts der Erinnerung. »In der vierten Klasse mussten wir alle ein Gedicht auswendig lernen. Die anderen trugen Schillers *Bürgschaft* oder Brechts *An die Nachgeborenen* vor. Ich deklamierte mit Inbrunst Reinhard Meys *Der Mörder war immer der Gärtner*. Gab natürlich nur eine Vier. Aber mein späterer Lebensweg war damit quasi vorgegeben.« Schlagartig mutierte sie wieder zurück zu ihrem lächellosen, professionellen Selbst. »Herr Hirsch, in Ihrer Doppelfunktion als Hausdiener und Gärtner sind Sie doppelt verdächtig.« Sie schwieg kurz und musterte ihn. »Übrigens scheinen Sie mir ein sehr guter Gärtner zu sein. Bei Gelegenheit müssen Sie mir verraten, wie Sie der Nacktschneckenplage im Kräutergarten Herr wurden …«

»Der Kräutergarten ist *mein* Hoheitsgebiet«, warf Kriemhild ein. »Und die Vernichtung der Nacktschnecken ist eine reine Willensfrage!«

Frau Klum erwiderte erst mal nichts. Auf solche Aussagen gab es einfach nichts zu erwidern. Dann sah sie wieder zu Herrn Hirsch und wiederholte: »Sie sind nicht nur der Gärtner, Sie sind hier im Haus auch der Butler. Der Verdacht fällt also doppelt auf Sie. Ich werde Sie definitiv im Auge behalten!«

Herr Hirsch sagte nichts. Er hätte ja auch nichts sagen können, nichts, was die Kommissarin verstanden hätte, aber selbst wenn, er hätte geschwiegen. Er würde seine beiden Engel ritterlich beschützen. Und wenn er für den Rest seines Lebens ins Gefängnis musste. Aufgrund seiner Krankheit befand er sich ja ohnehin schon in einem Gefängnis, dem Gefängnis seines Körpers. Vielen Dank auch, Schicksal.

»Er ist es nicht gewesen«, versicherten Konny und Kriemhild unisono, denen ähnliche Gedanken durch den Kopf schossen.

»Wir sind es alle nicht gewesen«, beharrte Konny. Und erlebte plötzlich einen Glühbirnenmoment. »Da war noch dieser Zelter …« Ihre Stimme verlor sich.

»Zelter?«, wiederholten Kriemhild und Frau Klum.

»Gestern Morgen, als ich Fotos für die Homepage geschossen habe. Er hat drüben am Waldrand gezeltet.« Konny redete sich in Fahrt.

»Mein Team hat mir niemand mit Zelt gemeldet«, erklärte die Kommissarin.

»Er war aber da. Also … ich habe ihn nicht gesehen, nur sein Zelt. Aber ich irre mich nicht, es war da!«

Kriemhild und Frau Klum schauten gleichermaßen skeptisch. Das erinnerte dann doch zu sehr an ein Karnickel, das der verzweifelte Zauberer aus seinem Zylinder zog, um davon

abzulenken, dass der Trick mit der zersägten Jungfrau schief-
gelaufen ist.

»Nein, ehrlich. Ein rotes Biwakzelt. Mit Gedichten von Walt
Whitman.« Die Erinnerung kam zurück. »Ich habe Fahrrad-
spuren gesehen!«

»Herr Cordt ist sicher nicht von einem Fahrrad überfahren
worden«, warf Frau Klum ein.

»Schon klar, aber wer immer dort gezeltet hat, kann sich
doch den ... äh ... kann doch eins der Fahrzeuge aufgebro-
chen haben. Sie müssen nach Fingerabdrücken suchen! Nach
Faser- und DNS-Spuren!«

»Nicht Sie auch noch.« Frau Klum seufzte.

»Ich schwöre Ihnen, er war da! Er und ...«

Er und ein Mann im froschgrünen Shirt, wollte Konny sagen.
Aber dann fiel ihr ein, dass Klaus mit einem grünen Seiden-
hemd in der Pension eingetroffen war. Hatte er sich zuvor im
Wald aufgehalten? War er der Zelter? Wenn ja, warum diese
Geheimniskrämerei?

Plötzlich schlug ihr eine flache Hand gegen den Hinterkopf.

»He! Was soll das?«

»Spuck's gefälligst aus!«, verlangte Kriemhild.

»Wie bitte?«

»Was immer du gerade gedacht hast – raus damit!« Kriemhild blies verärgert die Backen auf. »Großer Gott, man kann
in dir lesen wie in einem Buch. Einem Kinderbuch. Ohne
Text, nur Bilder. Dir ist doch irgendetwas aufgefallen. Hat es
mit diesem Zelt zu tun?«

Konny legte den Kopf schräg. »Nein. Oder vielleicht ja ... ich
habe im Wald einen Mann gesehen. Er trug ein froschgrünes
Shirt.«

Frau Klum guckte unbeeindruckt. »Froschgrüne T-Shirts sind eine Geschmacksverirrung, kein Hinweis auf einen mordenden Psychopathen.«

»Na ja, als Klaus … ich meine, Herr Brandauer bei uns eintraf, da trug er ein grünes Hemd.«

»Und Sie glauben, er war der Mann im Wald?«

»Ich weiß es ehrlich nicht. Aber möglich wäre es schon.«

Sie hatte Klaus fast ein halbes Jahrhundert nicht mehr gesehen. Die Frage, ob es moralisch gerechtfertigt war, ihn derart ans Messer zu liefern, stellte sich hier nicht.

»Jedenfalls haben weder Herr Hirsch noch meine Schwester oder ich Leon Cordt überfahren«, sagte Konny, weil sie fand, dass man das gar nicht oft genug wiederholen konnte.

»Ich bin geneigt, Ihnen zu glauben«, sagte Frau Klum. »Aber aus dem Schneider sind Sie drei noch nicht. Bitte halten Sie sich zur Verfügung!« Sie nickte in Richtung Tür. »Sie können jetzt auf Ihre Zimmer und sich frisch machen.«

»Danke.« Konny stand auf. »Ich muss Ihnen ein Kompliment ausstellen. Sie haben uns nie spüren lassen, wie unangenehm wir riechen.«

Frau Klum zuckte nur mit den Schultern. »Ganz einfacher Trick. Eukalyptusöl unter der Nase verteilen. Verwende ich auch immer, wenn ich bei einer Obduktion anwesend sein muss. Aber, wenn ich ehrlich sein darf, bei Ihnen ist sogar das Eukalyptusöl an seine Grenzen gestoßen …«

Voll enthemmt auf Kukident

Fröhlich dümpelte die Gummiente im Badeschaum.

»Haben wir uns vorschnell verrannt? War es womöglich doch nicht Herr Hirsch?«

Konny stupste die Gummiente mit dem Zeigefinger an. Die Ente bahnte sich wie ein Eisbrecher den Weg durch den Schaum in Richtung Kriemhild.

Es war ein Fluch, wenn man ein gutes Herz besaß. Konny und Kriemhild war durchaus bewusst, dass das Wasser im Warmwasserspeicher nicht für sechs Leute reichte. Die anderen wollten ja aber auch noch heiß duschen. Also stiegen sie – wie einst in ihrer Kindheit – gemeinsam in die Wanne des Kommodore. Es war eine übergroße, frei stehende Wanne, die sie für teuer Geld gekauft hatten, um das Zimmer des Kommodore gegebenenfalls auch an Hochzeitspaare als Flitterwochensuite vermieten zu können. Reichlich Platz für die beiden Schwestern und die Gummiente.

»War das dein Ernst mit diesem ominösen Zelter?« Kriemhild blieb skeptisch.

Konny nahm mit dem Zeigefinger einen Klecks Schaum auf und pustete ihn in die Luft. Obwohl sie seit exakt fünfundfünfzig Jahren, zwei Monaten und sieben Tagen nicht mehr zusammen gebadet hatten, konnte Kriemhild der Herausforderung nicht widerstehen. Sie nahm ebenfalls etwas Schaum auf und versuchte, ihn höher zu blasen als ihre Schwester.

»Bei so was mache ich doch keine Scherze«, sagte Konny. »Ich habe das Zelt nicht nur gesehen, ich habe den Reißverschluss aufgeratscht und hineingeschaut. Es roch muffig. Ich habe es also optisch, haptisch, olfaktorisch und auditiv erlebt – es *war* da!« Sie zog die Knie an. Die Ente dümpelte heftiger. »Ich habe einen Mann im grünen Shirt gesehen. Ob das allerdings wirklich Klaus war …«

»Wie viele Männer laufen froschgrün herum?« Kriemhild zog ebenfalls die Knie an. Die Ente bekam Schlagseite.

»Wir sollten …«, fing Konny an, aber weiter kam sie nicht.

Es klopfte an die Badezimmertür.

»Hallo? Können Sie mal bitte kommen? Ein Notfall. Herr Bettenberg verlangt nach Ihnen.« Es war die junge Polizistin. Durch die geschlossene Tür hindurch war zu spüren, dass sie dringend Beistand benötigte.

Konny und Kriemhild sahen sich an. Wenn sich Herr Bettenberg in Not befand, war er dann in den Händen der Polizei nicht besser aufgehoben?

»Bitte!« Die junge Frau klang verzweifelt.

»Ich komme!« Konny hievte sich aus der Wanne. So richtig frisch und sauber fühlte sie sich noch nicht. Aber sie würde sich wahrscheinlich wie Lady Macbeth noch lange abschrubben müssen und die Erinnerung an die Nacht im Schrank dennoch nie wegbekommen.

Hastig trocknete sie sich ab und schlang sich ein Handtuch als Turban um die nassen Locken.

»Kommst du nicht mit?«, fragte sie ihre Schwester.

Kriemhild tauchte tiefer, bis sie gerade noch reden konnte, ohne dass ihr das Badewasser mit dem Schaumhäubchen in die Mundhöhle schwappte. »Es wäre doch schade um das warme Wasser!«

»Na dann.« Konny schlüpfte in Kriemhilds Frotteemantel. Ihr eigenes Satinteil – ohne was drunter – hätte ihr auf halb-

trockener Haut eine Anzeige wegen unsittlichen Benehmens
in der Öffentlichkeit eingebracht.
Sie öffnete die Tür. »Was ist denn passiert?«
Die junge Frau wirkte sichtlich mitgenommen. »Wenn Sie
mich bitte begleiten würden?«
Das Zimmer des Kommodore lag auf derselben Seite wie das
gelbe Eckzimmer, in dem Holger Bettenberg logierte. Der
Weg war folglich nicht weit.
Die Polizistin klopfte an die Tür. »Sie kommt jetzt rein«, rief
sie. Sie wirkte tendenziell angeekelt.
»Was ist denn …?« Weiter kam Konny nicht. Die Polizistin
öffnete die Tür und schob Konny rigoros in das Zimmer, nur
um gleich darauf die Tür wieder zu schließen.
»Er will keinen Arzt«, rief die junge Frau in Uniform durch
die geschlossene Tür. »Er sagt, Sie erledigen das …«
»Was …?«
Konny drehte sich zur Fensterseite, an die Bettenberg das
Bett geschoben hatte.
Der Anblick war in der Tat nichts für schwache Nerven. Und
schon gar nicht für zarte, junge Nerven, die allein bei der
Vorstellung, jemand über 50, geschweige denn 60, könnte
seinen Körper zu anderen Dingen verwenden als dafür, zu
atmen, zu essen und mit den Enkelkindern zu spielen, ins
Flattern gerieten.
Wo sie gerade von ›Zelt‹ gesprochen hatten …
Bettenberg hatte sein eigenes kleines Zelt errichtet. Wie eine
Mini-Pyramide erhob es sich über seiner Körpermitte.
Er grinste dümmlich.
»Ich hab die falschen Tabletten genommen. Ich dachte, es
seien die Schmerztabletten vom Arzt, aber …« Er sprach
leicht verzerrt.

Konny atmete genervt aus. »Und was soll ich da tun?«

Bettenberg kicherte wie im Delirium.

»Lass mich raten – die Schmerztabletten hast du dann trotzdem auch noch eingenommen?«

»Es tat doch so weh!« Er nickte und hüpfte auf dem gestreiften Gummiring unter seinem Hintern auf und ab. Offenbar waren die Schmerztabletten sehr potent. Wie er jetzt auch. »Kommen Sie schon, nur ein bisschen Handspiel, okay? … Aber wir dürfen uns nicht duzen, das gefährdet meine Integrität als Tester.«

»Tester?«

Bettenberg hatte Mühe, beide Augen auf dasselbe Ziel auszurichten. Konny wusste, dass sie eigentlich einen Arzt rufen musste, aber erst wollte sie Antworten haben.

»Tester!«

»Ich bewerte deutschlandweit Hotels und Pensionen und Bed & Breakfast-Häuser wie Ihres. Auf Standard, Service, Sauberkeit und so.« Er grinste breit und wackelte mit den Hüften. »Na, wie wär's? Wollen Sie mich nicht mal testen?«

»Du bist Tester?« Konny schnappte nach Luft.

Er schaute sie streng an.

»*Sie* sind Tester?«, wiederholte sie, jetzt schon zum vierten Mal, aber sie konnte es immer noch nicht glauben.

Er nickte. »Eigentlich bin ich Journalist. Ich arbeite für verschiedene Gourmetzeitschriften, aber auch für Michelin.«

»Wir sollen einen Michelin-Stern bekommen?« Konny schaute fassungslos.

Bettenberg lachte. Haltlos. Etwas zu haltlos.

Okay, die Annahme, ihre Pensionsküche könnte auch nur einen halben Stern wert sein, war lächerlich. Aber aus Höf-

lichkeit hätte er sich doch auf ein simples Nein beschränken
können.

»Nein«, sagt er schließlich dann doch, eine Lachträne kullert
ihm noch fett über die Stoppelwange. »Ich bewerte auch Hotels aller Kategorien für den deutschen Hotel- und Gaststät-
tenverband. Und für das Traveller's Magazine soll es jetzt
eine Beilage über B&Bs in Deutschland geben.«

»Wow!« Konny war begeistert. Egal, was er über sie schreiben würde – und bei seiner Pingeligkeit gab sie sich da keinerlei Hoffnungen hin –, allein schon in so einer Hochglanz-
magazin-Beilage aufgeführt zu werden wäre ein enormer
Schritt nach vorn.

Trotz schmerz- und erregungsmittelbedingter Umnebelung
las er in ihr wie in einem Buch. »Kein Grund zur Freude. Lassen Sie mich Ihnen zwei Dinge über mich sagen: Ich bin Tester, ich bin schonungslos und ich bin nicht fair, wenn ich
dafür eine schmissige Pointe bekomme.«

»Das sind drei Dinge.«

»Sehen Sie, schon bin ich unfair, und dabei habe ich mit meiner Rezension noch gar nicht angefangen.« Er klopfte neben
sich auf die Matratze. »Aber jetzt hopp!«

Jetzt hopp?

Selbst wenn das jetzt der echte Cary Grant gewesen wäre –
inklusive der zum Dahinschmelzen süßen »Wie rasieren Sie
sich da drin?« – Kerbe am Kinn – und nicht der billige Nach-
bau mit zwanghaftem Reinlichkeitsfimmel und chemisch in-
duzierter Dauererektion, wäre Konny dieser plumpen Aufforderung nicht nachgekommen.

Konnys Blick fiel auf sein kleines, schwarzes Notizbuch, das
in Kissenhöhe auf dem Bett lag. Vermutlich schlief er dar-

auf. Was hatte er in den letzten Tagen alles hineingekritzelt? Hm …

»Das ist unentschuldbar, selbst bei einer Anfängerin«, dröhnte es da plötzlich im Flur. »Verdächtige niemals unbeaufsichtigt miteinander reden lassen, zumal wenn einer von ihnen noch nicht befragt wurde!«

Konny trat zur Seite. Gerade noch rechtzeitig.

Die Tür zu Bettenbergs Zimmer wurde aufgestoßen, und Kommisarin Klum tauchte wie ein schmauchender Drache im Türrahmen auf.

Ein Blick genügte. »Großer Gott … bäh.«

»Je mehr, desto lustiger«, rief Bettenberg und hob seine Decke an. Er war eindeutig im Medikamentendelirium.

»Wir müssen einen Arzt rufen. Er hat in Eigenregie einen wilden Mix aus Viagra und Schmerzmittel wie M&Ms eingeworfen«, sagte Konny.

Frau Klum sah zur Decke. »Mein Job könnte so schön sein, wenn die Menschen nicht wären …«

Jetzt oder nie!

»Oder ist der Notarzt zufällig noch da?« Konny lief zum Fenster und sah hinaus. Dazu musste sie sich über das Bett beugen. Ihr Frotteebademantel klappte auf. Bettenberg, der direkt unter ihr lag, machte mümmelnde Bewegungen mit den Lippen.

»Der Arzt ist schon weg«, sagte Frau Klum und rief in den Flur: »Schulz, Notarzt. Sofort!«

Konny richtete sich wieder auf. Dass sie befriedigt lächelte, lag sicher nicht an den obszönen Schmatzgeräuschen von Bettenberg, sondern war der Tatsache geschuldet, dass sie sein Notizbuch greifen und im Aufrichten in die Tasche des Morgenmantels gleiten lassen konnte.

»Was denn?«, rief Bettenberg, als die beiden Frauen den Raum verließen. »Keine von euch will etwas Spaß? Kommt schon, Mädels, das könnt ihr mir nicht antun!«

»Schulz, Verdächtiger im Drogenrausch. Herkommen und auf ihn aufpassen«, rief Frau Klum.

Bettenberg grinste. Bestimmt dachte er, dass da gerade die kleine Polizistin gerufen wurde.

Wie sich herausstellte, handelte es sich bei Schulz um einen anderen Dienstgrad. Und um ein anderes Format. Wäre man diesem Schulz nachts in einer dunklen Gasse begegnet, hätte man schleunigst das Weite gesucht, auf jeden Fall aber die Straßenseite gewechselt. Riesig, schädelrasiert, tätowiert und in Zivil.

Er sah Bettenberg und Bettenbergs ›Zelt‹, grinste und schoss ein Handyfoto. »Klasse, damit gewinne ich die Revierwette um den erinnerungswürdigsten Einsatz des Monats!«

Konny hoffte für ihn, dass er bei dieser Wette nicht gegen den Forensiker antreten musste, der das Foto von Kriemhild mit der Gummipuppe geschossen hatte. Sonst würde es auf ein Unentschieden hinauslaufen …

Sie grinste.

Das Grinsen verging ihr allerdings, als sie gleich darauf beim Blick in das Moleskine-Notizbuch feststellen musste, dass es offenbar das falsche war. In diesem hier hatte Bettenberg nur seine tägliche Kalorienzufuhr notiert.

Mist!

Leben ist das, was passiert, während du dabei bist, andere Pläne zu schmieden

»Ja, Grüß Gott, hier ist die Svenja.«

Nach einer Nacht, in der man einen Toten gefunden hat, einen Freund für denjenigen hielt, der den Toten vom Leben in seinen jetzigen Zustand befördert hat, und mehrere Stunden mit mehreren anderen Menschen in einem Schrank verbracht hat, reichte ein »hier ist die Svenja« für eine korrekte Zuordung nicht aus.

Fand Konny, die den Anruf in ihrem Büro entgegennahm.

»Äh … grüß Gott«, sagte sie trotzdem nur. Vielleicht würde sich ja im Gespräch ergeben, wer genau diese Svenja war.

»Ich soll fragen … weil Sie doch sonst immer auf die Minute pünktlich liefern … möglicherweise ist die Mail ja auch unterwegs verloren gegangen … oder so.«

Nein, das war nicht wirklich hilfreich. Wem hatte sie in letzter Zeit eine Mail geschrieben?

»Haben Sie schon in Ihrem Spam-Ordner nachgesehen?« Es war ein Schuss ins Blaue, während Konny angestrengt nachdachte.

»Ja … klar … also … vielleicht könnten Sie die Mail einfach noch mal schicken?«

Konny schwieg. Hatte sie nicht schon auf die Erinnerungsmail ihrer Tierärztin bezüglich der jährlichen Auffrischungsimpfung gegen Katzenschnupfen geantwortet?

Svenja, die Gute, hielt Konnys Schweigen offenbar für einen Vorwurf. »Es tut uns wirklich leid, aber Ihre Mail ist hier echt nicht angekommen. Und Redaktionsschluss war

schon vor einer Viertelstunde. Und der Chefredakteur meinte ...«

In Konny jaulte es auf. Scheiße, ihre Kolumne.

»Äh ... natürlich, gar kein Problem. Ich setze mich sofort an
meinen Computer und schicke Ihnen meinen heutigen Beitrag ... äh ... nochmal.«

»Vielen Dank, das ist sehr freundlich. Ja dann, auf Wiederhören.« Svenja klang erleichtert.

Jetzt fiel Konny wieder ein, wer Svenja war. Die Redaktions-
praktikantin. Eine liebe, rotwangige Sechzehnjährige, deren
Zukunft eher nicht im Journalismus lag. Auch nicht im Te-
lefonmarketing.

Tja, die Kolumne.

Konny hatte an diesem Tag alles Mögliche getan, aber natürlich nicht ihren täglichen Mini-Sermon verfasst. Kein Problem, dafür gab es ja die Pufferschublade. Eine Schublade,
voller Texte, die man im Notfall mal eben schnell einschie-
ben konnte.

Natürlich handelte es sich dabei um eine virtuelle Schublade,
genauer gesagt um den Ordner *Puffertexte*.

Sie warf den Computer an, wartete scheinbar endlos lange
Stunden, stellte sich dabei vor, wie der Chefredakteur mit
den Fingern auf seine Schreibtischplatte klopfte und sich
überlegte, wen er an ihrer Stelle als Kummerkastentante verpflichten sollte ...

Nach ihrer fristlosen Kündigung, die noch heute erfolgen
würde. Der Ordner *Puffertexte* war nämlich leergepuffert.

Konny fiel in sich zusammen. Jetzt erinnerte sie sich auch
wieder, dass sie in den letzten Monaten Raubbau an ihrem
Notfallpuffer betrieben hatte – einmal wegen eines Wasser-

rohrbruchs, dreimal während ihrer Frühjahrsgrippe, einmal wegen Lustlosigkeit.

Was sollte sie jetzt machen?

Nun ja, ganz leer war der Ordner nicht. Ein einziger Text fand sich noch. *Weihnachten ganz allein*, hieß er.

Ob sie den umschreiben konnte? Welche Feiertage standen denn an? Konny blätterte in ihrem Kalender. Verdammtnocheins, wieso hatten im Hochsommer selbst die Feiertage Ferien?

Aber so schnell würde sie nicht die Flinte ins Korn werfen. Ärmel hochgekrempelt und das Beste draus gemacht! Sie hatte bereits eine nachgerade geniale Idee …

Liebe Kummerkasten-Konny,

der 15. Juli ist mein Namenstag. Weil ich an Weihnachten Geburtstag habe und es unfair ist, nur einmal im Jahr Geschenke zu bekommen, wurde an meinem Namenstag immer mein Halbzeitgeburtstag gefeiert. Nach dem Tod meiner Eltern hat meine liebe Frau diese schöne Tradition aufrechterhalten. Aber nun ist sie gestorben, und ich bin ganz allein auf der Welt. Mir graut vor meinem Namenstag. Nichts ist schlimmer, als allein zu feiern.

Egon (der sein Leben nicht mehr liebt)

Lieber Egon,

ich glaube ja, wir müssen das Leben nicht lieben, wir müssen nur zulassen, dass das Leben uns liebt. Freude am Leben ist sozusagen unsere Werkseinstellung, wir haben aber im Laufe unseres Lebens gelernt zu glauben, das Leben sei hart oder wir könnten nur dann glücklich sein, wenn dieses oder jenes der Fall wäre.

Falsch.

Vertrauen Sie dem Leben, lassen Sie es durch sich hindurchfließen. Das Leben ist, was es ist, mit Warzen und allem. Akzeptieren Sie, dass Sie allein sind. Wenn niemand Ihnen am 15. Juli eine Freude macht, dann ziehen Sie los, und machen Sie jemanden eine Freude. Schenken Sie einem Nachbarskind ein Spielzeug, helfen Sie in der Suppenküche der Obdachlosenbetreuung aus oder adoptieren Sie einen Hund aus dem Tierheim, nennen ihn Egon junior und feiern Sie von nun an mit ihm Namenstag.

212 / Ja, das ist albern, aber das Leben will lachend gelebt sein. Und Liebe zu geben ist mindestens ebenso schön wie Liebe zu empfangen.

Ihre Konny

Impuls-Kontroll-Störung für Fortgeschrittene
Die Schnüffelschwestern in Aktion

Die laue Sommernacht senkte sich über die K&K-Pension. Eine neue Nacht. Wie es noch viele neue Nächte geben würde. Das Leben geht ja immer weiter, wie eine beliebte Fernsehserie … nur dass manche Darsteller vom großen Drehbuchschreiber im Himmel aus den neuen Folgen herausgeschrieben werden.

Dachte Konny, die einen Hang zur Verklärung des Alltags hatte. Oder zu viele Fernsehserien anschaute. Oder beides.

Ohne konkreten Tatverdacht konnte Frau Klum natürlich keinen der Hausgäste festhalten, aber sie wollten alle noch bleiben. Sara, weil sie – nach eigenem Bekunden – auf die Eltern von Leon warten wollte, die seinen Audi und seine Sachen abholen würden.

»Das glaub' ich einfach nicht! Du willst hier die Witwe geben? Er hatte dich längst abgehakt!«, hatte Freddie gezetert, als sie das erfuhr, und kategorisch erklärt, dass sie dann ebenfalls nicht weichen würde. Und zwar keinen Millimeter.

Richard, der große Blonde, blieb ohnehin immer da, wo Sara war, und da ihm der Transporter gehörte, blieb der kleine Dunkle mit dem Kontrabass auch.

Klaus erklärte, dass er der Band in dieser Stunde der Not beistehen wolle, schließlich sei er ihr Manager.

Nur Bettenberg fehlte. Dem war vom neuerlich herbeigerufenen Notarzt – leider einem anderen, wie Konny feststellen musste – ›Priapismus‹ bescheinigt worden, woraufhin er zur

Beobachtung über Nacht in das Diakoniekrankenhaus verlegt wurde.

Konny und Kriemhild bereiteten in der Küche das Abendbrot zu. Das heißt, Kriemhild bereitete, Konny saß am Küchentisch und trank ein Glas Weißwein.

Draußen im Garten sah man Herrn Hirsch mit der Mistgabel, mit der er regelmäßig den großen Komposthaufen umschichtete, auf Streife gehen.

»Er ist noch nicht vom Haken, weißt du?«

Kriemhild sah vom Gemüseschnippeln auf. »Wer? Herr Hirsch?«

Konny nickte. »Ich habe kein Zutrauen zu dieser Frau Klum.«

Immerhin hatte die Kommissarin vorn an der Straße einen Streifenwagen abgestellt, der allzu eifrige Presseleute – oder einen Mörder, der an den Ort seiner Tat zurückkehren wollte – davon abhalten sollte, sich dem Haus zu nähern.

Das Gelände war natürlich zu groß, als dass zwei Streifenbeamte es erfolgreich abriegeln konnten. Darum hatte es auch schon ein paarmal geblitztlichtet, und sie mussten alle Rollläden herunterlassen und alle Fensterläden schließen. Weil es tagsüber wieder ordentlich aufgeheizt hatte, war es im Haus heiß wie in einer Sauna.

Kriemhild trug nichts weiter als eine hellgraue Kittelschürze – für sie ein exorbitantes Bekenntnis zu Farbe –, Konny ein weißes Tanktop und bunt gestreifte Shorts.

»Hör mal, es ehrt uns, dass wir Herrn Hirsch helfen wollten, aber du siehst ja, was uns das eingebracht hat«, sagte Kriemhild. Die Schnippel-Phase war mittlerweile abgeschlossen, jetzt wurde vermengt. »Von jetzt an sollten wir damenhafte Zurückhaltung walten lassen.«

»Wir können doch wenigstens das Naheliegende tun.« So leicht warf Konny nicht die Flinte ins Korn. Und damenhafte Zurückhaltung war so gar nicht ihr Ding.

»Das Naheliegende? Sein Sparschwein knacken und mit ihm nach Südamerika fliehen – in ein Land ohne Auslieferungsvertrag?«

Die Schwestern hatten ihm damals geholfen, seine Sachen zu packen, als er – vorübergehend, woran alle fest glaubten – zu ihnen gezogen war. Sie wussten daher, dass er diverse Vermögensanlagen besaß. Es würde sich zweifelsohne finanziell lohnen.

Amenhotep, der offiziell natürlich nie in die Küche durfte und ebenso natürlich ständig in die Küche geschlendert kam, lag – in beinahe obszöner Pose, mit hoch erhobenem Hinterlauf – oben auf dem Küchenschrank, schleckte seine linke Hinterpfote und schaute dabei griesgrämig zu ihnen hinunter, als ob er verstehen könnte, dass die Schwestern einen Umzug planten. Wobei er, der Genetik geschuldet, immer so aussah, als würde er über irgendetwas die Nase rümpfen. Sein kleiner Nacktschädel hatte drei tiefe Furchen, die ihm, zusammen mit dem leicht nach innen gewölbten Maul, ein ständig unzufriedenes Aussehen verliehen. Womöglich hätte er mit einer etwas fröhlicheren Lebenseinstellung seine Falten glätten und sein Mäulchen vorstülpen können, und er tat das nur nicht, weil er tatsächlich andauernd unzufrieden mit dem Zustand der Welt war – verdenken könnte man es ihm ja nicht.

»Sei nicht albern. Ich will nicht mit Herrn Hirsch im brasilianischen Urwald eine Kommune gründen.« Konny leerte mit einem einzigen großen Schluck ihr Weinglas. Auf den

Komfort der zivilisierten Welt verzichten? Never! »Aber wir könnten die Zimmer und das Gepäck unserer Gäste durchsuchen, während sie beim Abendessen sind.«

»Bist du *komplett* irre?«

»Nein, da fehlt noch ein bisschen, aber ich arbeite daran. Danke der Nachfrage!« Konny grinste.

»Manchmal möchte ich spontan mit dir ans Meer fahren – nur du, ich und ein Sack Zement.«

»Jetzt hab dich nicht so. Wenn wir ihnen Alkohol bis zum Abwinken spendieren, kommen sie uns nicht in die Quere.«

»Du spinnst ja«, wetterte Kriemhild. »Was soll das denn bringen? Also ob einer von denen in einer Schublade ein Bekennerschreiben hinterlegt hätte. Pö.«

Aber sie sagte es nicht mit der für sie sonst so typischen Finalität. Ihre Entschlossenheit hatte Ritzen, und Konny plante, wie ein Sonnenstrahl durch diese Ritzen einzufallen und Kriemhild Erleuchtung zu bringen.

»Jetzt überleg doch mal. Wir suchen ja nicht nach handfesten Beweisen. Nur nach möglichen Motiven.«

»Das hat die Polizei schon getan.«

»Die Mannen von Frau Klum haben nur die Personalien und die Aussagen aufgenommen, nicht das Gepäck durchwühlt. Es liegt an uns, die Hintergründe aufzudecken. Was soll es schaden, wenn wir das tun? Mit unserer Lebenserfahrung sehen wir Dinge, die jüngere Leute nicht richtig einschätzen können.« Konny trat neben ihre Schwester und raunte fast hypnotisch: »Die Polizei hat sich doch schon auf Herrn Hirsch eingeschossen. Die haben, unbewusst natürlich, nur nach Hinweisen gesucht, die diesen Verdacht untermauern. Wir wissen, dass er es nicht war, und können über den Tellerrand schauen.«

Kriemhild brummte.

Amenhotep schlug mit seinem Schwanz gegen die Schrankwand. *Plop, plop, plop.*

Motivationsreden brauchen immer auch eine optische Komponente. Konny zeigte auf das Foto, das hinter der Glasscheibe der Anrichte steckte. Es zeigte sie und Kriemhild kurz nach dem Abitur vor dem Cabrio ihres Vaters. Kurz danach hatten sich ihre Wege getrennt. »Sieh uns an. Schlaghosen, wilde Mähne, Zigarette im Mundwinkel. Das, was wir damals waren, steckt immer noch in uns. Wir waren wild, abenteuerlustig, neugierig auf das Leben! Wir wollten den Dingen auf den Grund gehen!«

»Wir lehnen uns an ein geparktes Auto. Sehr tollkühn.«

Plop, plop, plop machte der Schwanz von Amenhotep an der Schrankwand.

Konny spielte die letzte Trumpfkarte aus. »Unser Haus, unsere Regeln!«

Kriemhild, die sich zugegebenermaßen immer als Königin Elizabeth die Erste sah, mit der Pension als ihrem Reich und den Gästen als ihren Untertanen, atmete tief ein. »Was genau hast du vor?«

»Ich habe da keinen Generalstabsplan. Wir machen einfach die Meute betrunken und durchsuchen anschließend ihre Zimmer!«

Plop, plop, plop.

Konny hielt den Atem an.

»Meinetwegen, füll sie ab.« Kriemhild sah sie dabei nicht an.

»Ich könnte dich küssen«, jubelte Konny. Sie beließ es nicht bei ihrer Drohung, sondern lief zu ihrer Schwester und drückte ihr einen Kuss auf die Wange.

»Igitt! Holt Jod und heißes Wasser, ein Hund hat mich ge-küsst!«, zitierte Kriemhild Lucy aus den *Peanuts*, in leicht angewidertem Tonfall, aber – potzblitz! – mit so was wie ei-nem Lächeln.

Konny eilte in den Keller, schnappte sich einen Flaschen-korb, füllte ihn mit Sekt und Wein und ging zum Salon.

Vor der Tür blieb sie kurz stehen, holte tief Luft, setzte ihre Trauermiene auf und trat ein.

»An einem so tragischen Tag wie heute sollten wir mitein-ander anstoßen …« Hoppla, das klang angesichts der Um-stände zu frivol. Schnell schob sie »… in Gedenken an Leon« nach und stellte die Flaschen auf den Tisch. Die vier verblie-benen Bandmitglieder und ihr Manager hatten sich hier zu-sammengerottet, als ob sie das Gefühl hätten, in der Gruppe eine Chance gegen den Sensenmann zu haben, als ob Gevat-ter Schnitter keinen von ihnen niedermähen würde, wenn sie nur eng genug beieinander saßen.

Klaus war aufgesprungen, als Konny eintrat. Natürlich nicht, weil er ein Gentleman war, der ihr die Last erleichtern wollte, sondern weil er nachsehen wollte, welche der Flaschen in dem Korb, den Konny hereintrug, ihn am meisten anlachte und gleich von ihm geleert werden würde.

»Zu dem, der immer einen Korkenzieher mit sich führt, kommt der Wein von ganz allein«, lachte er und zog sein Schweizermesser aus der Hosentasche. »Ich öffne mal den Trebbiano.«

Der war zwar für den Salat gedacht, aber wenn er den trin-ken wollte, dann nur zu. Hauptsache, er trank.

»Ich bekomme keinen Schluck hinunter.« Freddie trauerte offenbar wirklich.

»Nur einen einzigen. Trinken Sie auf Leon, auf die Erinnerung an ihn.« Konny schämte sich ein wenig für ihre Taktik, aber sie wusste, wie schnell aus einem Schluck eine ganze Flasche werden konnte. Und war es nicht sogar ein Segen für die arme Freddie, wenn sie sich ins Vergessen trank?

»Was hat er am liebsten getrunken?«, erkundigte sich Konny. »Sollten wir das da haben, machen wir es auf.«

»Champagner«, schluchzte Freddie und murmelte unter Tränen etwas, das – in freier Interpretation – wie »er sah darin ein Symbol für seinen Erfolg, irgendwann wollte er darin baden« klang.

»Wir haben eine Flasche Taittinger im Haus, die wird sofort geköpft. Und für die anderen?«

»Bier«, sagte der große Blonde.

»Bier«, sagte der kleine Dunkle.

»Für mich natürlich auch Champagner. Von mir hat Leon das ja überhaupt erst. Die Vorliebe für das feine Leben. Früher hat er nur Bier getrunken.« Sara spuckte die Worte förmlich aus.

Freddie reagierte nicht darauf, was Sara sichtlich ärgerte. Nichts bringt einen schneller auf die Palme, als wenn die spitzen Bemerkungen, die man gezielt abschießt, ihr Ziel verfehlen und ins Leere gehen.

»Es läuft wie geschmiert«, raunte Konny Kriemhild zu, als sie in die Küche kam.

»Wenn das mal gutgeht.« Kriemhild sah in die Nacht hinaus. »Ich hole Herrn Hirsch herein. Sonst stolpert er im Dunkeln noch und fällt in die Mistgabel. Ein Toter reicht!« Sie wischte sich die Hände an der Schürze ab und ging nach draußen.

Konny holte den Champagner und mehrere Flaschen Bier aus dem Keller. Bei Klaus hatte sie keine Bedenken, der würde sich auch heute wieder betrinken. Es durfte ihnen nur weder Wein noch Bier ausgehen.

Aber die anderen nahmen vielleicht wirklich nur einen Schluck und würden dann auf ihr Zimmer gehen wollen. Das musste sie verhindern. Nur wie?

Ihr fiel die Schachtel mit Sedativa ein, die ihr der Notarzt für Bettenberg gegeben hatte. Wenn sie nun die Tabletten pulverisierte und in die Getränke gab? Natürlich nicht alle, nur ein paar …

Konny war keine Frau, die lange darüber nachdachte, ob eine Idee gut oder schlecht oder moralisch verwerflich oder gar gefährlich war. Gesagt, getan, das war ihr Motto.

Sie gab zwei Tabletten – plus eine als Puffer und noch eine, weil dann die Schachtel leer war – in den Mörser und zerstieß sie. Dann verteilte sie das Pulver in den Champagner und die Biere und kam sich dabei vor wie Lukrezia Borgia.

»Was machst du da?«, wollte Kriemhild wissen, die mit Herrn Hirsch zurückkam.

»Nichts!«

»Dein unschuldiger Augenaufschlag verrät dich.«

»Ach Unsinn. Ich serviere jetzt die Getränke.«

»Nimm erst den Kater vom Schrank. Das Tier muss hier raus.«

Konny ging zum Schrank und hob die Arme. »Amenhotep, mein Schatz, wir gehen heute Abend auf Schatzsuche!«

Hinter ihr trat Herr Hirsch an den Küchentisch und griff nach einer der beiden geöffneten Bierflaschen.

In letzter Sekunde nahm Konny im Fensterglas des Küchen-

schrankes eine Bewegung war. Gerade noch rechtzeitig wir- / 221
belte sie herum. »Nicht trinken! Das ist für die Gäste!«
Dummerweise war genau das der Moment, indem Amen-
hotep in ihre Arme springen wollte. Er sprang folglich ins
Leere. Was er nicht wirklich witzig fand. Obwohl er natür-
lich unversehrt auf allen vier Pfoten aufkam. Er trollte sich
beleidigt.
»Tuberkuloseimpfung!« Herr Hirsch wirkte verschreckt.
»Ist da was drin?« Kriemhild zeigte auf die Flaschen. Sie hat-
te ihre Berufung verfehlt.
»Du hättest Amateurdetektivin werden sollen«, sagte Konny
folgerichtig. »Moment mal, du *bist* ja Amateurdetektivin!«
»Was hast du ins Bier getan?«
»Das willst du gar nicht wissen.«
Konny nahm das Tablett mit den Flaschen und ging in den
Salon. »So, hier bitte. Champagner für die Damen, Bier für
die Herren. Du hast ja deinen Wein.« Letzteres sagte sie zu
Klaus. Die Flasche in seiner Hand war schon mehr als halb
leer. »Ich hole dir noch Nachschub.«
»Ja, bitte. Lecker das Zeug.«
»Aber erst wollen wir unsere Gläser auf Leon erheben.« Kon-
ny wurde bewusst, dass sie kein Getränk hatte. Sie musste
sich wohl oder übel ein wenig Champagner einschenken.
»Auf Leon«, riefen sie unisono.
Alle tranken. Konny benetzte nur ihre Lippen und wischte
sie flugs mit dem Ärmel wieder ab. Gott sei Dank achtete
niemand auf sie.
Und wie sie erwartet hatte, blieb es nicht bei einem Schluck.
Auch Freddie leerte ihr Glas und ließ es geschehen, dass
Konny ihr und Sara nachschenkte. Konny holte noch eine

zweite Flasche Wein aus dem Keller, die sie Klaus in die Hand drückte. Bei ihm reichte der Wein, der brauchte weiter nichts.

»Wenn ich Sie jetzt einen Moment allein lassen darf. Meine Schwester und ich sichern das Haus vor den Paparazzi. Der Esszimmertisch ist eingedeckt. Bitte bedienen Sie sich, wenn Sie mit dem Apéro fertig sind.«

Konny warf einen letzten Blick in die Runde.

Alle wirkten ein wenig mitgenommen. Ob von den Ereignissen der letzten Stunden oder bereits aufgrund der Sedativa in den Gläsern und Flaschen – wer konnte das sagen?

Klausens Kartause

»Wir fangen unten an«, flüsterte Konny. Sie lief in ihr Zimmer. Die Reisetasche von Klaus musste sie nicht lange suchen. Er hatte sie fett auf ihrem Bett geparkt.

Konny wollte hineingreifen.

»Nicht!«, zischelte Kriemhild. »Willst du überall Fingerabdrücke hinterlassen?« Sie reichte Konny ihre gelben Spülhandschuhe. »Hier.«

»Die sind doch viel zu dick. Da spüre ich absolut nichts drin.« Wie oft hatte sie das schon von Männern gehört, aber da ging es um andere Gummiwaren …

»Du hast ja recht, Sicherheit geht vor.« Konny bemühte sich, aber hier zeigte sich, dass sie und ihre Zwillingsschwester nicht eineiig waren. »Ich komm da nicht rein. Was ist denn das für eine Größe?«

»Gib schon her. Alles muss man selber machen!« Kriemhild

zog sich in null Komma nichts die Gummihandschuhe über, tauchte mit beiden Händen in die Reisetasche und wühlte. Und zog zerknitterte, blaugrün karierte Boxershorts hervor. Die sie gleich darauf ausschüttelte, glatt strich und faltete.

Konny zählte innerlich auf zehn.

Als Nächstes brachte Kriemhild eine graue und gleich darauf eine beige Socke hervor. Sie zog die beiden in die Länge, legte sie übereinander und rollte sie ein.

Konny wollte erneut innerlich auf zehn zählen. Bei drei hielt sie es aber nicht länger aus. Sie schubste ihre Schwester beiseite.

»Lass mich das machen.«

»Nein …«

»Kriemhild! Du nervst!« Konny fasste mutig in die dunklen Untiefen der Reisetasche und wirbelte den Inhalt heraus wie Konfetti auf einer Silvesterparty. T-Shirts, weitere Socken und Boxershorts, eine Bürste, ein Erotikheftchen und ein halb gegessener Müsliriegel landeten auf ihrem Bett und dem Bettvorleger.

Kriemhild bückte sich.

»Untersteh dich!«, fauchte Konny. »Wenn er seine Sachen ordentlich zusammengelegt vorfindet, riecht er doch den Braten. Wir stopfen das alles wieder in die Reisetasche und gut.«

»Wonach suchst du eigentlich?«

»Ich suche Indizien. Irgendeine Kleinigkeit, die für sich genommen gar nichts zu bedeuten scheint, aber am Ende erfahren wir durch sie, was heute Nacht tatsächlich passiert ist.«

Kriemhild verschränkte die Arme. »Und? Welche aussagekräftige Kleinigkeit hast du zwischen seiner Schmutzwäsche entdeckt?«

»Das hier!« Konny schaute triumphierend. Sie hielt das froschgrüne Hemd in Händen. »Ich bin ganz sicher, dass ich ihn gesehen habe, wie er vor seiner offiziellen Ankunft im Wald herumgeschlichen ist. Warum hat er das getan?«

»Weil er als Städter zur Abwechslung einmal frischen Sauerstoff einatmen wollte? Das ist wie Rohmilch trinken – einmal im Leben muss man das getan haben.« Kriemhild schien von einem Hemd allein nicht überzeugt. Sie zeigte mit ihrer Adlernasenspitze auf den Boden. »Schau da mal rein.«

»Wo rein?«

»In den Umschlag.«

Konny fischte aus dem Kleiderhaufen auf dem Bettvorleger einen schludrig geöffneten Umschlag hervor. Sie zögerte kurz. »Das stellt eine grobe Verletzung des Postgeheimnisses dar.«

»Ach? Und das findest du jetzt bedenklich? Nachdem du seine Privatsphäre schon längst geschändet hast?«

Konny zog einen Brief aus dem Umschlag. »Er ist von Leon!«, hauchte sie. Nachgerade begeistert. Rasch huschte ihr Blick über die wenigen Zeilen.

Jeder andere hätte »Was steht drin?« gerufen. Nicht so Kriemhild. Sie stand da wie eine Eins. Unbeweglich. Das ideale Modell für jeden Bildhauer, der sie aus einem Marmorblock heraussculpturen wollte.

Konny sah auf. »Klaus soll Tantiemen unterschlagen haben, die eigentlich der Band zustanden.«

»Und das wundert dich?«

Konny ging in sich. Klaus hatte vor ihr angefangen zu stu-

dieren und war lange nach ihr noch nicht fertig gewesen, / 225
und wann immer er nicht bekifft war, war er betrunken. Hatte einer wie er überhaupt genug Energie, um Gelder zu unterschlagen? Aber man steckte nicht drin in einem anderen Menschen. War aus dem Punk ein Psychopath geworden?

»Tja, jetzt wissen wir, wer Leon ermordet hat«, erklärte Kriemhild. »Es war Klaus.«

Konny stopfte den Brief wieder in den Umschlag. »Mach dich nicht lächerlich. Das ist ein Indiz, kein Beweis. Selbstverständlich müssen wir alle überprüfen.«

Kriemhild zuckte mit den Schultern. »Ich glaube zwar, dass du nur neugierig in der Intimsphäre der anderen herumschnüffeln willst, aber bitteschön, wenn du meinst …«

»Ja, ich meine. Auf nach oben!«

Leons Liebesnest

»Willst du nicht im Esszimmer nachsehen, was die anderen machen?«, fragte Kriemhild, als Konny auf Zehenspitzen direkt zur Wendeltreppe schlich.

»Bloß nicht! Die wollen sonst nur irgendwas. Jetzt komm schon.«

Konny, die mindestens das Doppelte von Kriemhild auf die Waage brachte, schlich auf Zehenspitzen lautlos über die Holzstufen und war schon fast oben, als es hinter ihr lärmte wie eine Elefantenhorde, die durchs Unterholz bricht.

»K-r-i-e-m-h-i-l-d!«, zischelte Konny.

»Was denn? Soll ich in meinem eigenen Haus wie ein Einbrecher herumschleichen?«

»Wenn du gerade dabei bist, das Gepäck deiner Gäste zu durchwühlen, dann ja!«

Kriemhild wischte diesen Einwand mit einer Handbewegung beiseite.

»Wir fangen in Leons Zimmer an«, beschied Konny.

»Vergisst du da nicht was?« Kriemhild zeigte auf das polizeiliche Absperrband und das Siegel über dem Türschloss. »Oder hast du beschlossen, dir heute ein neues Hobby zuzulegen – das Sammeln von Straftaten?«

»Dass du immer so nölig drauf sein musst. Denk doch mal lösungsorientiert!« Konny stellte sich an den Treppenkopf und gab das gurrende Geräusch von sich, das sie immer dann zum Einsatz brachte, wenn sie Amenhotep mit Thunfischfilets fütterte.

Amenhotep, der ansonsten ein Leben in Zeitlupe führte und sich immer erst ausgiebig dehnte und streckte, bevor er sich bewegte, weil sein innerer Personal Coach wusste, dass man Muskeln nicht kalt belasten durften, kam überlichtschnell angerannt. Obwohl er eigentlich immer noch beleidigt sein wollte. Aber in seinem Universum toppte Thunfisch gekränkte Gefühle.

Konny umfasste seine üppige Körpermitte und streckte seine rechte Pfote aus.

»Ja und?«, fragte Kriemhild.

»Warte.« Konny lächelte.

Man hörte das Ticken der Großvateruhr im Flur und die Brise, die draußen aufkam. Von den Gästen hörte man nichts.

»Maunz!«, maunzte Amenhotep ungnädig.

»Achtung … gleich …«, sagte Konny.

Und in diesem Moment fing Amenhotep an, wie ein Wilder

in ihren Armen zu strampeln. Weil Konny ihn nicht losließ, maunzte er noch wütender und fuhr – tada! – seine Krallen aus. Sekundenschnell ratschte Konny mit Amenhoteps rechter Pfote das Siegel durch. Dann ließ sie ihren Kater fallen, bevor der sich in eine Killermaschine verwandelte, vergaß, wer ihn tagtäglich durchfütterte, und sie beide niedermetzelte.

»Voilà!« Konny drückte mit dem Ellbogen die Türklinke nach unten.

»Die Polizei soll dir glauben, dass eine Katze das Siegel durchtrennt hat?«

»Die Spurenlage ist eindeutig! Die können uns gar nichts. Jetzt komm schon.«

Gleich darauf standen Kriemhild und Konny in Leons Zimmer und sahen sich um.

Leon hatte es mit wenigen Handgriffen geschafft, eine maskuline Note zu zaubern. Will heißen, in seinem Zimmer sah es aus, als hätte ein Tornado gewütet. Es war zu vermuten, dass das weniger über die Durchsuchungsmethoden der Polizei aussagte als über Leons Lifestyle.

Überall lagen Klamotten, Zeugs aller Art und sogar Essensreste herum.

»Wie willst du in diesem Chaos etwas finden?« Kriemhild bezog wieder an der Tür Stellung und rührte keinen Finger. Wenigstens stand sie auf diese Weise Schmiere.

Konny sagte nichts. Systematisch arbeitete sie sich durch die am Boden verteilten Kleidungsstücke und – ja – gebrauchten Kondome. Konny und Kriemhild betrieben ihre Pension nun schon seit einem Jahr und waren Kummer gewöhnt. Sie hatten Schlimmeres gesehen.

»Er muss doch ein Handy und einen Laptop gehabt haben«, murmelte Konny.

»Die hat bestimmt die Klum eingesteckt. Die Frau macht ihren Job nicht erst seit gestern.«

Konny sah in den Kulturbeutel, unter das Bett, sogar hinter die Kommode. Sie entdeckte aber nichts weiter als einen eklatanten Mangel an Hinweisen.

»Mist!«, schimpfte sie, runzelte verärgert die Stirn … und erinnerte sich. Erinnerte sich an den Anruf, den sie zufällig mitgehört hatte. »Aber natürlich … er schuldete jemand Geld!«

»Aha. Wir auch. Jede Menge sogar. Und zwar der Bank.«

»Aber wenn die Bank anruft, streitet man sich nicht lautstark. Man vertröstet den anrufenden Banker, sucht Ausflüchte, fährt irrwitzige Versprechungen auf, aber man streitet nicht mit ihm, weil man weiß, er hat die besseren Argumente.« Konny schaute sinnierend. »Nein … ich glaube, er hat sich mit einem Kredithai gestritten.«

Kriemhild gab ein verächtliches Grunzen von sich. »Weil der keine guten Argumente hat? Schon mal was von Baseballschlägern gehört und was die mit Kniescheiben anstellen können?« Sie schüttelte den Kopf. »Schon der Wortteil ›Hai‹ impliziert, dass man solchen Typen gegenüber nicht laut werden sollte.«

Konny war nicht überzeugt. »Vielleicht wollte der Geldeintreiber ihn gar nicht tot fahren. Vielleicht dachte er, Leon würde zur Seite springen? Vielleicht war es ein Unfall?«

»Und vielleicht gibt es den Osterhasen wirklich«, höhnte Kriemhild.

»Sei doch mal bitte ernst«, bat Konny. »Das würde auch den

ominösen Zelter erklären, den ich gesehen habe!« Wobei sie
ja den Zelter gar nicht richtig gesehen hatte, nur sein Zelt –
und welcher Geldeintreiber las schon Walt Whitman?
Aber egal, es würde so manches erklären. »Und es macht
Sinn, dass es jemand von außen war! Wem von unseren Gäs-
ten würdest du schon einen eiskalten Mord zutrauen?«
Kriemhild wollte etwas sagen, aber Konny schnitt ihr das
Wort ab: »Eben! Die sind doch alle harmlos.«
»Eher ahnungslos und unfähig.«
»Wie auch immer. Es muss einfach jemand von außen gewe-
sen sein! Man spürt doch, wenn jemand so eine grausame
Tat begangen hat. Mörder erkennt man an den gefühllosen
Augen!« Konny lief zu Hochform auf. Nicht, dass sie schon
jemals einem Mörder in die Augen geblickt hätte. Aber es
klang wahr und richtig.
Und weil beide miteinander und nicht mit ihrer Umgebung
beschäftigt waren, bemerkten sie nicht, wie draußen im Flur
ein Schatten vorbeihuschte.
Kriemhild verschränkte die Arme. »Also schön, du hast recht.
Der Kredithai ist der Mörder!«

Im Serail der Sara

Jeder im Hotelgewerbe kennt das. Mitunter gibt es Gäste, die
einem Zimmer ihren ganz eigenen Stempel aufdrücken. Duftkerzen, über Stühle drapierte Tücher, Nippes – ein Dutzend
Kleinigkeiten, die aus einer unbelebten Durchgangsstation
ein individuelles Refugium machen.
Im Zimmer von Sängerin Sara war genau das der Fall.

»Wie rührend. Sie ist ständig unterwegs und schafft es doch, der Fremde einen Hauch von Heimat zu verleihen«, seufzte Konny.

»Die Kerze hat auf den Nachttisch gewachst. Das gibt Flecke auf dem Holz.« Kriemhild neigte nicht zu romantischen Verklärungen. »Warum willst du dich hier überhaupt umschauen, wenn du glaubst, dass es der Schuldeneintreiber war?«

»Wenn man etwas tut, muss man es gründlich tun, alles andere ist Zeitverschwendung«, dozierte Konny.

»Aus dir spricht unser Vater.«

»Der Mann hatte recht.« Konny zog die Schubladen des Schminktisches auf. Außer säuberlich gereihten Make-up-Utensilien war darin nichts zu finden.

»Aha!« Kriemhild zeigte auf den Papierkorb. Sara hatte ein Blatt Papier in kleine Schnipsel gerissen.

»Du liebst doch Puzzles. Setz sie wieder zusammen«, sagte Konny.

Kriemhild bockte. »Ich fass hier nichts an.«

Also fischte Konny die Schnipsel heraus und bastelte ein wenig. Hin und wieder gab Kriemhild Anweisungen. Da Sara das Papier nicht geschreddert, sondern nur in Klein- und Kleinstteile zerfleddert hatte, ging es recht schnell.

»Das ist … nein, das ist doch nicht möglich … das ist … großer Gott … kann das wirklich sein?« Konny war fassungslos.

Neugierig beugte sich Kriemhild über ihre Schulter.

Es war der ›Lieferschein‹ einer eBay-Verkäuferin. Eigentlich nur ein Anschreiben mit ein paar erklärenden Worten und einem Dankeschön für die Zahlung.

»So was kann man bei eBay ersteigern?« Kriemhild presste

die Lippen zusammen. Die moralische Empörung troff ihr aus allen Poren. »Wer verkauft so was?«

Konny wusste darauf keine Antwort.

Sara hatte bei eBay per Sofortzahlung einen positiven Schwangerschaftsteststreifen erstanden.

»Wer verkauft so was?«, wiederholte Kriemhild. »Das ist doch krank! Und wer kauft so was? Das ist doch noch kränker!«

»Offenbar jemand, der seinem Lover eine Schwangerschaft vortäuschen will, um ihn zurückzugewinnen.« Konny, die immer noch auf dem Teppichboden vor den frisch vereinten Papierschnipseln saß, sah zu ihrer Schwester auf.

»Und weil es nicht geklappt hat, hat sie ihn über den Haufen gefahren.«

Kriemhild nickte wissend. »Sara ist die Mörderin!«

Die Beatles ohne John

Das Zimmer, in dem der Kontrabassspieler untergebracht war, hätten sie eigentlich als Dunkelkammer für Analogfotografen oder als Dark Room für Wochenend-BDSMler vermieten können. Durch den üppigen Walnussbaum direkt vor dem Fenster war es hier drin immer etwas dunkel. An bewölkten Tagen nahezu nachtschwarz. Galecki hatte außerdem die Vorhänge vorgezogen.

Die Schwestern mussten nicht lange durch seine Schmutzwäsche wühlen – das mögliche Motiv, warum er Leon hätte ermorden wollen, lag unübersehbar mitten auf dem kleinen Beistelltisch neben dem Bett.

»Ein neuer Vertrag. Genauer gesagt, eine Vertragsergänzung.«

Konny blätterte die zwanzig Seiten durch. Es wurde ihr leicht gemacht, die relevanten Stellen zu finden und laut vorzulesen. Jemand hatte sie mit einem gelben Marker hervorgehoben, weil sie offenbar vom ursprünglichen Vertrag abwichen. Es ging darum, dass der Kontrabassist mehr Prozente von den Einnahmen verlangte, weil er so gut wie alle Songs der Band schrieb. Es gab auch ein Ultimatum, bis wann der neue Vertrag unterschrieben werden musste, andernfalls würde er die Band verlassen.

»Moment mal«, widersprach Kriemhild. »Wenn er mehr Geld wollte, dann hatte doch Leon ein Motiv, *ihn* umzubringen. Nicht andersherum.«

Darauf fiel Konny zwar so schnell auch nichts ein, aber sie konnte nicht nichts sagen. Die Schwesternehre verlangte es, grundsätzlich erst mal zu widersprechen.

»Womöglich hat sich Leon geweigert, den neuen Vertrag zu unterschreiben und … es kam zu einem Streit und … und Dingelskirchen ist im Affekt auf den Aufsitzrasenmäher gesprungen und hat Leon umgenietet.« Sie konnte sich einfach seinen Namen nicht merken.

»Das ist Quatsch.« Kriemhild hob ein Anschreiben hoch, das Konny für ein anweltliches Begleitschreiben der Kanzlei des kleinen Kontrabassisten gehalten hatte, das aber in Wirklichkeit von Leons Rechtsbeistand stammte. »Aber das hier ist ein gutes Motiv.«

Konny nahm ihr den Bogen ab. »… setzen wir Sie hiermit in Kenntnis, dass wir Ihrer Behauptung, der Autor der folgenden musikalischen Werke zu sein … entschieden widersprechen …« Konny gluckste. »Leon wollte ihm also die Urheberschaft der Songs aberkennen!«

Kriemhild nickte. »Und das, meine Liebe, ist ein sehr gutes / 233
Mordmotiv. Damit wären nämlich sämtliche Tantiemen für
die Songs der Band für alle Zeiten in Leons Taschen geflossen.
Ich sage dir, Galecki war es!«
»Wer?« Konny und Namen. Das wurde in diesem Leben
nichts mehr.
»Galecki! Der Kontrabassist! Er ist der Mörder!«

Freddie forever

»Das erste normale Zimmer bislang«, konstatierte Kriemhild.
Sängerin Freddie war ein Vorbild an Normalität. Man sah,
dass das Zimmer belegt war, aber sie hatte es weder in einen
Müllplatz noch in eine Anzeige aus *Schöner Wohnen* verwandelt. Ein Liebesroman auf dem Nachttisch, Kosmetika im Badezimmerschrank, das getragene Blümchenkleid von gestern
auf einem Bügel am offenen Fenster, zum Auslüften.
Konny suchte nur halbherzig, weil es so offensichtlich nichts
zu finden gab.
Kriemhild sah unter der Matratze nach. »Da habe ich früher
immer meine Liebesbriefe versteckt.«
»Du hast Liebesbriefe bekommen?« Konny hatte nicht ganz
so ungläubig klingen wollen, aber nun war es zu spät. »Ich meine ja nur, ich habe nie einen handgeschriebenen Liebesbrief
bekommen«, schob sie kleinlaut hinterher.
Kriemhild guckte giftig. »Mädchen, die leicht zu haben sind,
bekommen keine Post von Jungs. Ist ja auch nicht nötig. Aber
die Eisprinzessinnen dieser Welt können sich vor Briefen von
mutigen Eroberern kaum retten!«

Konny rollte mit den Augen.

»Wenn du auf den pickeligen Heribert Horlacher anspielst, für den du bis zum Abi geschwärmt hast, dann wisse, dass du mich mit ihm nicht eifersüchtig machen kannst. Der war eine Schnarchnase.«

»Aber er war *meine* Schnarchnase.« Das machte den Unterschied.

»Als ob er dir je auch nur einen Kuss gegeben hätte.« Konny war sich ziemlich sicher, dass ihre Schwester bis zum Studium Jungfrau gewesen war. Im Gegensatz zur allgemeinen Annahme, eineiige Zwillinge würden alles, wirklich alles miteinander teilen, hatten Konny und Kriemhild ihre Liebeseskapaden (Konny) beziehungsweise Liebesnichteskapaden (Kriemhild) stets für sich behalten.

»Eine Dame genießt und schweigt.« Kriemhild zupfte die Bettwäsche wieder glatt.

»Jedenfalls schreibt man sich heute keine Briefe mehr«, erklärte Konny. »Man textet sich auf Twitter 140 Zeichen oder snapchattet oder schickt sich Instagram-Fotos mit einer Million Emojis. Ich glaube, an den Schulen wird Schreiben mit der Hand heutzutage gar nicht mehr unterrichtet.«

Die Schwestern sahen sich um.

»Nichts, absolut gar nichts. Und du weißt, was das heißt?«, fragte Konny.

»Immer die, die völlig unschuldig wirken, sind es gewesen.« Kriemhild nickte. »Freddie ist die Mörderin!«

Richards Räuberhöhle
/ 235

»Wie kann das angehen? Der Kerl ist doch nur mit einer Reisetasche und einem Saxophonkoffer angereist?«

Mit offenen Mündern starrten Konny und Kriemhild in das
hellblaue Eckzimmer, in dem Richard untergebracht war.
Nach nur zwei Nächten ähnelte es der Wohnung eines Mes-
sies. Leons unordentliches Zimmer war nichts dagegen. Überall Zeitschriften, Klamotten, Krimskrams, diverse Lebensmit-
telpackungen.

»Hat der das hier im Haus zusammengetragen?« Kriemhilds
Nase witterte Mundraub und illegalen Hummel-Figuren-
Transfer. Sie senkte den Kopf wie ein Bluthund und machte
sich auf die Suche nach Vertrautem.

Konny ging die Schubladen und Schränke durch. »Nichts …
auch nichts … noch weniger … verdammt!«

»Ha!«, triumphierte Kriemhild unterdessen am Fensterbrett.
»Der Meisenknödel ist von uns!«

»Ja, den habe ich da hingehängt.«

»Im Hochsommer?« Kriemhild schüttelte den Kopf. »Man
soll Singvögel nur füttern, wenn es absolut nottut. In strengen Wintern mit viel Schnee!«

»Ich habe den Knödel im Keller gefunden. Der vergammelt
doch da nur. Und außerdem muss man die Meisen daran
erinnern, wo sie in strengen Wintern einen Happen Essbares
finden. So ein Meisengehirn merkt sich das nicht eben so
über acht Monate hinweg.« Konny zeigte sich kein bisschen
schuldbewusst.

»Deswegen müffelt das hier so!« Kriemhild riss das Fenster
auf, um ordentlich durchzulüften. Dabei fiel eine kleine Schachtel vom Sims auf den Parkettboden.

Die Schwestern bückten sich gleichzeitig danach und das mit solcher Schnelligkeit, dass sie – hätten sie ihre Köpfe nicht in letzter Sekunde abgewendet – zweifellos beide eine Gehirnerschütterung davongetragen hätten.

Kriemhilds Arm erwies sich als der längere. Siegreich hob sie die Schachtel hoch und öffnete sie. Im mit Samt ausgeschlagenen Inneren befand sich ein Ring.

»Leck mich!«, rief Konny.

»Kornelia! Ausdrucksweise!« Kriemhild ließ gern mal die Ältere heraushängen. »Da ist etwas eingraviert.«

Die beiden steckten die Köpfe zusammen. Nützte natürlich nichts.

»Hast du deine Lesebrille dabei?«, fragte Konny.

»Liegt unten in der Küche.«

Sie blinzelten angestrengt.

»Für meinen …«, fing Konny an.

»… Engel Sara«, beendete Kriemhild.

Die Schwestern sahen sich an.

»Er ist nicht nur völlig in Sara verknallt, er hat sogar schon einen Ring für sie?« Konny ahnte Schlimmes.

»Obwohl sie ihm nie mehr als die kalte Schulter gezeigt hat?« Kriemhild wirkte beeindruckt. »Das nenne ich positives Denken.«

»*Ich* nenne das ein Motiv. Er wollte seinen Nebenbuhler aus dem Weg räumen, um die Frau für sich zu gewinnen.« Konny seufzte. »Schade, ich habe den großen Blonden immer gemocht.«

Bettenbergo

Nur der Vollständigkeit halber gingen sie auch noch in das Zimmer von Holger Bettenberg. Es roch eklatant nach Mückenspray und antibakteriellem Allzweckreiniger.

»Der Mann ist doch krank«, schimpfte Kriemhild und öffnete das Fenster.

»Im Alter werden wir alle etwas eigenartig.« Konny wollte ihn gar nicht wirklich in Schutz nehmen, sie war nur grundsätzlich auf die Rolle des Advocatus Diaboli gepolt. Mit dieser Werkseinstellung war sie schon auf die Welt gekommen.

»Eigenartig? Sprich nur für dich. Ich bin völlig normal.« Kriemhild sah in der Nachttischschublade nach. »Grundgütiger, eine komplette Apotheke.«

»Das meiste sind harmlose Nahrungsergänzungspräparate«, rutschte es Konny heraus. Am liebsten hätte sie sich für ihren Anfall von alles verstehender Nächstenliebe geohrfeigt. Sie trat in den Schrank, der als Badezimmer diente.

»Die beiden kannten sich doch gar nicht«, sinnierte Kriemhild. »Warum sollte Bettenberg Leon umbringen wollen? Außer natürlich, bei Bettenberg handelt es sich um einen durchgeknallten Serienmörder.« Kriemhild hob eine der weißen Feinrippeingriffunterhosen von Bettenberg hoch, in die – von fachkundiger Hand – kleine Namenszüge eingestickt waren. *Dr. Holger Bettenberg.* »Wobei ich den Serienmörder durchaus für möglich halte. Wer sonst verewigt sich in seiner Unterhose mit Doktortitel? Lässt er sich beim Koitus auch mit Herr Doktor ansprechen?« Kriemhild hob die Augenbrauen und sah Konny fragend an.

Konny ignorierte das und tat so, als hätte sie in seinem Kosmetikbeutel etwas wahnsinnig Interessantes entdeckt. Was sie nicht hatte. Außer, dass er Nassrasierer war.

»Natürlich gäbe es noch eine andere Erklärung dafür ...« Kriemhild faltete die Unterhose und legte sie zurück auf den Stapel im Wäscheschrank. »... warum Bettenberg Leon umgebracht haben könnte.«

»Welche?« Kriemhild war mittlerweile vor dem Bett in die Knie gegangen. Sie zog einen Aktenkoffer hervor.

»Bettenberg ist Auftragsmörder!«

Konny wirbelte herum.

»Und in diesem Aktenkoffer wirst du ein Scharfschützengewehr finden!«

»Leon wurde aber nicht erschossen, sondern überfahren.«

»Bettenberg hatte es anders geplant, aber dann einfach die Gelegenheit ergriffen, die sich ihm bot.« Konny war nie um eine Antwort verlegen.

»Du spinnst doch. Auftragskiller würden sich unauffälliger verhalten. Bettenberg ist einfach ...« Kriemhild verstummte.

»Hoppla, was ist das?« Konny schob ihre Schwester beiseite und beugte sich vor.

Der Aktenkoffer von Bettenberg hatte ein Nummernschloss und war gesichert, aber unter dem Koffer lag – zusammen mit ihm unter dem Bett hervorgezogen – ein zweites schwarzes Moleskine-Notizbuch.

Konny schlug es auf. Das Lesen wäre ihr mit Brille definitiv leichter gefallen, aber Bettenberg hatte eine ausnehmend große Schrift, wenn auch etwas krakelig.

»Das ist ... eine Frechheit sondersgleichen.« Konny sah mit hochrotem Kopf zu Kriemhild auf. »Lies das! Ich fasse es nicht!«

»Was ist das?« Kriemhild war keine Freundin von Bodensitz- / 239
haltungen, aber jetzt rutschte sie neben ihre Schwester und
lugte über deren Schulter in das Notizbuch.
*»Die K&K Pension, benannt nach den Schwestern Kornelia
und Kriemhild ...«*, las Kriemhild.
Konny, mittlerweile noch eine Nuance roter, quasi hummer-
rot, fuhr fort: *»Die Sauberkeit lässt im gesamten Haus zu wünschen übrig, besonders aber in der Küche, in der Tiere ungehin-
dert ein und aus gehen.«*
Konny und Kriemhild sahen durch die offene Tür in den
Flur. Sie meinten, eine Bewegung wahrgenommen zu haben.
Ob Amenhotep womöglich mit seinen Barthaarspitzen wahrgenommen hatte, dass über ihn gesprochen wurde, und sich
nun miauend und buckelkrümmend im Türrahmen materialisierte? Nein, doch nicht. Vermutlich lag er schon längst
wieder in der ... äh ... Küche.
*»Das Personal ist unfähig, auf Sonderwünsche wird nicht ein-
gegangen. Für eine so hochpreisige Pension ist der Umgang mit
den Gästen als höchst unzureichend zu bezeichnen«*, las Konny
weiter. »Unzureichend!«, kreischte sie. Mit diesem Mann hatte
sie geschlafen! Mehr Service ging ja wohl nicht. Und das be-
zeichnete er als unzureichend? Wäre er in diesem Moment
ins Zimmer gekommen, sie hätte ihn mit seinem eigenen Notizbuch niedergeknüppelt. »Will der uns vernichten? Warum
notiert er so einen ...« Scheiß, wollte sie sagen, änderte es
Kriemhild zuliebe aber in: »... Krampf?«
Kriemhild zog eine Haarnadel aus dem geflochteten Kranz
aus grauen Haaren auf ihrem Kopf und stocherte damit im
Schloss des Aktenkoffers herum.
»Was soll das werden?« Konny war skeptisch.

»Wonach sieht es denn aus?«

Zong.

Der Verschluss sprang auf.

»Jetzt werden wir ja sehen, für wen er arbeitet.« Kriemhild schaute verbissen. Kriemhilds Werkseinstellung war das Misstrauen. Sie vermutete hinter Bettenbergs Besuch einen feigen Akt der Konkurrenz. Schließlich gab es in der Gegend noch mehr Pensionen, und der Kampf um die Gäste war hart.

Auch Konny fürchtete das Schlimmste. Was wenn seine vernichtende Kritik dazu führte, dass man ihre Pension wegen Untauglichkeit schloss? Sie waren beide nur Quereinsteigerinnen ins Hotelgewerbe. Selbstverständlich hatten sie sich schlau gemacht und Kurse besucht, aber was wenn sie irgendetwas Essentielles übersehen hatte, das ihnen nun beruflich das Genick brach?

»Aha!« Kriemhild zog ein Ringbuch aus bordeauxrotem Straußenleder aus dem Aktenkoffer. Bettenberg war noch vom alten Schrot und Korn und hatte entweder nicht alles in seinem Smartphone gespeichert oder eine handgeschriebene Sicherungskopie erstellt. Das Ringbuch enthielt nämlich seinen Terminkalender und ein Adressbuch und – Trommelwirbel – einen Abschnitt, der mit *Projekte und Auftraggeber* betitelt war.

Konny hielt die Luft an, Kriemhild blätterte.

Bislang hatten sie immer gedacht, wenn einmal eine schlechte Kritik käme, dann auf Internetseiten wie *TripAdvisor.* Aber ihre Gäste – die in aller Regel durch Mund-zu-Mund-Propaganda den Weg zu ihnen fanden – waren meistens über das Alter hinaus, indem man sich seinen Frust als Online-Troll von der Seele schrieb. Wenn es etwas zu bemängeln gab, wurde es live und in Farbe ausgesprochen, und die Schwestern taten ihr Bestes, um den Mangel zu beheben.

Aber natürlich konnte die Gefahr auch von anderer Seite kommen: ein rufschädigender Verriss im Reise-Teil der *FAZ* oder der *Welt*. Oder ein Reisebericht à la Ich-habe-das-Grauen-gesehen in der *Brigitte*. Konny schluckte schwer. Wilde Visionen bemächtigten sich ihrer. Von wegen, jede Presse ist gute Presse, Hauptsache, sie schreiben deinen Namen richtig. Es gab auch so was wie Rufmord.

»Ach Gottchen«, sagte Kriemhild da, »schau her, er schreibt für die *Bäckerblume* und die *Apotheken Umschau*. Das Mitteilungsblatt der *Fleischer-Innung Oberbayern* nicht zu vergessen.«

»Die veröffentlichen Hotelbewertungen?«

»Nein, aber das sind Auftraggeber von ihm. Seine Hotelkritiken schreibt er für … warte …« Sie blätterte weiter. »Die schreibt er für seinen eigenen Blog. Übernachtungstipps für Individualreisende mit Anspruch. www.bettenbergs-bettenschau.de/.«

»Wie kann er sich dann einen goldenen Jaguar leisten?«

Kriemhild zuckte mit den Schultern. »Vermutlich ist er ein reicher Erbe.«

»Wurstzipfel!«, rief da plötzlich eine sonore Männerstimme mit Tremolo. »Wurstzipfel!«

Konny und Kriemhild kreischten auf. Vor Schreck. Sie kreischten sonst nie.

Im Türrahmen stand Herr Hirsch. Er zeigte aufgeregt ins Treppenhaus.

Während Kriemhild sich die Hand auf die Brust presste, unter der ihr Herz heftig pochte, sprang Konny auf und sah nach draußen. Ein Taxi war vorgefahren. Der Fahrer half gerade Holger Bettenberg, aus dem Auto zu steigen. Das schien schwieriger, als man meinen könnte, weil Bettenberg offenbar am Stück herausgehoben werden wollte. Alles andere war wohl zu schmerzhaft.

»Wir müssen hier weg«, rief Konny. »Danke, Herr Hirsch!«

Hirsch nickte. Ein wahrer Freund zeichnete sich eben nicht dadurch aus, dass er die Kontrolle über seine Wortwahl hatte oder einem beim Umzug die schweren Kisten tragen konnte, ein wahrer Freund half einem dabei, Missetaten zu verschleiern …

»Hör auf meine Worte«, rief Kriemhild noch, bevor sie alle die Treppe nach unten liefen. »Der Mörder ist Holger Bettenberg! Verzeihung. *Doktor* Holger Bettenberg … so viel Zeit muss sein!«

J'accuse!

Der Spruch, dass die Dinge nie so schlimm sind, wie man denkt, ist gelogen.

Sie sind schlimmer!

»O Gott, sie sind alle tot!«, rief Kriemhild. Sie presste sich, bei offenem Mund, beide Hände an das schmale Gesicht und sah exakt so aus wie *Der Schrei* von Edvard Munch. Nur in echt.

Sie und ihre Schwester standen im Salon und starrten auf die leblosen Körper vor ihnen, während Herr Hirsch draußen vor dem Haus dem Taxifahrer dabei zur Hand ging, den stöhnenden Bettenberg aus dem Auto zu hieven.

Konny warf die Tür zu. Ihr stand der Schweiß auf der Stirn.

»Du hast dich in der Dosis vertan und alle vergiftet.« Kriemhild war leichenblass.

Konny ebenfalls.

Keiner von der Band hatte es noch ins Esszimmer geschafft. Sara lag quer über der Chaiselongue, ihr Kopf hing über den Rand, weswegen ihr – ästhetisch unvorteilhaft – der Mund weit offen stand. Galecki war vom Sessel gerutscht und ruhte als regloses Häuflein Mensch vor dem Kamin, Freddie und Richard stapelten sich, ineinander verschlungen, auf dem Sofa. Klaus lag mit ausgestrecktem Arm bäuchlings vor der Tür zum Esszimmer. Anscheinend hatte er die Katastrophe geahnt und wollte kriechend Hilfe holen.

Konny kamen die Tränen.

Dass alle ihre Gläser und Flaschen hatten fallen lassen und nunmehr diverse Rotwein- und Bierflecke das Mobiliar und die Teppiche zierten, störte die Schwestern in diesem Moment nicht weiter. Wer kurz vor einer Anklage zur Mehrfachmörderin steht, beziehungsweise zur Erfüllungsgehilfin eines Mehrfachmordes, der kratzt sich nicht daran, dass er nicht mehr Hausfrau des Jahres werden kann.

»Ich glaube, sie atmet noch!« Konny kniete vor der Chaiselongue und fühlte Saras Puls. »Ja, ganz schwach.«

»Warte, ich helfe dir.« Kriemhild hob Saras Kopf an und schob sie der Länge nach zurück auf die Chaiselongue. »Du musst sie wiederbeleben!«

Konny schluckte schwer.

Beherzt platzierte Kriemhild den Ballen der rechten Hand auf den Brustkorb von Sara, setzte die linke Hand auf die rechte und übte senkrecht von oben regelmäßige Druckstöße aus, wie sie das vor Urzeiten im Erste-Hilfe-Kurs vor der Führerscheinprüfung gelernt hatte. »Du musst ihr Atem spenden!«, keuchte sie.

Konny beugte sich über Saras schmales Gesicht. So eine junge Frau. Sie hatte noch so viel Leben vor sich, so viel Liebe, so viel Schönes. Sie durfte nicht sterben!

Konny drückte Saras Nase zu, öffnete mit der anderen Hand ihren Mund, holte tief Luft, beugte sich über Sara und atmete ihr Sauerstoff ein.

»Oho!«, jubilierte es da von der Tür. »Lesbische Sexspielchen.«

Holger Bettenberg hing wie ein nasser Sack zwischen Herrn Hirsch und dem Taxifahrer. Weil beide Männer größer waren als er, baumelten seine Füße in der Luft.

Ein Blick in seinen Schritt zeigte, dass das Wunder der modernen Hochleistungs-Medizin ihn wieder klein gekriegt hatte.

»Es ist nicht so, wie es aussieht!« Konny richtete sich auf. Damit wollte sie natürlich nicht den Vorwurf gleichgeschlechtlicher Liebesspiele von sich weisen, sondern nur die Tatsache vertuschen, dass sie gerade fünf Leben ausgelöscht hatte. Die Männer bekamen das – triebgesteuert – in den falschen Hals und sahen nur, was sie sehen wollten. Bettenberg und der Taxifahrer grienten, und sogar Herr Hirsch murmelte leise, aber deutlich hörbar: »Zitronentorte!«

Bettenberg fasste sich als Erster wieder. »Könnten Sie bitte den Taxifahrer bezahlen? Ich hatte meinen Geldbeutel nicht mit ins Krankenhaus genommen.«

Konny und Kriemhild sahen sich an.

»Das macht 28 Euro 50«, sagte der Taxifahrer und guckte lüstern auf Saras Beine.

Kriemhild zog ihr den Saum des Kleides weiter nach unten.

Konny lief in die Küche und zog einen Zwanziger und einen Zehner aus dem Notfach für Spontanbestellungen beim Pizza-Lieferdienst.

»Hier bitte, stimmt so«, sagte sie zum Taxifahrer und wollte ihn aus dem Haus schieben.

»Geben Sie ihm vierzig. Er muss mir in den ersten Stock helfen«, verlangte Bettenberg.

»Mehr haben wir nicht«, behauptete Konny. Sie wollte den Taxifahrer loswerden, bevor er merkte, was hier wirklich vor sich ging. »Wir schaffen das schon allein.«

»Ach, für eine römische Orgie langt Ihr Geld, aber nicht, um einem Gast einen beschwerdefreien Zugang zu seinem Zimmer zu ermöglichen?«, monierte Bettenberg.

»Genau«, erklärte Kriemhild und verschränkte die Arme.

»Wenn das so ist …« Der Taxifahrer ließ Bettenberg abrupt

los, nahm die dreißig Euro und ging. Nach einem letzten, lüsternen Blick auf die hingestreckte Sara, versteht sich.

Bettenberg hing jetzt nur noch mit einem Arm um den Hals von Herrn Hirsch. »Unerhört …«, brummte er.

»Ja, ja, schreiben Sie das in eins Ihrer kleinen, schwarzen Bücher.« Konny eilte wieder zu Sara.

»Wie bitte?« Bettenberg sah auf.

»Wir wissen, wer Sie sind!«, sagte Kriemhild und funkelte ihn böse an. »Ein selbsternannter Kritiker! Aber wenn Sie auch nur eine einzige negative Zeile über unser Haus schreiben, mache ich öffentlich, dass Sie eine Abfuhr von meiner Schwester erhalten und nur deshalb einen Verriss verfasst haben, jawohl!«

Konny stöhnte. Das war jetzt nicht der Moment, ihrer Schwester die Wahrheit zu sagen. Bevor Bettenberg etwas erwidern konnte, rief sie: »Herr Hirsch, bringen Sie doch bitte Herrn *Doktor* Bettenberg nach oben.«

So leicht ließ Bettenberg sich aber nicht ruhigstellen. Er wollte Kriemhild gerade eine gepfefferte Retourkutsche geben, als ein unheimliches Stöhnen erklang.

Tief, sehr tief, und unheimlich, als komme es direkt aus den Abgründen der Hölle. Der ganze Boden schien auf einmal zu vibrieren.

Konny, Kriemhild, Herr Hirsch und Bettenberg rissen die Augen auf.

Das Stöhnen wiederholte sich.

Es schien auch wirklich von unten zu kommen. Ihre Blicke wanderten zu Boden.

Da, schon wieder.

Allerdings drang das dämonische Stöhnen nicht aus satani-

schen Tiefen, sondern kam von drüben, von der Tür zum Esszimmer, vor der Klaus auf dem Bauch lag. Es war bei genauem
Hinhören auch kein Stöhnen, mehr ein Schnarchen.

»Er lebt!« Konny kamen vor Glück die Träumen.

»*Es* lebt, wollten Sie sagen.« Bettenberg zappelte. »Würden
Sie mich jetzt bitte endlich auf mein Zimmer bringen«, sagte
er zu Herrn Hirsch, und zu Kriemhild: »Bitte servieren Sie
mir mein Abendessen oben.«

»Room Service kostet extra«, brummte Kriemhild.

Bettenberg hätte bestimmt etwas Abfälliges darauf erwidert,
aber Herr Hirsch schleppte ihn bereits zur Treppe, und weil
Herr Hirsch kein durchtrainierter, muskulöser Feuerwehr-
mann war, der Bettenberg lässig schultern konnte, sondern
ein aphasischer Anfangsechziger, war es weniger eine Hilfe-
stellung als eine Folter.

»Aua ... aua ... lassen Sie mich, ich gehe doch lieber allein ...
aua«, brüllte Bettenberg.

Aber Herr Hirsch dröhnte nur »Fahrbahnschwelle!« und
machte unerschrocken weiter. Man hörte Füße an Treppenstufen stoßen. Das »aua ... aua ... aua ...« wurde leiser.

»Die hier leben noch«, sagte Kriemhild, die zwischenzeitlich
zu Freddie und Richard gegangen war und die ineinander
verschlungenen Gliedmaßen entwirrte.

»Er auch.« Konny kniete vor dem Kamin und strich dem Kontrabassisten über das lockige Haar. Einfach, weil sie so dankbar war, dass er noch lebte. »Gott sei Dank!«

Das Schnarchstöhnen von Klaus geriet ins Stocken, nahm
ein, zwei Anläufe und endete. Er röchelte, schnappte abrupt
nach Luft, ächzte, drehte sich auf den Rücken und schlug die
Augen auf. »Was hab ich verpasst?«, fragte er und wischte

sich mit dem Unterarm etwas Sabber aus dem Mundwinkel.

»Nichts … alle sind eingeschlafen.« Konny lächelte unschuldig.

Er hob, noch im Liegen, den Kopf an, sah sich um und ließ den Kopf wieder auf den Teppich sinken. »Mann, war ich weggetreten. Dabei habe ich mir doch so gut wie gar nichts reingepfiffen … zwei Wein, den Rest vom Rum …« Seine Stimme verlor sich.

»Du warst es, oder?« Vor lauter Erleichterung platzte es aus Konny unkontrolliert heraus. »Du hast Leon umgebracht!«

Der Kopf von Klaus ging wieder nach oben. Er musste sich sehr bemühen, die Augen offen zu halten. »Was?«

»Die Band fiel auseinander … es war nur noch eine Frage der Zeit.«

»Quatsch.« Sein Kopf suchte wieder Bodenkontakt. »In jeder Band kriselt es hin und wieder. Die hatten gerade ihren ersten Nummer-eins-Hit, da trennt man sich nicht. Das kommt erst später, wenn man sich an den Erfolg gewöhnt hat und man denkt, dass man das Geld nicht mehr braucht oder es auch allein scheffeln kann.« Er rülpste.

»Geld, von dem du dir eine gehörige Portion abgezweigt hast.« Konny stand auf und zeigte anklagend auf den vor ihr liegenden Klaus. »Leon wollte dir an den Kragen, weil du zu tief in den Goldtopf gegriffen hast.« Ihr kam ein neuer Gedanke. »Und nach seinem Tod werden die Tantiemen in den Himmel schießen.«

»Das ist doch albern.«

»Das hat Leon dir geschrieben!«

Klaus sah lächelnd zu ihr hoch. »Von hier unten sieht es total

süß aus, wenn dir kleine Zorneswölkchen aus den Ohren
stieben.«

»Lenk nicht ab! Ich weiß, dass du Gelder unterschlagen
hast!«

Klaus schloss die Augen. »Das behaupten alle meine Künstler irgendwann. Sie kommen ausnahmslos alle an den Punkt, an dem sie denken, dass sie ihren Agenten nicht mehr brauchen und der sowieso nur fürs Herumsitzen zwanzig Prozent einstreicht. Leons Behauptungen halten keiner Überprüfung stand, das kannst du mir glauben.« Er öffnete die Augen wieder. »Und woher weißt du das überhaupt? Das mit dem Brief?«

»Äh …« Konny sah zu Kriemhild.

»Warst du in meinem Zimmer?« Klaus legte den Kopf schräg.
»Will heißen, in deinem Zimmer? Hast du in meinen Sachen gewühlt?« Er grinste. »Ich nehm's dir nicht übel. Ich schlüpfe mit einem völlig neuen Gefühl in meine Unaussprechlichen, wenn ich weiß, dass du sie in Händen gehalten hast.«

Konny wurde rot. »Ich habe deine Sachen nicht angefasst!«

Kriemhild bellte: »Nein, hat sie nicht.«

»Hat sie doch«, sagte eine Stimme von der Tür.

Die Schwestern wirbelten herum.

Klaus richtete sich ächzend auf die Ellbogen auf.

»Hallo, zusammen.«

Der Neuankömmling schien den kompletten Türrahmen auszufüllen. Er hatte einen gezwirbelten Hipsterbart und ein Hipster-Pferdeschwänzchen und trug einen Schlangenmuster-Anzug zu Cowboystiefeln. Aus den Ärmeln und dem Kragen lugten Tätowierungen. Die Hand, mit der er ihnen zuwinkte, war so mächtig, dass er damit vermutlich Holzstämme ungespitzt in den Boden rammen konnte, aber das Gesicht wirkte kindlich unschuldig.

»Wer sind Sie?«, verlangte Kriemhild zu wissen. »Und wie kommen Sie hier herein?«

»Ich bin der Luigi.« Dem Klang nach ein sächsischer Luigi. »Die Tür stand offen.«

»Wie war das gleich noch mal?«, hakte Klaus nach. »Sagten Sie gerade, dass Konny doch in meinem Zimmer war?«

»Ja, hab ich alles gesehen.« Luigi kratzte sich am Kopf. »Bin tierisch durstig. Darf ich das Bier haben?« Er zeigte auf eine der Flaschen auf dem Beistelltisch neben der Tür.

Kriemhild lächelte. Es wirkte diabolisch. »Nur zu, bedienen Sie sich.« Sie sah zu Konny. Wer immer dieser Luigi war, er würde gleich sanft schlummern.

»Wie lange sind Sie denn schon im Haus?«

Luigi leerte das Bier in einem Schluck bis auf die Hälfte. »Schon eine Weile. Ich hab gesehen, wie Sie beide herumgeschlichen sind.«

Klaus lachte.

Konny und Kriemhild sahen Luigi an. Doch noch schienen die Beruhigungsmittel im Bier nicht zu wirken, egal, wie hypnotisch sie ihn anstarrten.

»Sind Sie der Zelter?«, wollte Konny wissen.

»Der ... was?«

»Da zeltet seit Tagen jemand drüben am Waldrand. Sind Sie das?«

»Nä, gecampt hab' ich zuletzt mit meiner Oma. Ich wohne im Ring-Hotel unten in der Stadt. Ich bin ja schließlich Geschäftsmann.«

»Ha, Sie sind der Handlanger vom Geldhai!« Bei Konny war der Groschen gefallen.

Luigi guckte konsterniert. »Ich bin kein Handlanger, ich arbeite im Finanzmanagement!«

»Aber Sie treiben Geld ein!« Konny blieb eisern.

»Ich reguliere den Kontenausgleich unseres Unternehmens.« Luigi gab sich so hartnäckig wie Konny.

»Also Geldeintreiber!«

Luigi kapitulierte. »Der Leon schuldet meinem Boss Geld. Ich hab's heute erst erfahren, dass der Leon tot ist. Da hab' ich gedacht, schau in seinem Zimmer nach, ob du das Geld dort findest. Aber war nicht. Nur 'ne Kreditkarte. Der Boss sagt aber immer ›Nur Bares ist Wahres‹.« Der Rest des Bieres verschwand in seinem Schlund. Die Wirkung der Sedativa setzte immer noch nicht ein.

»Haben Sie Leon umgebracht?«, fragte Konny. Es half ja nichts, lange drumherum zu reden.

»Was? Nein! Ich sag doch, ich hab' heute erst erfahren, dass er tot ist. Das ist echt ganz blöd für mich, weil ich nämlich auf Erfolgsbasis bezahlt werde! Ich hätte zehn Prozent gekriegt, aber jetzt krieg ich gar nichts!«

Luigi sah aus, als könne er sich nicht entscheiden, ob er heulen oder etwas kurz und klein schlagen wollte.

»Sie machen das noch nicht lange, oder?« Konny klang mitfühlend.

Luigi schüttelte den Kopf und schob eine Schmolllippe vor.

»Das ist echt Scheiße!«, rief er und schlug gegen den Türrahmen. Holz splitterte.

Klaus und Konny zuckten zusammen.

Kriemhild behielt die Nerven. Einem jungen Mann im Griff der Hormone musste man körperliche Betätigung anbieten, dann kanalisierte man die Aggression in nützliche Bahnen.

»Ja, sehr bedauerlich, lieber Herr Luigi. Ich sage Ihnen was –
wenn Sie für uns hinterm Haus das Holz hacken, bekommen
Sie ein ordentliches Abendessen und so viel Bier, wie Sie wollen. Was halten Sie davon?«
Luigi strahlte.

Liebe Kummerkasten-Konny,
meine Rente reicht vorn und hinten nicht. Dafür reicht es mir,
und zwar gründlich. Ich komme gerade so über die Runden,
aber bei Ihnen lese ich ständig, im Alter solle man aktiv sein.
Ist Ihnen klar, was das kostet? Für jemand, der kein Geld hat,
ist das Alter einfach nur beschissen!
Rudi (mittellos und verärgert)

Lieber Rudi,
Sie haben absolut recht – wenn man die Freude am Leben nur
am Geld festmacht, dann ist es ohne Geld freudlos. Sie schrei-
ben, Sie kommen gerade so über die Runden. Also ist Ihr Über-
leben gesichert. Alles andere ist Jammern auf hohem Niveau.
Ich muss Ihren Blick nicht erst in die Armutsgebiete dieser Welt
lenken, oder? Mein Rat an Sie: Nehmen Sie sich vor, unanstän-
dig reich zu werden – reich an Erfahrungen, reich an Freunden,
reich an überschäumender Lebensfreude: Lernen Sie Ihre Stadt
auf langen Spaziergängen völlig neu kennen, lesen Sie in ihrer
Stadtbücherei vor Ort Bücher oder Zeitschriften, besuchen Sie
eintrittsfreie Museen und Kunsthallen. Sagen Sie zu den Men-
schen, die Sie unterwegs treffen, freundlich »Hallo!«
Die schlimmste Gefahr im Alter ist die Verbitterung. Verknö-
chern Sie nicht innerlich, machen Sie sich frei.
Ihre Konny

Sind wir schon im dritten Akt?

Wenn du über jemanden nichts Gutes sagen kannst …

… dann halt die Klappe … und schreibe alles, alles auf!

Morgens im Badezimmer in ein fremdes Haarbüschel zu treten, war so etwas wie eine persönliche Dschungelprüfung. Konny seufzte. Sie gehörte nicht zu den Menschen, die sich gern das Badezimmer teilten. Nicht mit Herrn Hirsch, und auch nicht mit ihrer Schwester. Zudem war die Dusche defekt. Entweder hatte das Wasser arktische Temperaturen oder es brannte heiß wie die Hölle. An diesem Morgen wurde sie tiefgekühlt.

Kriemhild mit ihrem galoppierenden Haarauswahl war bereits seit Stunden unten.

Als Konny die Küche betrat, mit nassen Haaren und immer noch fröstelnd, fand sie jedoch nicht nur Kriemhild dort vor, sondern auch Kommissarin Klum.

»Guten Morgen.«

Frau Klum trank Kaffee. Auf ihrem Schoß hatte es sich Amenhotep gemütlich gemacht und schnurrte.

Durch die offenen Türen sah Konny hinüber in den Salon, dann zu ihrer Schwester.

Sie hatten gestern Abend einfach alle dort liegen lassen, wo sie gelegen hatten. Jetzt war der Salon aufgeräumt und menschenleer. Zum Glück, die verstreuten, besinnungslosen Menschenleiber wären der Kommissarin sicher verdächtig vorgekommen.

Konny sah zu Kriemhild. Die schenkte gerade Kaffee ein und reichte ihr die Tasse. »Ohne Koffein ist meine Schwester nicht funktionstüchtig«, sagte sie zu Frau Klum. »Frau Klum hat mir gerade mitgeteilt, dass der Tod von Leon doch kein Unfall war«, sagte sie zu Konny.

Konny pustete auf die dampfende Tasse.

»Der Gerichtsmediziner hat einwandfrei festgestellt, dass der Täter mehrmals über den Kopf von Leon gefahren ist«, erzählte Frau Klum heiter. Die hatte ihren Kaffee ja auch schon intus.

Konny hatte das Gefühl, als käme ihr etwas Galle hoch.

»Herr Cordt ist möglicherweise zuvor mit einem stumpfen Gegenstand bewusstlos geschlagen worden«, fuhr Frau Klum fort, »es fanden sich nämlich keine Abwehrspuren an seiner Leiche. Und man bleibt ja nicht einfach so liegen, wenn einen jemand überfahren will.«

Amenhotep schnurrte lauter. Die prallen Hände von Frau Klum schienen alles richtig zu machen.

Konny nahm vorsichtig einen Schluck Kaffee. Besser, wenn sie nichts sagte.

»Angesichts dieser Umstände habe ich natürlich noch weitere Fragen an Sie und Ihre Gäste. Es darf also niemand abreisen. Ich schaue vermutlich am späten Nachmittag wieder vorbei.«

»Ich habe Frau Klum erzählt, dass es gestern Abend eine geschmackvolle kleine Totenfeier zu Ehren des Verstorbenen gab und seine Kollegen noch ihren Rausch ausschlafen.«

Kriemhild guckte milde wie Audrey Hepburn in *Die Geschichte einer Nonne*.

»Zudem wollte ich Sie warnen.« Frau Klum schaute ernst. »Die Medien-Hyänen haben sich wie durch Zellteilung vermehrt. Draußen lauern ganze Horden von denen. Keine Ahnung, wie durchsickern konnte, dass es sich um Mord handelt, aber jetzt ist das Interesse natürlich riesig. Ich lasse heute noch den Streifenwagen vorn an der Zufahrt zu Ihrem Grundstück. Aber ich sage Ihnen gleich, das wird die gierigen Vertreter der Journaille nicht abschrecken. Einige werden sich durch den Wald ans Haus heranschleichen, um Fotos zu schießen. Wenn jemand Sie hier anspricht, rufen Sie die Streifenbeamten. Die drohen den Herrschaften mit Maßnahmen wegen widerrechtlichen Betretens.«

Drüben im Büro klingelte das Telefon.

»Ach ja, es wäre wohl besser, wenn Sie das Telefon heute ausschalten«, riet Frau Klum. Sie hob Amenhotep auf den Küchentisch und stand auf. »Tja, wir sehen uns dann heute Nachmittag. Danke für den Kaffee.«

Konny und Kriemhild brachten sie zur Tür und sahen ihr nach, wie sie mit ihrem Dienstwagen davonfuhr. Am anderen Ende der Wiese, an der Kreuzung zur Straße, sah man den Streifenwagen. Dahinter mehrere Fahrzeuge, einige davon mit Satellitenschüsseln auf dem Dach, und eine Gruppe von Menschen.

»Was hast du mit den Bandmitgliedern gemacht?« Konny hatte endlich genug Kaffee getrunken, um sich artikulieren zu können.

»Als ich vorhin herunterkam, war Luigi schon wach. Er hat alle auf ihre Zimmer getragen.« Luigi hatte sich über Nacht Konnys Doppelbett mit Klaus geteilt. »Einige von denen waren zumindest schon wieder so fit, dass sie stöhnen konnten. Bis heute Nachmittag sind sie alle wieder auf dem Damm.«

»Und was sagen wir ihnen, wenn sie fragen, warum sie derart weggetreten waren?«

»Dass der Wein zu stark vergoren war? Keine Ahnung, überleg dir was, ich geh jetzt baden.« Kriemhild schloss die Haustür und band sich die Schürze ab.

»Du warst noch gar nicht im Bad? Wieso bin ich dann über
einen Haarteppich gelaufen?«

»Das war Amenhotep.«

»Amenhotep ist eine Nacktkatze!«, rief Konny ihrer Schwester hinterher, aber die zuckte nur mit den Schultern und stieg
die Treppe hoch.

Luigi lugte aus ihrem Schlafzimmer. »Ist der Bulle weg?«,
fragte er.

Konny nickte.

»Ich dachte, ich sollte besser nicht gesehen werden.«

»Da haben Sie sehr gut gedacht.« Konny nickte ihm mütterlich zu. In seiner Unterwäsche sah er – trotz der wilden Ganz-
körpertätowierungen – wie ein naseweiser, kleiner Bub aus.

»Haben Sie schon gefrühstückt?«

Er schüttelte den Kopf.

»Na, dann kommen Sie.«

»Ich zieh mir nur schnell was an.«

Konny trank den Rest Kaffee auf ex und sah dabei durch die
Glasscheibe in der Haustür nach draußen. Die Stelle, an der
Leon gestorben war – ermordet wurde, musste es genauer
heißen –, war mit Absperrband gesichert.

Das Gute daran: wenn es Mord war, konnte es Herr Hirsch
nicht gewesen sein. Versehentlich einmal mit dem Aufsitzrasenmäher über Leon zu fahren, ja, das war ihm zuzutrauen.
Aber nicht mehrmals.

Weniger gut daran war: höchstwahrscheinlich wohnten sie
gerade mit einem Mörder unter einem Dach.

Konnys Nerven waren gespannt wie Drahtseile. Sie ging zurück in die Küche, um eine zweite Tasse Kaffee zu inhalieren, und ertappte Amenhotep dabei, wie er den antiken Küchenschrank hingebungsvoll mit den Krallen seiner Vorderpfoten bearbeitete.

»Amenhotep!«, brüllte sie. »Was zum Teufel machst du da?«
Er schaute voller Stolz zu ihr auf.
Ich nenne es postabstrakten Pointillismus.
Sie hielt ihm einen geharnischten Vortrag darüber, dass Möbel tabu waren. Er sah sie aus seinen riesigen, türkisfarbenen Augen unschuldig an, zog seine Krallen aber nicht aus dem Holz.

Konny ging zur Spüle, um eine Sprühflasche mit eiskaltem Wasser aufzufüllen und Amenhotep endlich die Erziehung angedeihen zu lassen, die jahrelang vernachlässigt worden war.

Sie ging vor der Spüle in die Knie, wühlte zwischen diversen Reinigungsflaschen nach der Sprühflasche und fand – das Hackebeil aus dem Keller, das irgendwer mit nach oben genommen und hier deponiert haben musste. Sie richtete sich auf und …

… in diesem Moment hielt ein Paparazzo, der sich über die Wiese von Bauer Schober bis zum Elektrozaun vorgearbeitet hatte, seine Kamera auf das Küchenfenster. Profi, der er war, drückte er punktgenau auf den Auflöser, als Konny sich mit – durch das Vorbeugen – wild zerzausten Haaren und dem Hackebeil in der Hand aufrichtete.

Konny wusste es noch nicht, aber die Schlagzeile am nächsten Morgen in einem Massenblatt mit sechsstelliger Auflage würde lauten: *Das Psychohaus der irren Axtmörderinnen.*

Frau Klum, Herr Hirsch und die Beißhemmung der Geißeltierchen

»Ich bringe keinen Bissen herunter!«
Sara drehte dem Frühstücksbüffet den Rücken zu. Sie war bleich, mit dunklen Ringen unter den Augen.
Als Kriemhild – nach langer Einweichphase in der Badewanne – sauber, aber mit schrumpeligen Fingerspitzen wieder nach unten kam, saßen alle im Esszimmer und hielten sich an ihren Kaffeetassen fest.
Alle, außer Bettenberg, Klaus und Herrn Hirsch.
Bettenberg konnte vermutlich vor Schmerzen nicht das Bett verlassen – sie würden ihm das Frühstück hochtragen müssen –, und Herrn Hirsch sah sie draußen vor dem Fenster mit einer Gartenschere vor dem Buchsbaum stehen.
»Müssen Sie so laut essen?«, zischelte Freddie Luigi zu.
»Mir schmeckt's halt«, sagte der ungerührt und biss in den Hefezopf mit Kirschkonfitüre.
»Alles so weit in Ordnung?«, fragte Kriemhild, als Konny mit einer weiteren Thermoskanne Kaffee hereinkam. Augenbrauenwackelnd sah sie zu den Musikern.
Jeden Moment mussten die vier doch nachfragen, warum sie gestern Abend nur durch Wein und Bier so hackedicht gewesen sein konnten, dass sie sich nicht daran erinnerten, wie sie ins Bett gekommen waren?
»Alles bestens.« Konny schaute gelassen. Verkehrte Welt – sonst war es immer andersherum. »Natürlich sind unsere Gäste heute etwas angeschlagen. Die Trauer setzt ja bekanntermaßen immer erst etwas zeitverzögert ein, dann aber mit umso größerer Wucht.«

Das war natürlich auch eine Interpretationsmöglichkeit.

Freddie schnäuzte sich die Nase.

Richard nahm Konny die Kanne ab, um Sara Kaffee nachzu-
schenken.

Konny wusste natürlich, dass das, was wie Betroffenheit wirkte, nur die Nachwirkungen der Sedativa waren, aber es war
dennoch ein herzzerreißender Anblick.

Ein Anblick, in den jubilierend Manager Klaus stürmte.

»Kinder, ich habe grandiose Nachrichten!«

Er drehte einen Stuhl um, setzte sich breitbeinig darauf und
stützte sich auf der Rückenlehne ab. »Ich hab's eben mit einem
Telefonat klargemacht. Ihr werdet mir die Füße küssen.«

»Wie kannst du nur so … aufgedreht sein?« Freddie schaute
ihn fassungslos an.

»Das ist widerwärtig!« Sara spuckte die Worte fast aus.

Richard, ein wandelndes Spiegelbild von Saras Gefühlen,
schaute angewidert. Auch Galecki runzelte die Stirn.

Selbst Luigi kaute irgendwie missbilligend.

»Was ist? Ihr wisst, dass Leons Tod ein großer emotionaler
Schlag für mich war!« Klaus schlug sich mit der Faust gegen
die Brust. »Aber ich habe auch eine Verantwortung euch gegenüber, und die nehme ich nicht auf die leichte Schulter!
Jemand muss sich doch darum kümmern, wovon ihr morgen die Miete bezahlt!«

Das war ein Argument, dem sich niemand – am wenigsten
ein Berufsmusiker – verschließen konnte. Sie ließen ihn zumindest weiterreden.

»Konny, Schätzchen, eigentlich müssten wir jetzt einen Cham-
pagnerkorken knallen lassen …«, sagte Klaus.

Die Bandmitglieder wehrten ab.

»Igitt, bloß nicht!«

»Das ist geschmacklos!«

»Alles, nur das nicht!«

»Für mich nicht, danke.«

»Ich passe.« Luigi hatte zu Ende gefrühstückt und ging nach draußen zu Herrn Hirsch.

»Na gut, dann muss es ohne Champagner gehen. Trommelwirbel!« Klaus klopfte mit den Fingern auf die Rückenlehne des Stuhles. »Ich darf euch voller Freude verkünden, dass ich soeben einen neuen Leadsänger verpflichten konnte!«

Sie starrten ihn an. Sprachlos.

»Ihr kennt ihn. Der Junge ist Weltklasse. Es ist …« Weiter kam Klaus nicht.

»Leon ist noch nicht einmal unter der Erde, und du hast schon Ersatz für ihn besorgt?« Sara hauchte es nur.

Konny kam der Gedanke, dass man doch eigentlich unmöglich so schnell einen Ersatz finden konnte. Klaus hatte bestimmt schon vor Leons Ableben seine Fühler nach einem anderen Sänger ausgestreckt. War Klaus doch der Mörder?

»Ja, ja, schimpft ihr nur über Papa Klaus und nennt ihn herzlos …« Klaus goss sich Kaffee ein und schaufelte drei Teelöffel Zucker in die Tasse. »Aber habt ihr heute schon mal aus dem Fenster gesehen? Da draußen lauert die Presse. Die wollen Input. Wir müssen ein Signal setzen, dass es weitergeht.«

»Die wollen nur Exklusivinterviews und Fotos, auf denen wir haltlos heulen«, nuschelte Galecki mit vollem Mund.

»Ja, das auch. Aber es liegt in unserer Hand, den Kurs vorzugeben. Sollen die etwa schreiben ›Eine Band am Ende‹? Nein!« Klaus nahm einen Schluck Kaffee, verzog das Gesicht, häufte noch mehr Zucker in die Tasse. »Das Geheimnis einer guten

Pressearbeit liegt darin, die Journaille mit kleinen Häppchen so anzufüttern, dass sie dir folgt, wohin immer du gehst. Und wir gehen in Richtung Welterfolg!«

»Aber …« In Konny überlegte es. »Die Band heißt doch Cordt. Nach Leon Cordt. Wie kann sie ohne Cordt noch weiter Cordt heißen?«

»Süße …« Klaus lächelte nachsichtig. »Das ist ja genau unser Vorteil. Von nun an wird es unser Markenzeichen, dass wir immer erst mal an Leon erinnern. Das rührt die Herzen. Vor jedem Song ein kurzes *Für Leon*. Das wird der Hammer. Die Hauptsache ist, dass der Sound gleich bleibt.«

»Wird er«, versprach Galecki. »Ich hab' ja eh die meisten Songs geschrieben.«

»Das ist doch krank!«, rief Sara und verschränkte die Arme. Freddie sah aus, als müsse sie sich gleich übergeben.

Klaus stand auf, drehte den Stuhl um und setzte sich gesittet zu Tisch. »Ich will euch natürlich zu nichts zwingen. Und es muss ja auch nicht gleich morgen weitergehen. Den Gig am Wochenende habe ich sowieso aus Pietätsgründen abgesagt. Aber wenn ihr mit dem Ersatz zwei, drei Wochen lang probt, können wir schon Ende nächsten Monats ganz neu rauskommen.«

Amenhotep kam anstolziert, musterte die zur Verfügung stehenden Liegeplätze und entschied sich dann für Klaus' Schoß.

»Lasst es erst mal alles sacken«, bat Klaus und leerte seine Kaffeetasse. »Ihr kennt die Lebensdauer von Bands. Die Chance, dass ihr wie die Rolling Stones noch in fünfzig Jahren zusammen auf der Bühne steht, ist mikroskopisch klein. Was lehrt uns das? Solange der Zug fährt, solltet ihr nicht abspringen. Irgendwann läuft er von ganz allein in den Bahnhof ein …«

Klaus kraulte Amenhotep.

Konny wusste, dass Amenhotep – nur weil er bestimmte Körperteile eines Humanoiden als Ruheplatz erwählte – noch lange nicht sein Einverständnis für uneingeschränkten Körperkontakt gegeben hatte. »Sei vorsichtig – du darfst nicht an seinen Killerknopf kommen. Wenn man den betätigt, fährt er die Krallen aus.«

»Keine Sorge«, sagte Klaus, »ich habe das im Griff, ich …«

Berühmte letzte Worte.

Schneller, als das menschliche Auge sehen konnte, ratschte Amenhotep ihm einen neuen Scheitel ins Brusthaar.

Klaus schrie auf und sprang auf. Nachvollziehbarerweise wollte er das Tier loswerden, aber in Unkenntnis der Amenhotep'-schen Persönlichkeit ließ er den Kater nicht einfach an sich abgleiten, sondern packte ihn in der Körpermitte, um ihn fortzuschleudern.

So nicht. Nicht mit Amenhotep.

Mit allen vier Pfoten verhakte er sich in Klausens Gesicht.

Blut spritzte auf.

Klaus schrie wie am Spieß.

Sara und Freddie sprangen kreischend auf, Richard und Galecki zuckten zusammen, Kriemhild zog kopfschüttelnd los, um Antiseptikum und Pflaster zu holen.

Konny lief auf die sich windende Masse aus Mann und Kater zu und gab beruhigende Laute von sich. »Ist ja gut, Amenhotep, mein Schatz. Lass ihn los. So ist's fein.«

Natürlich ließ Amenhotep nicht einfach los. Er saß wie das Alien in *Alien* auf Klausens Gesicht fest.

»*Iknglmmmrrrr*«, hörte man Klaus unter dem Nacktkatzen-
körper gurgeln.

Das sollte dann wohl »Ich kriege keine Luft mehr« heißen.

»Lass los, mein Schatz. Du bekommst auch lecker Thunfisch.«
Konny kitzelte Amenhotep in den Achselhöhlen.

Thunfisch war das magische Wort. Amenhotep fuhr seine Krallen ein, und Konny trug ihn in die Küche.

Kriemhild kam mit einer braunen Flasche zurück, deren Inhalt sie gleich darauf mittels eines Wattebausches auf die roten Striemen im Gesicht von Klaus verteilte.

»Aua … das brennt!« Er zappelte.

Kriemhild sagte nichts. Sie war im Florence-Nightingale-Voll-
modus und fand es schade, dass die Kratzer nicht tief genug
waren, um genäht werden zu müssen. Sie sah sich schon Na-
deln in kochendem Wasser sterilisieren und mit – vorzugsweise schwarzem – Faden Kreuzstiche über beide Wangen machen …

… aber da kam Herr Hirsch angelaufen. Mit ausgestrecktem
Arm zeigte er nach draußen und rief »Solidaritätszuschlag!«

Das Zivilfahrzeug von Frau Klum und ein Streifenwagen waren vor dem Haus vorgefahren.

Konny, die in der Küche mitbekam, wie Luigi mit einem ent-
schuldigenden Gesichtsausdruck durch den Flur lief und sich
im Zimmer von Herrn Hirsch versteckte, leerte die komplette Thunfischdose in Amenhoteps Napf und ging in den Salon
zurück.

Sie trat gleichzeitig mit Frau Klum und zwei Streifenbeamten ein.

»Wollen Sie jetzt mit Ihren Befragungen anfangen? Wir hatten Sie zwar erst später erwartet, aber Sie können dafür gern
mein Büro in Beschlag nehmen«, bot sie an.

Frau Klum schüttelte den Kopf. »Danke, aber das machen wir auf dem Revier.«

Konny stutzte. »Wir sollen alle Mann hoch zu Ihnen kommen? Das hätten Sie uns auch einfach telefonisch mitteilen können.«

»Was ist hier eigentlich passiert?«, wechselte Frau Klum kurzzeitig das Thema, als Klaus unter Kriemhilds Händen gepeinigt aufstöhnte.

»Nichts!«, sagte Konny, die der Klum durchaus zutraute, Amenhotep als Gefahrentier einzustufen und ihn zum Einschläfern mitzunehmen.

»Soso, nichts.« Frau Klum sah Kriemhild in die Augen. »Die Spurensicherung und die Gerichtsmedizin sind zu dem Schluss gekommen, dass Leon Cordt mehrfach mit einem schweren Fahrzeug überrollt wurde, als er am Boden lag.«

Konny nickte ungeduldig. »Ja, es war Mord, das sagten Sie schon.«

»Mord?«, rief Richard.

Freddie fasste nach Saras Hand. In der gemeinsamen Trauer war kein Platz mehr für Konkurrenzdenken. »Wie bitte?«

»Ach ja, das wussten Sie gar nicht.« Konny zuckte entschuldigend die Achseln.

»Wir konnten am Tatort das Reifenprofil ausmachen, das zum Tatfahrzeug gehört«, fuhr Frau Klum fort, die sich mit Kriemhild immer noch einen Starrwettkampf lieferte. »Die Reifen gehören zu einem Peugeot alter Bauart. *Ihrem* Peugeot!«

Kriemhild sagte nichts, hob nur eine Augenbraue.

Beide Frauen hatten seit gefühlt einer Stunde nicht mehr geblinzelt. Das Nicht-Blinzeln war zu einer Frage der Ehre geworden.

»Es führen Abdrücke eines Schuhs in Damengröße zu der
Scheune, neben der Ihr Peugeot steht«, fuhr Frau Klum fort.

Konny schluckte schwer.

Das war ihr Einsatz.

»Ich war's!«, rief sie und merkte zu spät, dass diese Aussage
fehlinterpretiert werden könnte.

»Also, ich habe niemand ermordet. Ich bin nur heute Nacht
zur Scheune gelaufen.« Konny sah entschuldigend zu ihrer
Schwester. »In deinen Häschenpantoffeln, weil man mit denen bei Regen trockener zur Scheune kommt als in meinen
Flipflops.«

»Was hast du nachts und bei Regen in der Scheune zu suchen?« Kriemhild guckte streng.

Als ob sie es nicht ahnen würde!

Konny zuckte mit den Schultern. »Ich habe in den Seitenta-
schen meines Fatboy eine Schachtel Zigaretten versteckt. Nur
für emotionale Notfälle. Oder wenn mir langweilig ist.« Sie
sah zur Kommissarin. »Eigentlich rauche ich nicht.«

»In meinen Häschenpantoffeln?« Kriemhild konnte es noch
immer nicht fassen.

Konny ignorierte sie. »Ich habe nur kurz eine geraucht. Da
gab es noch keine Leiche, und mir ist auch sonst nichts aufgefallen, sonst hätte ich das schon längst gesagt. Aber Sie sehen also, Frau Klum, meine Schwester kann es nicht gewesen sein.«

»Sehr löblich, wie Sie sich für Ihre Schwester einsetzen, aber
Sie glauben hoffentlich nicht, dass ich einen so schweren Vorwurf wie den des Mordes nur aufgrund beliebiger Pantoffel-
abdrücke aussprechen würde.« Sie schüttelte den Kopf, ohne dabei jedoch den Blick von Kriemhild abzuwenden. »Die

Spurensicherung hat die Fingerabdrücke im Peugeot analysiert. Es sind ausnahmslos Ihre.«

Kriemhild hob jetzt beide Augenbrauen.

Frau Klum blinzelte immer noch nicht. Sie nahm Kriemhild am Ellbogen und verkündete mit lauter Stimme: »Ich muss Sie bitten, mich aufs Revier zu begleiten. Ich nehme Sie vorläufig wegen des Verdachts fest, Leon Cordt tödlich verletzt zu haben. Möglicherweise sogar vorsätzlich.«

»Das kann unmöglich Ihr Ernst sein!«, rief Konny.

»Abseitsfalle!«, rief Herr Hirsch lauthals.

»Was?«, fragte Frau Klum und sah ihn an. Höchstwahrscheinlich aber nur, weil sie endlich wieder blinzeln wollte.

»Ich bitte Sie, Frau Klum, warum hätte meine Schwester einen Gast umbringen sollen?« Konny hob beide Hände.

»Das weiß ich noch nicht, aber ich werde es herausfinden. Wenn Sie jetzt bitte mitkommen würden?« Sie nahm Kriemhild am Ellbogen.

Alle warfen sich entsetzte Blicke zu.

Herr Hirsch war rot angelaufen und fuchtelte mit den Händen. »Geißeltierchen«, brüllte er. »Geißeltierchen!«

In diesem Moment hielt Konny das noch für den absoluten Tiefpunkt des Tages …

Die fünf Tode des Herrn B.

Morden ist wie Joggen.

Erst kostet es Überwindung, und wenn man nicht wie ein Looser einfach aus dem Stegreif heraus loslegen will, muss man für teuer Geld die richtige Ausrüstung kaufen, aber sobald man sich daran gewöhnt hat, setzt die Euphorie ein, und man kann sich nicht vorstellen, jemals wieder ohne diesen Kick zu leben.

Dachte Konny, als sie sich über den reglosen Bettenberg beugte und sein Handgelenk festhielt, an dem leblos seine Hand baumelte.

»Ist er tot?«

Galecki hatte Bettenberg gefunden. Kriemhild saß noch gar nicht richtig im Zivilfahrzeug von Frau Klum, da war er auf sein Zimmer gegangen – vermutlich um schon wieder zu meditieren – und hatte den nervigen Weckton eines Handys aus dem Nebenzimmer gehört. Aus Bettenbergs Zimmer. Der den Weckton nicht zum Verstummen brachte.

Galecki war nach nebenan gegangen, um sich zu beschweren. Und nun stand er hinter Konny und schaute auf den wirklich beängstigend blassen Bettenberg.

In Konny tobte die Panik. Kriemhild hätte jetzt einen ätzenden Spruch abgesondert und ganz pragmatisch das Richtige getan. Konny seufzte. Sie würde es niemals zugeben, ihrer Schwester gegenüber schon gleich gar nicht, aber das war einer dieser Momente, in denen sie sich fragte: Was würde Kriemhild tun?

Konny sah zu den diversen Tablettenflaschen, -dosen, -schach-

teln in Bettenbergs offener Nachttischschublade. Ein Beipackzettel lag obenauf: *Kann zu Schwindelgefühlen und Konzen-
trationsverlust führen.*

Warum gab es eigentlich nie gute Nebenwirkungen? Nur ein
einziges Mal wollte sie auf einem Beipackzettel lesen: *Achtung, kann zu extremer sexueller Anziehungskraft führen.*

Sie nahm die Lesebrille ab, um auf ihrer Uhr sehen zu können,
wann zwanzig Sekunden verstrichen waren, damit sie seine
Pulsschläge auf eine Minute hochrechnen konnte. Aber sie
konnte keinen Puls ertasten.

Womöglich hatte er sich sämtliche Pillen und Tabletten in
einem letalen Medikamentencocktail eingeworfen. Ein Glas
mit Pulverresten auf dem Boden stand noch auf dem Nachttisch.

Ob Bettenberg Leon umgebracht hatte? Hatte er sich aufgrund einsetzender Schuldgefühle nun selbst gerichtet? Gräss-
liche Visionen tauchten vor Konnys innerem Auge auf – vom
neuerlichen Einsatz des Notarztes, der mit Hubschrauber auf
der Wiese vor dem Haus landete, im Blitzlichtgewitter der
anwesenden Reporterschar. Der Ruf ihrer Pension wäre auf
ewig beschädigt. Andererseits würden sie womöglich zur Pil-
gerstätte für abgedrehte Spinner. Sollten sie es als Chance sehen?

Konny versuchte, die Halsschlagader zu ertasten. Auch
nichts.

Aber welchen Grund sollte Bettenberg gehabt haben, Leon
umzubringen? Leon und Bettenberg waren sich noch nie begegnet, und wenn man einen Unbekannten tötete – sei es aus
Perfidie oder für Geld – , fiel man doch hinterher nicht in
den Abgrund unauflösbarer Schuldgefühle, auf dessen sump-
figem Boden nur noch der Suizid half?

Plötzlich trat Herr Hirsch mit einem aufgeschlagenen Adress- / 273
buch neben Konny. Sein Zeigefinger klopfte – erst kurz, dann
lang, wie in einem Morsecode – auf den Eintrag eines Fach-
anwaltes für Strafrecht. »Pfannenwender«, sagte er und zeigte
zu den Polizeifahrzeugen, die sich entfernten.
Konny seufzte erneut. »Ja, ich will Kriemhild auch helfen. Ich
rufe gleich beim Anwalt an, Herr Hirsch, aber zuerst müssen
wir den Notarzt verständigen.«
Sie legte den Arm Bettenbergs vorsichtig auf seinem Torso
ab, trat dabei einen Schritt nach vorn und stieß mit dem Fuß
gegen etwas Gläsernes, das von ihr wegrollte.
Konny bückte sich und sah unters Bett. Eine leere Weinflasche
lagen neben Bettenbergs Hausschuhen.
Ihr Kopf schoss hoch.
»Was ist?«, fragte Galecki.
»Äh …« Konny stand wieder auf und beugte sich über Bet-
tenbergs Mund. Ja, sein Atem roch nach Rotwein – mit einer
blumigen, samtigen Note und im Abgang an Sedativa erin-
nernd …
In diesem Augenblick entschlossen sich im Magen von Bet-
tenberg eingeschlossene Gase, den Weg ins Freie zu suchen.
Er rülpste im Schlaf. Wie eine Giftgaswolke umschloss sein
Atem Konnys Nase.
»Gottseidank, er lebt!«, rief Galecki, ehrlich froh.
»Strumpfhalter«, fand auch Herr Hirsch.
Konny rollte nur mit den Augen. Sie neigte den Kopf zur Seite
und sah zu dem Kontrabassspieler. »Äh … Herr … äh … ob
Sie wohl so freundlich wären, Herrn Hirsch nach unten zu
bringen? Ich kümmere mich um Herrn Bettenberg.«
»Holundersirup?« Herr Hirsch klang, als ob sie gerade Hoch-

verrat an ihm begangen hätte. Er war doch nicht invalide, er brauchte keinen Betreuer!

»Natürlich«, sagte Galecki, der das anders sah.

Konny würde sich später bei Herrn Hirsch entschuldigen.

Sie schloss die Tür hinter den beiden und zog die Flasche unter dem Bett hervor. Eindeutig eine von gestern Abend. Wie kam die in Bettenbergs Zimmer?

Aber eins nach dem anderen, und das Wichtigste zuerst. Bettenberg musste das Bewusstsein wiedererlangen. Vorzugsweise nicht beim Magenauspumpen im Krankenhaus, sondern hier und jetzt.

Konny hatte während des Studiums mit einer Bulimikerin zusammengewohnt, sie wusste, wie das ging.

Sie holte den Nachttopf von der Kommode im Flur, der eigentlich nur ein Deko-Teil war, jetzt aber gute Dienste leisten würde, und stellte ihn neben Bettenbergs Bett.

Dann kniete sie sich über ihn – eine Position, die ihr beklagenswerterweise noch vertraut war –, nahm den Kaffeelöffel aus der Nachttischschublade, den Bettenberg aus der Küche gemopst haben musste, um seine Tinkturen zu löffeln, und drückte ihm den Stil in den Gaumen.

Es dauerte nicht lange und Bettenberg gab würgende Geräusche von sich. Gleich darauf erbrach er sich in den Nachttopf. Olfaktorisch war das eine Zumutung, aber Konny war trotzdem froh. Wie hätte sie von nun an in den Spiegel schauen sollen, wenn sich ihre Dosis für seinen angeschlagenen Altmännerkörper als Überdosis erwiesen hätte?

Bettenberg schlug die Augen auf.

An der Schädeldecke klebende Haare, rote Flecke auf den Wangen, einige Krümel Erbrochenes in den Mundwinkeln,

Silberblick. So musste Cary Grant ausgesehen haben, als er   / 275
noch Archie Leach hieß. Aber wenigstens war Bettenberg am
Leben!

Er gurgelte und spuckte noch etwas Galle nach.

Konny ließ ihn zurück auf das Kissen sinken. »Geht's wieder?«

»Mir ist schlecht«, murmelte er. »Muss ich sterben?«

»Sie müssen nicht sterben«, versicherte Konny.

»Ich hätte … zu den Tabletten … keinen … Alkohol trinken
sollen«, stammelte er.

Sehr brav, er gab sich selbst die Schuld.

»Nein, hätten Sie nicht. Das war dumm von Ihnen.«

Bettenberg hustete. »Mein Testament ist in der Innentasche
meines Aktenkoffers. Ich habe auch Vorkehrungen für meine Grabstelle getroffen …«

»Sie müssen nicht sterben«, wiederholte Konny.

Es passte zu Bettenberg, immer gleich vom worst case auszu-
gehen – Hypochonder, der er war.

»Ich bin dem Knochenmann schon viermal von der Schippe
gesprungen. Wie oft werde ich noch so viel Glück haben?«

»Viermal?« Konny ging natürlich von schrecklichen Ereignissen in seinem früheren Leben aus, sie dachte an versagende
Autobremsen, einstürzende Neubauten, galoppierende Tuber-
kulose, aber gleich darauf zählte Bettenberg an den Fingern
ab: »Die mangelhafte Hygiene hier im Haus, mangels Fliegengitter von Stechmücken leer gesaugt, die perfide Katzenatta-
cke und mein Sturz aufs Steißbein.«

Weil sie sich so über ihn ärgerte, verriet sie ihm nicht, dass es
im Grunde fünf Tode waren. Nach fleischfressenden Bakterien, insektoid bedingter Blutarmut, Splittersteißbein und Ver-

katerung kam jetzt noch ein versehentlicher Giftmordan-schlag dazu.

Konny konnte die Schwere seines Anfalls nicht einschätzen. Hatte es ihn nur so schwer erwischt, weil er zusätzlich noch etwas anderes eingenommen hatte?

»Was haben Sie alles eingeworfen?« Konny hielt Ausschau nach Stift und Papier, um alles aufzuschreiben.

»Ein Aspirin«, flüsterte Bettenberg. »Nein, ich lüge, *zwei* Aspirin.«

»Das ist alles?«

»Ich sehe ein Licht …« Bettenberg sah zur Wand. Er setzte einen friedlichen Gesichtsausdruck auf.

Konny sah das Licht auch. Es war nicht das Licht am Ende jenes Tunnels, durch den man angeblich nach dem Ableben schreitet, es war die Sonne, die vom Spiegel über der Kommode an die Wand reflektiert wurde.

»Von zwei Aspirin stirbt man nicht.«

»Überall Insekten … Ungeziefer …«, sagte Bettenberg und sah sie aus großen Augen an.

»Was? Wo?«

»Bakterien. Stechmücken. Salmonellen«, fuhr Bettenberg fort.

»Da habe ich noch eine Antiallergietablette genommen. Obwohl von der Einnahme zusammen mit Alkohol strikt abgeraten wird. Damit habe ich mein Schicksal besiegelt.«

Bettenberg sah wieder zu dem Lichtfleck an der Wand.

Idiot, dachte Konny. *Geh halt ins Licht, du Depp.*

Und gleich darauf: *Verdammt, der Akku von meinem Heiligenschein ist offenbar schon wieder leer.*

»Woher hatten Sie eigentlich die Weinflasche?«

»Was?«

»Die Weinflasche? Sie konnten doch heute Nacht nicht nach unten schleichen und sich bedienen, Sie waren ja gar nicht da.«

»Mir tut ja schon das Liegen weh, geschweige denn das Treppensteigen – ich habe die Flasche nicht eigeninitiativ an mich genommen!«, empörte er sich. »Jemand hat mir die Flasche auf den Nachttisch gestellt, als ich pinkeln war. Ich dachte, das waren Sie. Wegen … Sie wissen schon … unserer *amour fou.*«

In jeder anderen Situation hätte Konny im heftigst widersprochen, aber jetzt gingen ihre Gedanken auf Wanderschaft. Weder Kriemhild noch sie hatten den Wein auf Bettenbergs Zimmer gebracht. Herr Hirsch zweifellos auch nicht. Da blieb nur eine Möglichkeit: Der Mörder – oder die Mörderin – hatte den Verdacht, dass Bettenberg in der Nacht der Tat doch etwas gesehen haben könnte, und wollte ihn ausschalten.

Wer auch nur zwei Minuten in Gesellschaft von Bettenberg verbrachte, der wusste, dass er ständig irgendwelche Pillen einwarf. Hatte, wer immer ihm die Flasche brachte, beobachtet, wie sie gestern den Wein und das Bier mit Sedativa versetzte? Und sich das zunutze gemacht? War es doch keine versehentliche Überdosierung, sondern eine gezielte Vergiftung gewesen? Und hatte einer ihrer Hausgäste nur vorgetäuscht, weggetreten zu sein? Oder war Luigi doch nicht der freundliche Geldeintreiber von nebenan?

Wie die Antworten auch immer lauten mochten, das Morden war für den Täter so normal wie Joggen geworden, und der Euphoriekick hatte offenbar schon eingesetzt …

Es würde wieder geschehen!

Ein Wort mit 32 Buchstaben

»Schlechtwetterprognose!«, wetterte Herr Hirsch, als Konny in die Küche trat. Er saß mit dem aufgeschlagenen Adressbuch am Tisch und schlug mit der Faust auf die Tischplatte.

Luigi saß neben ihm, höchst fasziniert. »Er will irgendwas, aber ich verstehe nicht, was.«

»Er will, dass wir einen Anwalt für Kriemhild besorgen.« Konny nahm ihr Handy von der Anrichte und wählte die Nummer im Adressbuch. Es war noch eine der uralten Nummern mit nur vier Ziffern.

Herr Hirsch atmete befreit aus.

»Besetzt.« Sie hielt ihm das Handy hin, damit er es selbst hören konnte.

»Wo sind die anderen?« Die Tür zum Esszimmer war geschlossen.

»Balu der Bär hält gerade seine *Versuch's mal mit Gemütlichkeit*-Ansprache.« Luigi grinste.

»Seine was?«

»So 'ne Art Motivationsrede für die Band. Jetzt, wo klar ist, dass es keiner von denen war. Oder so. Keine Ahnung. Sie wollten mich nicht dabeihaben.« Luigi hob die Cola-Flasche. »Ich hab mir die hier genommen. Ist okay, oder?«

Soso, es soll keiner von der Band gewesen sein? Na schön, aber wenn sie eines mit absoluter Sicherheit wusste, dann, dass es ihre Schwester auch nicht war.

Konny drückte auf Wahlwiederholung. Immer noch besetzt.

»Was machen Sie eigentlich noch hier?« Sie sah Luigi misstrauisch an. »Leon ist tot.«

Das Strahlen verschwand aus Luigis fleischkäseartigem Gesicht. »Ich kann nicht ohne die fünfzig Riesen zum Boss. Der macht mich kalt.«

»Fünfzig Riesen?« Konny musste sich setzen. »Fünfzigtausend Euro?«

Luigi nickte.

»Wo wollen Sie so viel Geld herbekommen?«

Luigi zuckte mit den Schultern und saugte schlürfend den letzten Rest Cola durch den Strohhalm.

In Konny keimte eine Idee.

Sie musterte Luigi. Riesengroß, mit dem Aussehen eines schlecht gelaunten Türstehers, im Besitz von maximal einer Handvoll Gehirnzellen.

»Hören Sie, meine Schwester hat niemanden umgebracht.«

»Wenn Sie das sagen.« Luigi bildete sich keine Meinung. Nie.

»Sie müssen mir helfen, ihre Unschuld zu beweisen.«

»Gern.« Luigi lächelte. »Fünfhundert Euro.«

»Wie bitte?«

»Ich koste fünfhundert. Umnieten geht extra.«

Konny schluckte. »Nein, Sie sollen niemand umbringen. Sie sollen nur mein Bodyguard sein, wenn ich den wahren Täter mit seiner Tat konfrontiere.«

Luigi nickte. »Fünfhundert.«

»Wollen Sie mir nicht für umsonst helfen?« Konny klimperte mit den Wimpern. »Erinnere ich Sie nicht an Ihre Mutter.«

»Nein.« Luigi schüttelte den Kopf. »Eher an meine Oma.«

Konny fühlte ihre jugendliche Ausstrahlung attackiert, aber sie durfte jetzt nicht unwirsch werden, sie brauchte ihn. »Also gut, fünfhundert Euro. Wir müssen gleich los, solange er noch da ist.«

»Bevor sie aufgehört hat, sich den Damenbart zu rasieren.«
Luigi sah gedankenverloren zur Decke, wo offenbar das Bild
seiner Großmutter schwebte.

»Ja, wie … nett.« In Konny, die fand, dass sie keinen Tag älter
als fünfzig aussah, grummelte es. Aber sie brauchte einen
starken Mann, und Herr Hirsch würde ihr keine Hilfe sein
können.

»Ich will den Täter konfrontieren!« Konny fand es ernüchternd,
dass er gar nicht fragte, wen sie im Verdacht hatte. »Ich glaube
nämlich, es war …« Dramatische Pause. »… der Zelter!«
Ihr Publikum zeigte sich wenig beeindruckt.

Herr Hirsch hatte ihr längst das Handy aus der Hand genommen und drückte beharrlich die Wahlwiederholungstaste.

Luigi hatte immer noch den Kopf in den Nacken gelegt und
lächelte die Decke an. »Sie hat dann auch aufgehört, sich die
Haare zu färben. Ich finde, alle Omas sollten grauhaarig sein.
Wie Ihre Schwester.«

»Ganz toll, dass Sie das finden«, schnarrte Konny. »Und jetzt
los.«

Herr Hirsch klopfte mit dem Handy auf den Tisch.

»Es ist besetzt.«

Er sah sie aus großen Augen an. In seiner Welt, die seit dem
Schlaganfall völlig aus den Fugen geraten war, gab es nur noch
wenige Konstanten: Die Schwestern waren eine davon. Und
die Aussicht, auch noch sie zu verlieren, was ihm unerträglich.

Konny wurde weich. »Na schön, Sie kommen mit und drücken
so lange die Wahlwiederholung, bis jemand abnimmt. Dann
übernehme ich.« Sie wandte sich an Luigi. »Gehen wir. Ich
weiß allerdings nicht, wie gefährlich der Zelter ist.«

»Welcher Zelter?« Luigis Blick sank wieder in die Realität.
»Der Mann im Zelt. Der Leon überfahren hat. Draußen, am Waldrand. Der Zelter. Den wir uns jetzt vorknöpfen werden.«

»Okay.« Man sah Luigi an, dass er nur Bahnhof verstand, aber er musste ja auch gar nichts verstehen, er musste nur den starken Mann geben.

»Wir werden den Mann überwältigen und zur Polizei bringen. Dann müssen sie meine Schwester gehen lassen. Klar?«

»Klar!« Luigi nickte.

»Sind Sie dabei?«

»Ich bin dabei. Aber ich will Barzahlung.« Luigi blieb hart.

»Meinetwegen«, sagte Konny. »Aber nur im Erfolgsfall.«

Luigi nickte.

Konny sah zu Herrn Hirsch.

»Okay?«

Herr Hirsch rief: »Wärmerückgewinnungsdampferzeuger!«

Shaun, Dolly und das wollige Grauen

Schafe sind nicht die knuddligen, freundlichen Strickpullis auf vier Beinen, wie man sie als Städter aus Zeichentrickserien im Kinderprogramm kennt. Es sind hinterhältige verschlagene Attentäter, die Menschen für Bowlingkegel halten und immer darauf aus sind, mit gesenktem Schädel und hammerharter Stirn neun auf einen Streich zu fällen. Kurzum, sie sind eine Bedrohung. Zudem sind sie strohdumm. Droht man ihnen mit einer Mistgabel, werten sie das als Aufforderung zum Tanz.

Wenn die wenigen Menschen in und um die Villa in diesem Moment auf die Wiese geschaut hätten, wären ihre Mundwinkel zweifellos nach oben gewandert. Aber es schaute keiner. Den Polizisten im Streifenwagen versperrte das Hünengrab die Sicht, die Reporter waren Frau Klum und der mutmaßlichen Mörderin Kriemhild in die Stadt gefolgt, und Klaus schwor die Band hinter geschlossenen Türen immer noch auf den neuen Kurs ein.

Eben hatte Konny zu Luigi und Herrn Hirsch gesagt: »Wir sollten ausschwärmen und uns dem Zelt von zwei Seiten nähern. Damit wir ihn einkesseln können, falls er zu fliehen versucht.«

Da spürten sie auch schon, wie die Erde unter ihren Füßen förmlich erbebte.

Offenbar hielt der Schafbock die drei Menschen, die sich auf das Zelt zubewegten, für eine Bedrohung seiner kleinen Herde, obwohl die Herde, jenseits des Elektrozaunes, überhaupt nicht in Laufrichtung von Konny, Luigi und Herrn Hirsch lag.

Mit einem lässigen Sprung hechtete der Bock über den Zaun / 283
und setzte zügig zum Angriff an, wobei er sich – er war ja kein
Feigling – den größten Zweibeiner als Ziel aussuchte. Kreischend rannte Luigi davon.

»Zickzack laufen!«, brüllte Konny, was Luigi hörte und be-
herzigte. Wie ein Hase schlug er Haken im Neunzig-Grad-Win-
kel. Und für so einen großen, bulligen Kerl in engen Cowboystiefeln war er erstaunlich leichtfüßig unterwegs.

Herr Hirsch lief zum Haus zurück.

Konny behielt den Bock im Blick – nur falls er seine Aufmerksamkeit auf ein statischeres Ziel als Luigi richten sollte – und
ging langsam rücklings auf den Zaun zu. Stand der nicht
mehr unter Strom?

Ein kurzer Griff bestätigte: Autsch! Doch, der stand noch
unter Strom. Der Bock konnte nur einfach höher springen.

Nicht nur der Bock, wie sich gleich darauf herausstellte. Konny
sah sich unversehens von drei Schafen umzingelt.

Sie drohte ihnen mit der Mistgabel, die sie zu Selbstverteidi-
gungszwecken mit sich führte. Selbstverständlich hätte sie
niemals wirklich zugestochen, aber das konnten die Schafe
ja nicht wissen.

Offenbar hielten die Schafe die Mistgabel auch gar nicht für
eine gefährliche Waffe. Das kleinste Tier – entweder ein Lamm
oder ein kleinwüchsiges Schaf, da war Konny sich nicht sicher – kam näher und schubberte sich an den Zinken. Ein
sehr viel größeres Schaf kam ebenfalls näher, war aber nicht
an der Mistgabel interessiert. Sein Blöken klang bedrohlich.

Konny wusste um ihre Schwächen. Nie im Leben war sie so
gut zu Fuß wie Luigi, der – immer noch schreiend und Haken schlagend – schon fast den Waldrand erreicht hatte, den
Bock dicht auf den Fersen.

Das Schaf stand jetzt direkt vor ihr.

Konny legte die Mistgabel ganz vorsichtig ins Gras – zum Ärger des Schubberschafes – und streckte dann den Arm aus, um das Schaf am Kopf zu kraulen. Bei Amenhotep funktionierte das. »Ist ja gut ... alles ist gut ... du bist ein liebes Schaf.« Schafe konnten doch nicht beißen, oder?

Das Schaf ließ sich zwar nicht kraulen, es schnappte aber wenigstens nicht nach ihr. Allerdings ging es ein paar Schritte zurück.

Konny schwante nichts Gutes.

Übergangslos kam das Schaf auf sie zugestürmt.

In letzter Sekunde machte Konny einen Ausfallschritt nach rechts, und das Schaf bretterte in den Zaun. Man hörte ein zischendes Geräusch, und das Schaf blökte. Das trug natürlich nicht gerade zur Freundschaft zwischen ihr und dem Schaf bei.

Drüben im Wald krachte es im Unterholz. Luigi und der Bock waren nicht mehr zu sehen.

Konny rannte in ihrer Verzweiflung auf den Birkenhain zu, in dem das Zelt stand.

Wie nicht anders zu erwarten, war sie nicht schnell genug.

Das elektrisierte Schaf, das mit zwei Kolleginnen die Verfolgung aufnahm – nur das Schubberschaf stand noch am Zaun und schaute enttäuscht auf die Mistgabel –, erreichte sie als Erste und stieß ihr den Schädel gegen die Hüfte. Konny ging zu Boden.

Die drei Schafe nahmen neben ihr Aufstellung. Konny, die sich durchaus vorstellen konnte, versehentlich in ein Paralleluniversum geraten zu sein, in dem Schafe fleischfressende Raubtiere waren, hechelatmete.

Da sagte eine beruhigende Stimme: »Kanzlernachfolge.«
Herr Hirsch war wieder da und streckte die Hand aus, in der
er ein Stück Brot hielt.

Konny war vergessen.

Friedlich knabbernd ließen sich die Schafe von Herrn Hirsch
zur Seite führen. Er hatte den kompletten Brotvorrat der Pension geholt – das würde die Killerschafe eine Weile beschäftigen.

Der Bock drüben im Wald bekam mit, dass seine Frauen mit
Leckereien versorgt wurden, und kam futterneidisch ange-
trabt.

Konny rappelte sich auf.

»Schleusenwärter?«, fragte Herr Hirsch.

»Ja, alles in Ordnung. Nur ein wenig verschreckt. Blöde Schafe!« Konny klopfte sich diverses Erdreich vom Kleid. Was sie
alles auf sich nahm, um ihrer Schwester zu helfen!

Der Gedanke brachte sie zurück in die Spur. Sie musste Kriemhild helfen! Die wurde vermutlich just in diesem Moment
ganz entsetzlich gequält. Gut, es gab keine Daumenschrauben
und keine Streckbank mehr, aber Kriemhild konnte nicht mit
Menschen, verstand nichts von deren psychologischen Spielchen. Man kannte das ja: good cop, bad cop. Schlechter Kaffee.
Es wäre die Hölle für Kriemhild, ausgefragt zu werden – womöglich sogar nach dem Kommodore! Es galt, keine Zeit mehr
zu verlieren.

Luigi kam schnaufend angetrottet. »Sie haben echt Glück,
dass ich meinen Stundensatz nicht nachverhandele. Bei dem
blöden Schaf steht mir eigentlich das Doppelte zu.«

Stundensatz? Konny hatte gedacht, die fünfhundert wären
das Gesamthonorar für den Einsatz, egal, wie lang. Sie

sah auf die Uhr. Noch zwanzig Minuten. Jetzt sich nur nichts anmerken lassen.

»Dann los!«

Zu dritt stellten sie sich vor das Biwak-Zelt.

»Hallo?«, rief Konny.

Keine Antwort.

»Hallo, ich weiß, dass Sie da drin sind, ich kann Ihre Umrisse sehen.« Sie trat gegen den geschlossenen Reißverschluss am Zelteingang. »Kommen Sie raus.«

»Porzellangroßhandlung«, rief Herr Hirsch, und es klang bedrohlich. In der Hand hielt er immer noch Konnys Handy.

»Ich zähle auf drei. Wenn Sie dann nicht rauskommen, kommen wir rein!«, drohte Konny. »Eins … zwei … zweieinhalb …«

Wer – oder was – würde sie erwarten? Konny hatte das nicht wirklich bis zum Ende durchdacht. Wenn das tatsächlich ein durchgeknallter Psychopath sein sollte, reichte Luigi aus Sachsen womöglich nicht als Beschützer aus. Sie hätte ihren Verdacht Frau Klum mitteilen sollen. Aber hätte die ihr geglaubt?

»… zweidreiviertel …«

»Ich geh jetzt rein!«, erklärte Luigi. Er zog ein Klappmesser aus dem Schaft seines Stiefels, ließ es aufspringen und ratschte die Zeltwand auf.

Konny und Herr Hirsch hielten sich erschrocken aneinander fest und traten einen Schritt zurück.

Im Innern des Zeltes tobte ein kurzer, geräuschintensiver Kampf. Wobei die Kontrahenten nichts sagten. Es war mehr ein *zong, plop, boing, ratsch* – wie in einem Comic.

Dann wurde es still.

Bis auf das Handy von Konny in Herrn Hirschs Hand. Die Rückruffunktion hatte sich aktiviert. Die vierstellige Nummer des Anwalts blinkte auf dem Display.

Konny nahm das Handy. »Hallo? Spreche ich mit der Anwaltskanzlei Wittlich?«

Herr Hirsch sah sie begeistert nickend an. Offenbar traute er dem Anwalt jedes Wunder zu, auch die sofortige Freilassung von Kriemhild.

»Ich habe Ihre Nummer von Herrn Hirsch …«

Herr Hirsch nickte schneller.

»Aha«, sagte Konny. »Verstehe. Entschuldigen Sie bitte die Störung.« Sie steckte ihr Handy weg.

Herr Hirsch schaute verständnislos.

»Wann hat Ihnen Rechtsanwalt Wittlich zum letzten Mal geholfen, Herr Hirsch?«

Herr Hirsch sah zu den Cirruswölkchen am Himmel. »Ochsenzunge.« Es klang unsicher.

»Das erklärt einiges«, sagte Konny. »Herr Wittlich hat sich vor zehn Jahren zur Ruhe gesetzt und ist vor fünf Jahren gestorben. Seine Witwe meint, Sie dürften gern einmal zu einem Kaffeeplausch bei ihr vorbeischauen und mit ihr über alte Zeiten plaudern. Es gäbe auch Selbstgebackenes.«

Herr Hirsch guckte enttäuscht.

Aber sie brauchten ja auch keinen Anwalt mehr. Sie hatten den echten Mörder.

Konny beugte sich vor und sah in das Zelt.

»Ich hoffe wirklich, das wird unsere künftige Beziehung nicht negativ beeiflussen«, sagte Luigi zu dem Mann im Kapuzenshirt, dem er gerade mit Paketkleber Hände und Füße verschnürte. Und sie hatte gedacht, die Auswölbung unter seinem Sakko stamme von einer Handfeuerwaffe. Nein, Luigi war mit einer Rolle Paketkleber unterwegs.

»Hmpf«, machte der Mann. Mehr konnte er nicht sagen, denn auch seinen Mund hatte Luigi mit Paketklebeband zugeklebt.

Konny kniete sich in den Eingang des Zeltes. Hineinkriechen konnte sie nicht, es war ja schon für den Kapuzenträger und Luigi zu eng.

Herr Hirsch lugte über ihre Schulter.

»Luigi«, bat Konny, »nehmen Sie dem Mann die Kapuze ab!«

Der Moment war gekommen. Gleich würden sie dem unsagbar Bösen ins Auge schauen.

Doch das waren nur die Augen von Bauer Schober. Eins davon mit Veilchen.

»Herr Schober?«

Konnys Hand fuhr an ihren Mund.

»Kenn Sie den?«, fragte Luigi. Er hielt das Klappmesser gefährlich nah an die Kehle des Bauern.

»Tun Sie ihm nichts, das ist unser Nachbar.« Sie sagte Luigi besser nicht, dass ihm die Schafe gehörten. Es war nicht auszuschließen, dass Luigi sich für die Schafbockattacke mit einer fein ziselierten Messernarbe bedanken wollte.

»Herr Schober, was machen Sie hier? Warum zelten Sie auf unserem Grundstück?«

»Hmpf«, machte Herr Schober.

»Ich sollte ihm wohl besser das Klebeband abnehmen, oder?«, fragte Luigi.

Konny nickte.

Schober schrie auf, als ihm Luigi das Band vom Mund riss, inklusive diverser Bartstoppeln und Hautstücke.

»Sie haben die Dame gehört, was machen Sie hier?« Luigi versetzte Schober einen Stoß. Der kippte – weil man gefesselt ein nur eingeschränktes Gleichgewichtsvermögen besaß – zur Seite.

Luigi richtete ihn wieder auf.

Schober schwieg verstockt.

»Prinzessinnenkrönchen!«, verlangte Herr Hirsch.

»Bitte, Herr Schober, Sie wissen doch sicher, dass vor unserem Haus jemand umgekommen ist!« Konny sah ihn flehentlich an. »Wir haben Sie für den Täter gehalten!«

»Was? Mich?« Seine Empörung war stärker als sein Schweigegelübde. »Ich habe damit nichts zu tun!«

»Was machen Sie dann hier?«

Schober guckte zu Boden. Er schob eine Unterlippe vor. Weil es Luigi zu lange dauerte, stieß er Schober neuerlich an, dieses Mal hielt er ihn aber gleichzeitig an der Schulter fest, damit er nicht umkippte.

»Meine Frau und ich haben uns gestritten«, platzte es aus Schober heraus. »Sie hat mich vom Hof gejagt.«

Luigi gluckste.

»Oh, das tut mir aber leid.« Konny beugte sich vor und tätschelte die gefesselten, schrundigen Hände von Bauer Schober. »Das muss furchtbar für Sie sein.«

Eigentlich hatte Konny gedacht, dass nun eine Träne aus Bauer Schobers Auge kullern würde, und dieser Moment ganz tief und verbindend werden würde. Aber nein.

»Die blöde Schreckschraube! Ich hab zwanzig Jahre in den Hof investiert, und sie glaubt, dass sie mich einfach verscheuchen kann, nur weil ihr Vater *ihr* den Hof überschrieben hat. Aber ohne mich! Ich sitz das aus. Das ist auch mein Hof!« Er zappelte mit den Beinen. »Machen Sie mich gefälligst wieder los!«, herrschte er Luigi an.

»Moment mal«, sagte der, »wenn Sie der Bauer sind, dann sind das Ihre Schafe.«

So viel Kombinationsgabe hätte Konny ihm gar nicht zugetraut.

»Ihr blöder Bock wollte mich auf die Hörner nehmen!« Luigi klang, als hätte Bauer Schober seinem Bock persönlich den Befehl zum Angriff erteilt.

»Shaun und Dolly haben ein Aggressionsproblem. Das haben sie von meiner Frau. Die Schafe sind ihre Zuständigkeit. Und würden Sie mich verdammtnocheins jetzt endlich losbinden!«

Das Aggressionsvirus mochte von Frau Schober auf die Schafe übergesprungen sein, Bauer Schober war aber ebenfalls infiziert.

»Losbinden, sage ich! Sonst zeige ich Sie wegen Freiheitsberaubung an!«

Luigi sah zu Konny. Einen Moment lang kam sie sich vor wie ein weiblicher Mafia-Don. Mit einer lässigen Handbewegung gab sie ihr Okay.

Luigi säbelte das Paketklebeband auf.

Konny erhob sich und drehte sich zur Villa um. Schober war also nur ein misshandelter Ehemann auf der Flucht, kein Mörder. Sie waren dem wahren Täter keinen Deut näher.

Konny seufzte. Wie hieß es so treffend? Nach dieser Woche brauchte sie kein Wochenende, sondern eine Delfin-Therapie!

Vom Leben durchgekaut und ausgespuckt ...

»Ich bin in Ordnung.« Kriemhild presste die Lippen aufeinander. »Wie ich immer sage – wenn das Leben dir eine knallt, dann steh wieder auf, putz dir den Dreck von den Knien und sage ›Pö‹, du schlägst wie ein Mädchen.‹«

Konny umarmte ihre Schwester, wie Penelope ihren Odysseus nach zwanzig Jahren Abwesenheit umarmt haben musste. Fest. Sehr fest. Und ein wenig ungläubig, dass es tatsächlich ein Happyend geben sollte.

Amenhotep lag bei Kriemhilds Rückkehr auf dem Fensterbrett, rührte sich aber nicht vom Fleck. Katzen fällt, ebenso wie Hunden, natürlich auf, wenn ihre Menschen weg sind. Es kümmert sie nur nicht.

»Ist ja gut«, sagte Kriemhild und drückte Konny weg. Körperkontakt und die Zurschaustellung von Gefühlen waren ihr unangenehm. Dass sie es dennoch satte fünf Sekunden zuließ, zeugte davon, dass diese Erfahrung nicht spurlos an ihr vorübergegangen war.

Ja, sie war wieder auf freiem Fuß. Nach viereinhalb Stunden inquisitorischer Verhörfolter.

»Wie unter Torquemada«, hatte sie bei ihrer Rückkehr geschimpft, aber versäumt, den jungen Leuten zu erklären, dass Torquemada ein berüchtigter, gnadenloser, mittelalterlicher Foltermeister gewesen war, darum zeigten die sich auch nicht so entsetzt, wie Kriemhild das mit ihrem Vergleich beabsichtigt hatte.

Natürlich war der Vergleich von Frau Klum mit Torquemada

ein erzählerisches Stilmittel und ein wenig zu pointiert. Wie sich auf Nachfrage herausstellte, war Kriemhild im gemütlichen Eckbüro der Kommissarin fast freundschaftlich befragt worden – zu Themen wie der optimalen Beseitigung von Nacktschnecken im Kräutergarten, den preiswertesten vegetarischen Rezepten und ganz nebenbei auch zur Mordnacht. Bei ihrem Plausch tranken sie zu zweit vier Kannen Grüntee, weswegen Kriemhild jetzt so überdreht war wie ein Schachtelteufelchen.

Sie lief in die Küche, holte die guten schottischen Kekse aus ihrem Versteck, kam zurück in den Salon gelaufen, rückte ein Bild an der Wand gerade, das nicht gerade gerückt hätte werden müssen, setzte sich, biss in einen Keks, stand wieder auf, polierte mit dem Zipfel ihrer Bluse den Messingtürknauf, streichelte Amenhotep, setzte sich wieder, nur um das Ganze keine fünf Minuten später zu wiederholen.

In der Ferne donnerte es. Der Wettersuppentopf – den ganzen Tag über war es schon unangenehm schwülheiß gewesen – drohte überzukochen. Das zweite heftige Gewitter in dieser Woche braute sich über dem nahe gelegenen Bergzug zusammen.

Sie saßen bei Eistee im Salon – nur Klaus trank Bier – und ergingen sich in wilden Spekulationen über den oder die Täter.

Der Beamte in Zivil, der Kriemhild zurückgebracht hatte, ließ von Frau Klum ausrichten, dass alle Auswärtigen frühestens am Folgetag abreisen dürften.

Keiner murrte groß, zu sehr waren alle noch in jenem Zwischenzustand gefangen, in den man unweigerlich fällt, wenn die bisher bekannte Welt völlig aus den Fugen geraten ist.

»Hört auf meine Worte! Ich sage, es war jemand von außen!«,

insistierte Klaus und trank sich mit seinem Pils einen Schaum-
schnauzer an. »Der Täter ist keiner von uns!«

»Beziehungsweise die Täterin«, warf Kriemhild oberlehrerin-
nenhaft ein.

Klaus ließ sich von solchen Zwischenrufen nicht aus der Ruhe bringen. »Und wenn ich sage, keiner von uns, meine ich
natürlich, keiner von der Band.«

Er sah zu Luigi.

Der hatte den Angriff eines blutrünstigen Killerschafbocks
überlebt, da kratzten ihn lässig hingeworfene Anschuldigun-
gen nicht. Ihm machte mehr zu schaffen, dass der Bock – was
Luigi niemandem erzählt hatte, das ließ sein Stolz nicht zu –
ihn tatsächlich einmal erwischt hatte, drüben im Wald, und
zwar volle Kanne in den verlängerten Rücken. Er konnte kaum
sitzen. Deswegen hätte er jetzt zu gern den Schaum-Sitzring
von Holger Bettenberg ausgeliehen. Was natürlich nicht ging.
Oder doch? Luigi starrte Bettenberg, der sein Bett verlassen
und sich zu ihnen gesellt hatte, fast hypnotisch an.

»Vielleicht war es ja jemand, der die ganze Zeit nur so getan hat,
als sei er schwer verletzt?« Auch Kriemhild sah jetzt Bettenberg an.

»Ja, Alter, brauchen Sie den Sitzring wirklich?« Luigi schob ihm
das Kinn entgegen.

Bettenberg erwachte ganz allmählich aus seiner tablettenbe-
dingten Rammdösigkeit. »Wollen Sie damit etwa etwas andeuten?« Er plusterte sich auf.

»Aber nein«, widersprach Luigi, »ich will nichts *andeuten*. Ich
sage ganz klar und deutlich, dass Sie mir verdächtig vorkommen. Woher sollen wir denn wissen, ob Sie nicht mal eben locker diesen Sänger umgebracht haben und jetzt nur so tun,
als seien Sie invalide?«

Bettenberg guckte bissig. »Wenn ich nicht unmenschliche Schmerzen ertragen müsste, würde ich jetzt aufstehen und Ihnen meinen Fehdehandschuh ins Gesicht werfen, Sie Kretin!«

»Handschuhe? Im Hochsommer?« Luigi kicherte.

»Der Notarzt hat doch bestätigt, dass sich Herr Bettenberg eine schmerzhafte Steißbeinverletzung zugezogen hat«, warf Konny ein. Im Grunde sagte sie es zu sich selbst, weil sie immer noch daran knabberte, wer es getan haben könnte.

»Aber die hat er sich doch erst nach dem Mord zugezogen«, hielt Kriemhild dagegen.

»Kammerflimmern«, gab Herr Hirsch ihr recht. Er stand hinter Kriemhild, als wolle er dafür sorgen, dass sie nicht wieder von fremden Mächten entführt wurde.

Bettenberg sah zu Konny. »Sind Sie wirklich sicher, dass Ihre Schwester, diese Hexe, unschuldig ist?«

»Aber ja!« Da bestand für Konny gar keine Frage.

»Sie hören vielleicht nur auf Ihr Herz.« Bettenberg schaute vieldeutig.

»Natürlich höre ich auf mein Herz, ich habe ja keinen Penis.« Er war und blieb ein Idiot. Zahnseide für verkrustete Hirnrinde wäre jetzt schön.

»Also wirklich, dieser Tonfall!« Bettenberg schmollte. »Haben Sie Ihre Tage?«

Die hatte Konny schon geraume Zeit nicht mehr, dennoch fauchte sie: »Nein, ich kann auch ohne absterbende Gebärmutterschleimhaut pissig werden. Und das, lieber, sehr geehrter Herr *Doktor* Bettenberg, dürfen Sie gern in Ihr kleines Notizbuch kritzeln und später in einem furiosen Verriss unserer Pension veröffentlichen!«

Es brauchte viel, bis Konny sich vergaß, aber wenn sie sich vergaß, dann richtig.

»Wie jetzt? Unser Splittersteißbein ist Hotelkritiker im Undercover-Einsatz?« Klaus grinste.

Bettenberg besaß immerhin den Anstand, rot zu werden.

Amenhotep miaute. Richard und Galecki, die auf dem Sofa saßen, warfen sich den kleinen, roten Ball zu, den Amenhotep über alles liebte, wenn er in Spiellaune war. Der Ball gab einen Quietschton von sich, wenn man darauf biss. Bislang hatte Amenhotep den Ball aber noch nicht erwischt, was hauptsächlich daran lag, dass er sich für sportliche Aktivitäten zu schade war. Er lag breit zwischen den beiden jungen Männern und fuhr nur gelegentlich seine Pfote aus. Auf diese Weise würde es noch lange dauern, bis er tatsächlich einmal den Ball zu fassen bekam.

»Zumindest haben Sie unter Lebensgefahr bewiesen, dass der ominöse Zelter weder ein Auftragskiller noch ein freilaufender Serienmörder ist.« Sara lachte bitter auf.

»Wie bitte?« Kriemhild wusste noch von nichts.

Konny wurde rot. »Bauer Schober zeltet auf unserem Grundstück, weil seine Frau ihn aus ihrem Haus und aus ihrem Leben geworfen hat.«

»Dann bringt er jetzt nicht mehr jeden zweiten Morgen frische Eier vorbei?« Kriemhild kam immer gern gleich auf den Punkt. Auf den Punkt, der für sie wichtig war.

Konny rollte mit den Augen. »Nein. Wir sehen einer eierlosen Zukunft entgegen.«

Man hörte die Großvateruhr im Flur ticken.

»Wir können niemand ausschließen«, sagte Kriemhild schließlich. »Wie ich schon der Kommissarin sagte, lasse ich die Autoschlüssel immer im Peugeot stecken. Jede und jeder, wirklich ausnahmslos, hätte sich hinters Steuer setzen und Leon totfahren können.« Sie verstummte. Als ob sie das Gefühl hatte, eine Mitschuld an den Ereignissen zu tragen.

Luigi sah sich heiter in der Runde um. »Ich widerspreche ihm hier mit der Wampe nur ungern, aber einer von euch *muss* der Mörder sein!« Alle warfen ihm böse Blicke zu. »Was ist? Das ist die einzig logische Erklärung! Das Haus liegt zu weit weg, um zu Fuß herzukommen. Wer aber mit dem Auto kommt, steigt nicht erst um, wenn er einen überfahren will.« Er hob die Handflächen nach oben, als ob damit eine wohlerwogene Argumentationskette ihrem Höhepunkt zugeführt worden wäre. »Und außerdem gibt's nur einen von außen, der theoretisch einen Grund gehabt hätte, ihn umzubringen, und das bin ich. Da ich es nicht war, muss es einer von euch sein.«

»Himmelfahrtskommando«, sagte Herr Hirsch, und es klang ganz so, als würde er Luigi damit recht geben wollen.

Freddie räusperte sich. »Wir könnten ihn doch … selbst fragen.«

»Äh? Wen?« Klaus kratzte sich in der Achselhöhle.

Freddie sah zu Kriemhild. »Sie unterhalten sich doch mit Ihrem toten Ehemannn, nicht wahr? Können Sie nicht auch Leon channeln?« Ihr Blick war so verloren, so traurig, dass sie das unmöglich im Spott gesagt haben konnte.

»Hä?«, fragte Luigi.

»Sie spricht mit den Toten«, klärte Sara ihn auf. »Ihr Mann ist schon ewig tot, aber sie hat oben ein Gedenkzimmer für ihn eingerichtet, in dem sie Zwiesprache mit ihm hält.«

Luigi sah Kriemhild an. Sein Blick war weder belustigt noch angewidert. Bestimmt pflegte seine Oma mit dem Damenbart auch Kontakt zu seinem verstorbenen Opa Giancarlo.

»Meine Schwester ist kein Medium. Sie hat nur eine Form der Trauer gefunden, die vielleicht … nicht ganz normkonform ist«, erklärte Konny. In ihrer Stimme schwang eine unausgesprochene Drohung mit: Wehe, jemand macht sich lustig, der bekommt es mit mir zu tun.

Freddie schien in sich zusammenzufallen.

»Nun, um ehrlich zu sein …«, fing Kriemhild an.

Konny sah sie perplex an.

»Ich gehe mit dieser Information normalerweise nicht hausieren, aber ja, ich bin ein Medium.«

»Wie bitte?« Konny klappte der Unterkiefer herunter.

Freddies Kopf schoss hoffnungsvoll nach oben.

»Das ist doch lächerlich!«, eiferte sich Bettenberg.

»Sie haben natürlich ein Recht auf Ihre Meinung«, sagte Kriemhild. »Aber ich weiß, was ich weiß. Die Toten sind mitten unter uns.«

Draußen blitzte es. Keine zwei Sekunden später ließ ein kräftiger Donnerschlag die Anrichte klirrend erbeben.

»Ich schlage vor«, sagte Kriemhild, »dass wir eine Séance abhalten und Leon einfach selbst fragen, wer ihn ermordet hat!«

Die Geister, die ich *nicht* rief …

Mit Halbwissen und Achtelahnung kommt man auch nicht weiter als mit völliger Ignoranz. Aber man hat ein besseres Gefühl dabei. Alles ist besser, als nur herumzusitzen und nichts zu tun. Fand Kriemhild. Nicht so ihr Zwilling.

»Du hast sie doch nicht alle! Was soll denn das?«, zischelte Konny ihrer Schwester zu, die Kerzen und Teelichter im Salon verteilte.

»Vertrau mir!« Kriemhild ging in den Flur und nahm den Stockschirm aus dem Schirmständer.

»Hast du Angst vor Zimmerregen?«, fragte Konny, die ihr hinterherwatschelte wie ein auf Mensch geprägtes Gänseküken.

»Der ist für den Mörder!« Kriemhild hielt den Stockschirm wie ein Bajonett vor sich und trug ihn ins Esszimmer, wo sie ihn an die Kommode neben der Tür lehnte. Konny überlegte kurz, ob sie sich den einzigen anderen Schirm im Ständer – einen roten Knirps mit weißen Punkten – schnappen sollte, fand das aber albern.

Mit Ausnahme von Freddie, die in ihrer Verzweiflung ehrlich glaubte, es könne möglicherweise doch einen letzten Gruß von Leon geben, hielten zwar alle die Idee einer Séance für albern, aber da sie zwangsweise hier festsaßen, hatte sich die Pension in einen Tempel der Ödnis und Langeweile verwandelt, in dem man für jede Abwechslung dankbar war, und sei sie noch so abwegig.

Nur Galecki erklärte, er wolle lieber auf seinem Smartphone eine Netflix-Serie schauen. Kurz überlegte Konny, ob ihn das verdächtig machte. Hatte er Angst, Leon könne aus dem Jenseits mit einem knochigen Finger auf ihn zeigen?

Draußen donnerte es. Der Regen ließ allerdings auf sich warten.

»Es muss völlige Dunkelheit herrschen«, befahl Kriemhild, Medium von eigenen Gnaden. »Ziehen Sie bitte die Vorhänge zu.«

Kriemhild rückte einen der größeren Beistelltische in die Mitte des Salons und bat Luigi, neun Esszimmerstühle um den Tisch aufzustellen, was er auch tat. Er wirkte wie ein Welpe, der mit einem neuen Spielzeug spielen durfte.

Klaus pflanzte sich fett auf den ersten Stuhl, den Luigi hereintrug. »Da bin ich ja mal gespannt.« Er trug jetzt sein froschgrünes Hemd, das, mit dem Konny ihn vor dem Mord im Wald gesehen hatte. War das Absicht? Hatte er Leon ermordet und wollte seinem Opfer quasi höhnisch ins Gesicht lachen, indem er dieselben Sachen trug wie am Tat-Tag?

Freddie nahm zitternd Platz.

Neben ihr platzierte sich Bettenberg mit seinem Sitzring. »Werden wir auch ektoplasmische Manifestationen zu sehen bekommen?«, spottete er.

»Ich finde es kühn von Ihnen, sich über Kräfte lustig zu machen, die Sie nicht verstehen«, kanzelte ihn Kriemhild ab. »Die Toten sehen alles!«

Bettenberg schnaubte.

Richard setzte sich neben Sara. »Alles in Ordnung? Stehst du das durch?«, fragte er sie leise.

»Du bist süß«, sagte sie, zog ihn an sich, klappte ihr Handy auf und schoss ein Selfie von sich und ihm. »Meine erste Séance. Das poste ich auf Instagram.«

Konny, die sich insgeheim gefragt hatte, ob es nicht verwerflich war, die jungen Menschen, die gerade einen der Ihren verloren hatten, einem solchen ›Gesellschaftsspiel‹ auszusetzen, schöpfte neue Hoffnung. Die würden schon damit klarkommen.

Nur um Freddie machte sie sich ein wenig Sorgen. Wiewohl es natürlich auffällig war, dass Freddie als Einzige so tief trauerte. War das nur gespielt?

Herr Hirsch guckte unwirsch, als er sich neben Konny setzte. Er ging zwar nicht jeden Sonntag in die Kirche, aber er war dennoch ein gläubiger Mensch. Séancen waren Teufelswerk. Was hier fehlte, war ein Priester mit Exorzismuserfahrung.

Amenhotep machte es sich mittig auf dem Sofa bequem und sah zu der Runde von Menschen hinüber.

»Sind alle bereit?«, fragte Kriemhild, und als das einstimmig bejaht wurde, schaltete sie das Deckenlicht aus.

Unheimlich flackerten die Kerzen. Draußen donnerte es. Man hörte erste Regentropfen gegen die Scheiben klatschen. Kriemhild setzte sich.

»Bitte legen Sie alle die Handflächen auf den Tisch. Ihre Hände müssen sich berühren.«

Konny spürte die Hand von Herrn Hirsch zu ihrer Linken und die Hand von Klaus zu ihrer Rechten. Zudem presste sich Klausens Knie gegen ihres. »Klaus!«, zischelte sie.

Er kicherte.

»Ich muss um völlige Ruhe bitten!«, verlangte Kriemhild streng. »Wir begeben uns gleich auf eine Reise ins Unbekannte. Sie dürfen ruhig zweifeln …« Sie sah erst Bettenberg, dann Klaus an. »… aber zeigen Sie sich bitte respektvoll und stören Sie die Séance nicht. Reden Sie nur auf Anfrage, und bleiben Sie sitzen, egal, was auch passieren mag.«

Letzteres würde allen auf den Rücken schlagen, weil die Sitz-
fläche der Esszimmerstühle höher war als die Tischplatte und
sie sich ergonomisch ungesund tief nach unten beugen mussten.

Konny fand, dass Kriemhild das sehr gut machte. Dafür, dass
sie es noch nie getan hatte.

Eine unheimliche Atmosphäre senkte sich über den Raum.
Ihre Körper warfen flackernde Schatten an die Wand. Jetzt
waren alle angespannt. Nur Amenhotep schleckte sich völlig
relaxt die Vorderpfote.

Kriemhild legte sich die Hände an die Schläfen und summte.
»Es lässt sich nicht vorhersagen, was gleich geschehen wird –
Emanationen optischer oder akkustischer Art, vielleicht auch
ein Poltergeist.« Sie sprach mit monotoner Stimme. »Leeren
Sie jetzt bitte Ihren Geist, konzentrieren Sie sich auf das
Nichts.«

»Das fällt unserem Tätowierten hier sicher leicht«, spottete
Bettenberg und sah Luigi an.

»He!«, rief Luigi.

»Pst! Ich sagte doch, Sie sollen nur reden, wenn die Toten Sie
ansprechen.«

»Die Toten sprechen?« Es war Sara nicht anzuhören, ob sie
das sarkastisch oder ängstlich meinte.

»Durch mich, meine Liebe«, stellte Kriemhild klar. Sie legte
ihre Hände wieder auf die Tischplatte. »Sobald ich einen Kontakt hergestellt habe, werde ich in Trance fallen und mit der
Stimme der Toten zu Ihnen sprechen. Und jetzt – Konzentration!«

Es wurde ganz leise im Salon. Sie hörten sich atmen, sonst
nichts. Mal abgesehen von dem zunehmenden Regen und

dem Donnern draußen. Und dem Ticken der Großvateruhr im Flur. Aber sonst ... nichts.

»Ist da jemand?«, rief Kriemhild.

Konny kämpfte gegen den Drang an, laut herauszuprusten.

»Ich rufe die Toten. Ist da jemand? Sprecht mit uns! Bewegt den Tisch. Einmal für ja, zweimal für nein.« Man musste es Kriemhild lassen, sie zog das professionell durch. »Ich frage noch einmal, ist da jemand?«

Der Tisch wackelte. Exakt ein Mal.

»Klaus, warst du das?« Konny schlug ihr Knie gegen seines. »Aua. Nein!«

»Pst!«, schnarrte Kriemhild. »Willkommen in unserem Kreis. Willst du dich uns zu erkennen geben?«

Wieder wackelte der Tisch ein Mal. Konny fragte sich, wie Kriemhild das anstellte.

»Fritz? Liebster Fritz, bist du das?«, rief Kriemhild voller Emotion.

Der Tisch wackelte ein Mal.

»O Gott«, hauchte Freddie, »ist das Ihr Mann?«

»Ja, das ist der Kommodore.« Kriemhild atmete schwer.

Konny, die wusste, dass Kriemhilds Ehemann mit Vornamen Walter hieß – nur Walter und nichts als Walter –, grinste in sich hinein. Aber es ließ sich nicht leugnen, auch sie war fasziniert.

»Fritz, sag uns, ist noch jemand bei dir? Wir wollen mit Leon sprechen. Ist Leon bei dir?«

Draußen blitzte und donnerte es jetzt fast zeitgleich. Das Gewitter war jetzt fast über ihnen.

»Leon«, rief Kriemhild, »Leon, sind Sie das?«

Alle spürten, wie sich ihnen die Nackenhaare hochstellten,

als – in den Donner hinein – der Tisch wieder exakt ein Mal
wackelte.

Und plötzlich sagte eine tiefe, sonore Stimme: »Er ist hier. Er
ist nicht glücklich.«

Konny riss die Augen auf. Verdammt, klang das gruselig!

»Das ist nicht die Stimme von Leon«, warf Klaus seelenruhig
ein.

Konny spürte, wie sich ihr von direkt gegenüber eine Bir-
kenstocksandalenspitze gegen ihr Schienbein drückte. »Das
ist die Stimme des Kommodore«, sagte sie, weil sie ja nicht
auf den Kopf gefallen war.

»Leon ist hier, aber er kann nicht sprechen – er hat keinen
Kopf mehr«, dröhnte es aus Kriemhild heraus.

»O Gott«, schluchzte Freddie.

»Ist doch klar«, meinte Luigi, »der Kopf ist ihm ja platt gefahren worden.«

»Ich denke, im Paradies sind wir alle auf wundersame Weise
wieder perfekt, gesund, schön und jung?«, spottete Bettenberg.

»Nur auf den Wachtturmbildern der Zeugen Jehovas«, sagte
Klaus.

»Fritz«, rief Kriemhild jetzt mit ihrer normalen Stimme, »wir
wollen von Leon wissen, ob er seinen Mörder gesehen hat?
Frag ihn, wer ihn umgebracht hat?«

Draußen blitzte und donnerte es zeitgleich. Wie eine Explosion von tausend Sonnen, und zu jeder Explosion ein Pau-
kenschlag.

Jetzt spottete niemand mehr.

Alle hatten eine Gänsehaut.

»Fritz, frag ihn, wer ihn ermordet hat!«

»Er sagt ... er sagt ...« Dramatische Pause in einen weiteren Donner hinein. »... er sagt ... die Liebe war's! Die Liebe!«

»Ja!« Er sprang auf. Polternd krachte sein Stuhl auf den Boden. »Ja, ich war's. Ich habe es aus Liebe getan, aus Liebe zu Sara!«

Richard, der große Blonde mit dem Saxophon, warf einen irren Blick in die Runde, sah Sara an, schrie wie ein verwundetes Tier laut auf und stürmte aus dem Salon.

»Licht!«, herrschte Kriemhild.

Konny rappelte sich auf und schaltete das Deckenlicht ein.

Alle waren erst einmal wie geblendet, nur Konny nicht, die war schon halb im Flur.

Richard lief nach draußen, in den Sturm.

»Bleiben Sie hier!«, rief Konny ihm nach. »Das lässt sich doch alles regeln. Sie bekommen mildernde Umstände!«

Aber entweder hatte er das im Tosen des Sturmes nicht gehört oder er wollte es nicht hören. Wie ein Wahnsinniger lief er schreiend ins Freie.

Konny hinterher.

Draußen schüttete es mittlerweile wie aus Kübeln. Der Sturmwind peitschte ihr den Regen ins Gesicht. Mit zusammengekniffenen Augen sah sie, wie sich Richard auf den Aufsitzrasenmäher schwang. In dem der Schlüssel steckte. Sie nahm sich fest vor, diese nachlässige Tradition von nun an zu ändern. Fahrzeugschlüssel gehörten ins Haus! Am besten in einen Tresor ...

»Richard!«, brüllte sie, aber er fuhr schon los.

Konny lief ihm hinterher. Mangels sportlichem Training würde sie das keine zehn Sekunden durchhalten, aber das musste sie auch nicht, denn Bauer Schober kam auf seinem Rad

angefahren. Offenbar hatte er an der 24-Stunden-Tankstelle
drüben an der Kreuzung eine Flasche Schnaps gekauft.
Breitbeinig und mit den Armen winkend, stellte sich Konny
ihm in den Weg.

»Ich brauche Ihr Rad«, brüllte sie.

»Was?«, rief er, weil er in dem Donnern nichts verstanden
hatte.

Es war müßig, diese Unterhaltung verbal weiterzuführen, darum stieß Konny ihn rüde vom Rad und schwang sich selbst
auf den Sattel.

Richard hatte schon einen ordentlichen Vorsprung. Er hatte
den Elektrozaun einfach niedergemäht und bretterte nun über
die holperige Wiese in Richtung des Schober'schen Hofes.

Konny trat in die Pedale.

Aber es war sinnlos. Selbst ein Blinder hätte das gesehen. Sie
keuchte, verlor das Gleichgewicht und fiel schwer auf das Erdreich, das glücklicherweise schon aufgeweicht war.

Ächzend rappelte sie sich auf.

Trotz Sturm und Donner meinte sie, in der Ferne das irre
Dauerschreien von Richard zu hören.

Der arme Junge! Wie verzweifelt musste er Sara lieben, wenn
er sich zu so einer Tat hatte hinreißen lassen. Aber war es wirklich Liebe, wenn es zu einer Bluttat führte?

Konny seufzte. Und humpelte zurück zur Pension. Bauer
Schobers Rad ließ sie liegen.

Der wackere Landmann kam ihr auf halber Strecke fluchend
entgegen. Er rief irgendetwas und fuchtelte mit den Armen,
aber sie eilte schnurstracks an ihm vorbei. Wie würde er sich
erst aufregen, wenn er mitbekam, dass die Flasche Schnaps im
Fahrradkorb den Sturz nicht so unbeschadet überstanden hatte wie sie?

Konny erreichte das Haus. Völlig durchweicht, enttäuscht, weil sie Richard nicht hatte aufhalten können – hoffentlich tat er sich nichts an, der arme Bub! – und im Grunde auch sauer auf die anderen. Es hätte ihr ja irgendeiner beistehen können. Aber nein, die hatten wohl alle Angst gehabt, vom Blitz erschlagen zu werden. Feiglinge.

Konny schloss die Haustür hinter sich und bog erst mal links in ihr Büro. Dort stand noch der Wäschekorb der Adretta Reinigung, die für die Pension die Bettwäsche und die Handtücher reinigte. Konny zog ein Handtuch aus dem Korb, trocknete sich das Gesicht, wickelte das Handtuch wie einen Turban um ihre nassen Haare, schlüpfte aus ihren klatschnassen Klamotten in ein Hauskleid.

Anschließend durchquerte sie den Flur und trat in den Salon.

Das Deckenlicht war wieder ausgeschaltet. Wie jetzt? Séance, Teil zwei?

Dann erst sah sie die außerweihnachtliche Bescherung.

Luigi lag reglos quer über den Wackeltisch, er blutete stark aus einer Kopfwunde.

Auf dem Boden neben dem Tisch lag Klaus, ebenfalls bewusstlos.

Freddie, Kriemhild, Herr Hirsch und Bettenberg waren noch hellwach, allerdings mit Paketkleber an ihre Stühle gefesselt und mundtot gemacht.

»Was …?«, fing Konny an.

Weiter kam sie nicht. Etwas Spitzes bohrte sich ihr in den Rücken.

Nur noch zwei Menschen kamen in Frage. Konny musste nicht lange überlegen.

»Machen Sie sich nicht unglücklich. Noch ist doch alles nur im Affekt geschehen. Machen Sie keinen Vorsatz daraus!«

»Was wissen Sie schon? Sie wissen gar nichts!«

Konny spürte kleine Spucketröpfchen im Nacken. Jetzt, quasi in der Rückschau, wurde ihr einiges klar. Richard, diese unschuldige Seele, war gar nicht in der Lage, jemanden zu ermorden.

»Setzen Sie sich!«

Konny setzte sich und drehte den Kopf.

Sara hielt nicht den Stockschirm in der Hand, wie Konny geglaubt hatte, weil der eine metallische Spitze besaß, nein, sie hatte das größte und schärfste Küchenmesser in der Hand. Und sie sah aus, als würde sie nicht zögern, es einzusetzen.

»Scheiße, das Paketklebeband ist alle!«, fluchte Sara. »Wo haben Sie eine neue Rolle?«

»Wir haben keine mehr«, log Konny. Leider war sie keine geübte Lügnerin.

Sara kam näher und drückte ihr die Messerspitze gegen die Kehle. »Keine Spielchen! Wenn Sie glauben, ich würde Sie nicht töten, dann irren Sie sich. Mir ist jetzt alles egal. Ich habe nichts mehr zu verlieren.«

»Sie haben doch noch Richard. Ein Mann, der Sie so sehr liebt, dass er für Sie sogar ins Gefängnis gehen würde.«

Sara sah an Konny vorbei ins Leere. Konny wertete das als Zeichen, dass Sara dieser Gedanke bislang nicht gekommen war. Wenn Richard die Schuld auf sich nahm, wäre sie aus dem Schneider. Aber dann fiel Sara leider Gottes das Offensichtliche ein.

»Tja, daran hätte ich denken sollen, bevor ich hier alle ausgeknockt habe, nicht wahr? Jetzt ist es zu spät.«

»Sie können uns doch nicht alle umbringen«, sagte Konny.

Sara sagte nichts, aber ihr Blick ließ Konny wissen, dass Sara das nicht nur sehr wohl konnte, sondern auch kontemplierte. Ihr war offenbar nur noch nicht ganz klar, auf welche Weise. Gift? Blutbad mit dem Messer?

»Ich flehe Sie an ...«, rief Konny.

»Halten Sie die Klappe!«, herrschte Sara sie an. »Ich habe Leon auch angefleht, aber flehen ist nur was für Weicheier. Das bringt nichts. Wenn man etwas haben will, muss man es sich nehmen.«

»Und wenn man es trotzdem nicht kriegt, soll es auch keine andere haben?« Konny legte den Kopf schräg.

Sara grinste. »Ganz schön vorlaut für eine Frau mit einem Messer an der Kehle ...«

Bis gerade eben war Konny alles surreal erschienen, aber schlagartig wurde ihr klar, dass das womöglich ihr Ende sein konnte. Rauschhaft zogen Bilder vor ihrem inneren Auge vorbei. Allerdings nicht die bewegendsten Momente ihres bisherigen Lebens, sondern die Dinge, die sie noch hatte tun wollen – im Pazifik tauchen, eine Kreuzfahrt machen, ein Live-Konzert von ...

»Also, ich finde das alles sehr hübsch«, gurrte Sara und drückte das Messer tiefer in Konnys Kehle. Konny spürte, wie ihr ein blutiges Rinnsal über den Hals lief. Sie wagte nicht zu schlucken. »Wir sind doch alle irgendwie weitergekommen, nicht wahr? Spirituell, dramatisch, menschlich ...« Sara grinste. »Und jetzt ...«

Konny schloss die Augen.

Deshalb bekam sie nicht mit, wie etwas an ihr vorbeiflog. Das sich mit einem wilden Ninja-Schrei vom Boden auf den Tisch und vom Tisch mitten in Saras Gesicht katapultierte.

Konny öffnete die Augen. Romantischere Menschen als sie würden jetzt zu dem Schluss kommen, dass ihr Kater die Lebensgefahr spürte und sie retten wollte. Konny war davon überzeugt, dass Amenhotep mittlerweile einfach Gefallen daran fand, sich als luftundurchlässige Maske auf menschliche Gesichter zu pressen.

Sara taumelte nach hinten. Allerdings hatte sie das Messer nicht vor Schreck fallen gelassen. Mit der freien Hand versuchte sie, sich Amenhotep vom Gesicht zu reißen, aber die Hand mit dem Messer fuhr aus und …

Konny sprang auf. Weil sie das schwungvoll tat und der Teppich an den Rändern nicht mit Teppichkleber gesichert war, wie Bettenberg schon sehr richtig erkannt hatte, flutschte der Teppich über den Parkettboden, und der schwerere Teil – Konny – zog den leichteren Teil – Sara, samt sechs Kilo schwerem Kater – zu sich. Sara kippte nach hinten weg und fiel zu Boden. Krachend schlug ihr Hinterkopf aufs Parkett. Ein unschönes Geräusch, das nichts Gutes verhieß.

Amenhotep ließ von ihr ab und lief maunzend in die Küche. Völlig ermattet ging Konny in die Knie.

Da trat Galecki ein, die Kopfhörer noch über die Ohren gestülpt. Er sah sich um, stutzte und fragte: »Meine Güte, was ist denn hier los? War die Séance etwa tatsächlich erfolgreich?« Er betrachtete die Verwüstung. »Und wen habt ihr aus dem Jenseits gerufen? Attila den Hunnen?«

Liebe Kummerkasten-Konny,
die Wechseljahre liegen schon geraume Zeit hinter mir, ich bin
jetzt alt. Der Ofen ist aus, der Lack ist ab, und von nun an ist es
nur noch ein Warten auf den Tod. Soll ich mir den Suizid geben?
Eine abgetakelte Fregatte

Liebe Fregatte,
okay, wir können jetzt keine Kinder mehr kriegen und die Wahr-
scheinlichkeit, noch erfolgreiche Gehirnchirurgin zu werden,
ist kleiner gleich null. Das sind aber auch die einzigen beiden
Nachteile, die mir zum Thema Alter einfallen.
Bei mir steht vorn eine sechs, aber das hat mich in keinster Weise
daran gehindert, noch mal neu anzufangen, mit meiner Schwes-
ter in unserem Elternhaus eine Pension zu eröffnen und eine
Ratgeberkolumne für die örtliche Zeitung zu schreiben. Francis
Ford Coppola hat einmal gesagt, er sei immer in den Fünfzigern –
und momentan sei er fünfzig und siebenundzwanzig.
Niemand erwartet mehr Großes von mir, darum muss ich mich
auch keinerlei Zwängen mehr fügen. Ich kann tun, was ich will.
Ich kann mich verlieben, und das fühlt sich genauso wundervoll
an wie in meinen jungen Jahren. Ich liebe Eiscreme, und bar-
fuß im Gras zu laufen, und drehe Barry White so laut auf, dass
die Mauern wackeln.
Werden Sie aktiv. Fangen Sie wieder an zu träumen. Hissen Sie
erneut die Segel, und machen Sie sich auf zu neuen Ufern!
Jetzt ist es ja auch zu spät, um jung zu sterben – ziehen wir's
also durch!
Die Nase abenteuerlustig in den Wind haltend, Ihre Konny

Das letzte Ahoi des Kommodore
Epilog

Jedem Ende wohnt ein Zaudern inne.
Man hofft, dass die alte Weisheit zutrifft, am Ende würde alles gut, und wenn es nicht gut ist, ist es noch nicht das Ende. Aber auch alte Weisheiten können sich irren …

Aus die Maus – um 22 Uhr 30

»Sie haben doch einen an der Klatsche! Was glauben Sie denn, was das hier ist? Ein Kindergeburtstag!«
Während die Sanitäter Sara einsammelten, die sich bei ihrem Sturz eine schwere Gehirnerschütterung zugezogen hatte, und Luigi und Klaus erstversorgten, die Sara tatsächlich mit Kriemhilds Stockschirm umgenietet hatte, ergoss Kommissarin Klum ihren Ärger in einem nicht endenwollenden Schwall über Kriemhild und Konny.
»Mord ist nichts für Laien! Was wollten Sie denn mit dieser albernen Kindergeburtstagsentertainmenteinlage …«
»Séance«, warf Kriemhild ein.
»*Kindergeburtstagsentertainmenteinlage* bewirken? Haben Sie sich keine Sekunde lang überlegt, dass das gefährlich werden könnte? Dass man einen psychisch kranken Menschen, der eben eine Bluttat begangen hat, nicht mit solch lächerlichen Spielchen reizt?« Frau Klum warf beide Arme in die Luft.
»So lächerlich war das gar nicht«, hielt Konny dagegen. »Es wirkte total echt. Kriemhild, wie hast du das mit dem Tisch gemacht?«

»Die Mächte der Anderswelt«, fing Kriemhild an. »Aua!«
Konny hatte ihr einen Schlag in die Rippen versetzt.
»Ich habe den Tisch mit dem Knie angehoben. Deswegen sa-
ßen wir ja auch nicht am Esszimmertisch, da hätte das näm-
lich nicht funktioniert.«
»Genial!« Konny lobte ihre Schwester nicht oft, aber jetzt
musste es sein.
»Hallo?« Kommissarin Klum stemmte die Hände auf die
Hüften. »Sie haben mit Ihrer Marple-Poirot-Nummer Men-
schenleben gefährdet!«
Die Schwestern sahen zu Boden.
Das Blöde war: die Frau hatte recht.
Konny und Kriemhild warfen sich einen Blick zu wie früher,
wenn ihnen ihre Mutter eine Standpauke gehalten hatte. Sie
würden Besserung geloben, ganz bestimmt. Aber ob sie sich
daran auch halten würden?

»Wer hat's erfunden?« – Mitternacht

Das Gewitter war weitergezogen. Nur in der Ferne sah man
es noch wetterleuchten.
Klaus, Luigi und Herr Hirsch teilten sich ein Bier auf der Terrasse hinter dem Haus. Klausens Schweizermesser machte die
Runde. Wein- und Bierflaschen wurden geöffnet. Die Schweizer mussten ziemlich siegessicher gewesen sein, als sie in ihre Armeemesser einen Korkenzieher und einen Flaschenöff-
ner integriert hatten.
»Wichtelmännchen«, sagte Herr Hirsch.
»Gesäßfurunkel«, gab ihm Klaus recht.

»Schnabeltasse«, freute sich Luigi.

Die drei verstanden sich bestens. Worte waren nicht nötig. Und wenn es doch Worte gab, war es völlig egal, welche.

Sie hatten Spaß. Auch wenn ihnen von den Stockschirmschlägen der Schädel brummte und sie paketklebergehäutet waren.

Life was good!

Drei Dinge über das Glück – 1 Uhr 50 nachts

»Schläfst du schon?«

Konny linste in ihr Zimmer. Klaus lag nackt auf ihrem Bett.

»Nein, aber ich muss dich warnen, ich bin angetrunken.«

»Wirst du gefährlich, wenn du angetrunken bist?« Konny schlich sich hinein und schloss die Tür hinter sich.

»Nein.« Er rülpste. »Im Gegenteil. Ich werde gefahrlos. Deine Tugend wird bei mir absolut sicher sein.«

So schnell gab sich Konny nicht geschlagen. Sie stieg auf ihr Bett und kuschelte sich an diesen Grizzly von einem Mann.

»Hm, das ist schön«, murmelte er, schon halb eingeschlafen.

»Weißt du, was du damals auf der Party zum Semesterende gesagt hast? Du hast gesagt, momentan wäre das mit uns keine so gute Idee, aber du seist offen für alles, und die Zeiten könnten sich ändern.«

»So was Philosophisches soll ich gesagt haben?« Klaus grinste. »Frauen! Sie haben zwar keine Ahnung, wohin sie ihren Haargummi gelegt haben, aber sie wissen noch ganz genau, was du vor vierzig Jahren, drei Tagen und zwei Stunden von dir gegeben hast.«

Konny kuschelte sich in seine Achselhöhle und legte ihren Arm um seinen Bauch.

Wenn man dem Tod ins Auge geblickt hat, so wie Konny an diesem Abend, dann waren einem drei Dinge über das Glück schlagartig sonnenklar: Erstens musste man jede Gelegenheit ergreifen, die sich einem bot. Zweitens musste man jede Gelegenheit ergreifen, die sich einem bot. Und drittens war das Leben viel zu kurz, um nicht jede Gelegenheit zu ergreifen, die sich einem bot.

Als junge Frau war sie viel zu schüchtern gewesen, um die Dinge in Eigeninitiative selbst voranzutreiben. Daran hatte sich im Laufe der Jahre nicht viel geändert. In Liebesdingen war sie immer noch die Rose, die gepflückt werden wollte – auch wenn sie in ihrer Ratgeberkolumne zu mehr Selbstsicherheit aufrief.

Von nun an wollte sie leben, was sie immer predigte. Klaus würde ihre Pension nicht unbefleckt verlassen. Auch wenn er jetzt in ihren Armen leise schnarchte, morgen früh oder doch spätestens morgen Abend würde sie ihn so verwöhnen, dass ihm Hören und Sehen vergehen würde.

Konny lächelte.

Und lächelnd schlief sie in seiner Armbeuge ein.

Wie immer, Ihr Holger Bettenberg – 3 Uhr 22

Holger Bettenberg klappte seinen Laptop zu. Die Kritik, die er über die Bed & Breakfast-Pension der Schwestern geschrieben und soeben auf seinem Blog eingestellt hatte, fiel deutlich freundlicher aus, als er das ursprünglich beabsichtigt hatte.

Womöglich war das die Nachwirkung der Tabletten. Oder die Erleichterung, noch am Leben zu sein.

Er hatte die K&K-Pension als aparte Station im Norden Baden-Württembergs empfohlen, inmitten unverbauter Natur, ohne den Stress der Neuzeit. Erfahrene Reisende würden zwischen den Zeilen schon herauslesen, dass die Pension am Arsch der Welt lag, kein WLAN bot und auch sonst einiges zu wünschen übrig ließ.

Bettenberg seufzte. Er löschte die Nachttischlampe und schloss die Augen.

Plötzlich hörte er ein Surren. Das Surren einer Stechmücke!

Sofort schaltete er die Lampe wieder ein, erhob sich stöhnend vom Sitzring, den er auch im Bett untergeschoben hatte, ging zu seinem Koffer und holte die Spraydose mit Mückentod heraus.

»Komm raus, komm raus, wo immer du bist?«, gurrte er. Mit gezückter Spraydose brachte er sich in Stellung. »Es kann nur einen geben!«

Was tickt denn da? – 4 Uhr 12

Luigi atmete flach, aber beseelt. Er musste Bettenberg, der mit einer Fliegenklatsche in der Hand bäuchlings auf seinem Bett lag, den Schweizer Chronometer nicht vom Handgelenk ziehen. Die teure Uhr hatte ihr eigenes Bettchen, das Bettenberg auf dem Nachttisch aufgestellt hatte: eine mit Samt ausgelegte Schachtel. Im Mondschein betrachtete Luigi die Patek Philippe. Er hatte es gegoogelt. Die Uhr war locker fünfzigtausend Euro wert, eher das Doppelte. Sein Boss würde sehr zufrieden mit ihm sein. Vielleicht fiel sogar eine kleine Prämie ab. Luigi lächelte.

Liebe stirbt nie – Morgengrauen

Kriemhild lag hellwach im Bett. Amenhotep schlief selig am Fußende, Walter stand neben ihr auf dem Nachttisch.

Sie wusste nicht genau, ob sie die Séance bereute. Falls ja, dann aus ganz anderen Gründen als denen, die Frau Klum angeführt hatte.

Kriemhild sah auf das Handy in ihrer Hand. Es gehörte ihrer Schwester. Konny hatte es vergessen, als sie nach unten geschlichen war, um sich an ihren alten Schwarm Klaus heranzuwanzen.

Kriemhild hatte den Foto-Ordner aufgerufen und sich die Fotos angeschaut, die Konny für die Homepage vom Haus und vom Anwesen geschossen hatte. Es waren ein paar sehr schöne Aufnahmen dabei, vom Kräutergarten, vom Eingang und vom Turm mit dem Bullaugenfenster.

Kriemhild nahm ihre Lesebrille ab und presste das Handy an ihre Brust. Es konnte kein Zweifel bestehen. Auf dem Foto vom Bullauge sah man hinter der Scheibe, verschwommen zwar, aber doch deutlich erkennbar, den Umriss eines Mannes. Eines bärtigen Mannes mit Kapitänsmütze und Pfeife …

Kriemhild seufzte, lächelte, setzte die Brille wieder auf, rief das Foto erneut auf …

… und löschte es.

Liebe Kummerkasten-Konny,
mein Mann findet, er sei jetzt »zu alt« für Sex. Ich will diesen
Teil unseres Lebens aber nicht so einfach ad acta legen. Und
raten Sie mir jetzt boß nicht, mit ihm darüber zu reden. Wann
immer ich das Thema anschneide, hat er das Gefühl, er würde
mich enttäuschen. Ist 69 das neue 96?
Lotta (kann sich nicht zu einer Scheidung aufraffen, weil sie
nicht allein sterben will)

Liebe Lotta,
zugegeben, mit 69 ist man womöglich aus dem Alter herausge-
wachsen, in dem man sieben Nächte die Woche im Ganzkörper-
Latexanzug auf der Liebesschaukel schwingt, aber man ist nie
zu alt für wirklich guten Sex. Es ist absolut in Ordnung, dass
Sie diesen Teil Ihres Lebens lebendig halten wollen. Finden Sie
einen Weg zurück zu einem erfüllten Liebesleben. Denn irgend-
einen Weg muss es geben, vorzugsweise mit ihm, notfalls ohne.
Und keine Sorge – es gibt auch für Frauen im fortgeschrittenen
Alter ein aktives Single-Leben. Wie Coco Chanel sagte: »Mit
dreißig sollte man umwerfend, mit vierzig charmant sein und
für den Rest des Lebens unwiderstehlich.« Je älter man wird, des-
to besser wird man! Außer natürlich, man ist eine Banane…
Herzlichst, Ihre Konny

Danksagung

Ich wuchs in einem reinen Frauenhaushalt auf – das erklärt sicher manches. Zudem befand sich dieser Frauenhaushalt in einem Kleinstadthotel, das meine Mutter als Geschäftsführerin leitete. Es war nur eine Frage der Zeit, bis ich das literarisch aufarbeitete ...

Ich danke also meinem Schicksal. Und natürlich meiner Lektorin Gesine Dammel, meinem Agenten Lars Schultze-Kossack und – aus gegebenem Anlass – meinem Last-Minute-Facebook-Motivationsteam: Numi Kruse, Martha Rink, Ati Nagelschmidt, Britta Gutscher, Marian-Michael Waworka, Ingrid Schmitz und Reinhard Jahn.

Dieser Roman wurde *nicht* mit Produktplatzierungen finanziert, dennoch ein Dank an all die Hersteller, deren Produkte entweder im Buch genannt wurden oder aber der Autorin während des Schreibprozesses wichtige Hilfestellungen leisteten: Bombay Sapphire Gin, Fürst Mozartkugeln, Hochland Colanka-Kaffee, L' Agent Provocateur Dessous, Schweppes Tonic Water Dry und Taittinger Champagner.